KB260033

페르시아의 신부

illusionist 세계의 작가 019

페르시아의 신부
ⓒ들녘 2010

초판1쇄 발행일 2010년 5월 28일

지은이 도리트 라비니안
옮긴이 서남희
펴낸이 이정원

책임편집 김상진
표지그림 최용호

펴낸곳 도서출판 들녘
등록일자 1987년 12월 12일
등록번호 10-156
주소 경기도 파주시 교하읍 문발리 파주출판단지 513-9
전화(마케팅) 031-955-7374 (편집) 031-955-7381
팩시밀리 031-955-7393
홈페이지 www.ddd21.co.kr
일루저니스트 블로그 http://blog.naver.com/ddd7381

값은 뒤표지에 있습니다. 잘못된 책은 구입하신 곳에서 바꿔드립니다.
ISBN 978-89-7527-617-0(04890)
     978-89-7527-600-2(세트)

illusionist  세계의 작가 019

페르시아의 신부

도리트 라비니안 지음
서남희 옮김

들녘

■ 차례

1부

플로라는 한밤중
수박이 먹고 싶으니

1

그날 밤 플로라는 수박이 먹고 싶었다. 그녀는 어스름 저녁부터 부엌에 앉아 나지아를 곁에 두고 울기 시작했다. 몸은 전보다 훨씬 불어 있었다. 펑펑 쏟아내는 눈물 또한 방울방울 굵었다. 그녀의 눈물샘을 자극한 것은 수박이 아니라 바로 남편이었다. 구슬피 울어대는 플로라를 안타까이 지켜보던 나지아는 하얀 백조가 수놓인 두툼한 방석을 갖다 주었다. 플로라는 숨을 한껏 들이쉬더니 바닥을 턱 짚고 큼직한 엉덩이를 둥싯 쳐들고는, 방석을 얼른 밀어 넣으라고 나지아에게 눈짓했다. 하얀 백조 한 쌍이 그녀의 육중한 몸뚱이 밑으로 사라지고 치마가 그 위를 덮었다. 그녀는 누덕누덕한 벽에 등을 기대어 부푼 배를 감싸 안고 또 다시 눈물을 텀벙텀벙 쏟아냈다. 나지아도 낡아빠진 등의자에서 슬그머니 내려와 차가운

돌바닥에 앉았다. 자그마한 다리를 살짝 벌리고 앉았는데, 발목뼈가 가녀린 팔꿈치만큼이나 앙상했다.

나지아는 다리 사이로 우묵 들어간 치마폭 위로 씁쓸한 흰 쌀알을 쏟아 부었다. 축축한 헛간에서 번진 푸릇푸릇한 곰팡이를 발견하자 눈이 가느스름해졌다. 그녀는 고개를 숙이고 허벅지 사이의 치마 주름을 털었다. 벌레 먹고 상한 쌀알과 뉘, 좁쌀만 한 돌부스러기들, 쌀가마니 속에 숨어들어 고운 쌀알인 척하는 날개 달린 벌레들을 좀 더 잘 찾아내려는 것이었다. 손톱을 물어뜯으면 금세 장밋빛으로 물드는 열세 살짜리 소녀의 나긋나긋하고 솜씨 좋은 손가락으로 나지아는 사락사락한 좋은 쌀알들을 골라 냄비에 담았다. 버석버석한 몹쓸 쌀알들은 땀이 찬 손에 모아 두었다가 화덕에 던져주면 잉걸불 위에서 타닥타닥 춤을 추다가 고요해졌다.

플로라는 열일곱 살로, 나지아보다 네 살 위였고, 이번이 첫 임신이었다. 그을음투성이 부엌에서 머릿수건을 잘 여미고 나온 동네 여자들은 검은 눈을 턱 하니 감고 입술은 꾹 다물고 턱을 끄덕이며, 플로라 라토리얀처럼 별스러운 임산부는 눈 씻고 찾아보려 해도 본 적이 없다고 수군거렸다. 동네 귀신들 중 대왕 귀신이 임신시킨 매춘부 마무를 제외하면 말이다. 그놈의 대왕 귀신 씨가 들어앉은 마무의 배는 혹처럼 뾰족했는데, 동네 사람들은 그

뱃속에서 뭐가 튀어나올지 누가 알겠느냐며 한숨을 쉬고는 이런 *쿠치크 마다르*(어린 엄마)의 임신이 제발 이번이 끝이기만을 빌었다. 나지아도 동네에 떠도는 흉문을 익히 알고 있었다. 플로라가 임신하게 된 날 밤은 저주받은 월식날 밤이었다. 암탉들조차 피가 불그레한 썩은 달걀을 낳고, 사람들이 두려워 벌벌 떨고, 아기들은 자다가 새된 비명을 지르는 불길한 그날 밤. 남자라면 그날 밤에 절대로 씨를 뿌리면 안 된다는 사실을 다 알고 있었다. 하지만 플로라와 혼례를 치른, 머리칼이 듬성듬성하고 땅딸막한 옷감장수인 샤힌 만은 예외였다.

샤힌 보지도지. 여기저기를 떠돌며 누더기가 되어버린 장돌뱅이. 당나귀 오줌에 절어 악취를 풍기며 그가 옴리잔에 기어들어온 때는 지난봄이었다. 그는 초겨울까지 총 여섯 달을 이 동네에 머물렀다. 그는 사기꾼 남정네들과 들뜬 여인네들로 유명한 카스피 연안의 고향마을, 바볼에서 출발해 석유항인 남부 도시 아바단으로 갔었다. 정직 따위는 일찌감치 내팽개친 타고난 이 가난뱅이는 귀가 축 늘어진 당나귀를 타고 북쪽 동네들로 길을 되감았다. 그의 아비에 따르면 이 나라에서 멍청하기로나 정직하기로나 웃길인 유대인들이 사는 곳이었다. 북행길에 샤힌은 테헤란에 들렀다가 왕인 레자 샤 팔라비를 기리는 화려한 사절단 행렬과 마주쳤다. 번쩍이는 제복 차림의 군인 수천 명이 미단 아-사파에서부터, 왕이 인도 여행에서 가져온 금좌가 보관된 굴리스탄 궁전까지 이어지는 큰길에 늘어서 있었다. 군인들 뒤에는 유대인과 아르메니아인은 물론 불을 숭배하는 조로아스트리아인들로 이루어진 백성들이 와글거렸다. 이들은 저네 어르신들이 이끄는 대로 타오르는 촛불을 들고 왕과 신하들을 찬양하는 노래를 부르고 있었다. 샤힌은 자기에게 기회가 찾아온 것을 깨달았다. 그는 사팔눈을 가리고, 삼솔 아메라 궁의 직조실에서 시 광장에 구경 나온 도제소녀를 꼬드겼다. 잇새는 벌어지고 옷 여기저기 핀을 꽂은 그 소녀는 재봉실들이 미로처럼 얽힌 곳으로 그를 데려갔고, 나중에 이 사실을 들키고 나서는 교수형을 당하고 말았다.

왕궁 지하실을 통해 달아나다가 샤힌은 왕궁 재봉사와 도제들이 짓던 왕자의 멋진 벨벳 망토를 목 없는 마네킹의 어깨에서 벗겨냈다. 주홍색 천이 세 겹이나 되는 그 망토는 왕실의 상징인 사자가 입으로 칼 받침대를 물고 있고, 뒤에는 태양이 떠오르는 장면을 담은 것으로, 목깃과 소매는 금사로 수놓여 있었다. 샤힌은 가위로 그 망토를 싹둑싹둑 잘라내 팔았다. 명망가의 살집 좋은 여인 넷과 여자아이 하나의 축제용 겉옷으로 넉넉한 감이었다. 그러나 장인의 솜씨로 사자의 입에 교차시켜 물려 놓은 금빛 검들로 인해 왕궁에서 훔쳐온 것이 밝혀지고 말았다. 결국 허영에 찬 여자 다섯은 어린 재봉사에 뒤이어 교수형을 당했다. 주홍색 옷을 입은 채.

그녀들이 주홍색 줄을 길게 남기며 교수대로 끌려가는 동안 옴리쟌에 도착한 샤힌은 깨끗이 씻고, 면도하고, 등유 냄새를 피우며 닭집 주인의 딸인 플로라 라토리얀을 아내로 맞이했다. 그는 플로라를 임신시키고 뒤도 안 돌아보고 사라져버렸다. 플로라의 뱃속에는 아기를, 머릿속에는 이를 옮겨 놓은 채. 그는 볼이 붉게 달아오른 사과들이 달콤하기 그지없는 향기를 풍기는 머나먼 도시, 이스파한 근처에 있는 마을로 갔다. 샤힌은 어리석기로 이름 난 마을사람들에게 제 짐 속에 든 싸구려 페르시아 비단이 인도의 노예선으로 몰래 들여온 최상품이라며 큰 소리를 땅땅 쳤다. 그것을 증명하기 위해 명태 눈깔을 요리조리 굴리며 힌두어로 노래를 부르면서 좌우로 펄쩍거렸다. 그는 봄의 두 달을 꽉 채우면 알차게 모은 돈을 들고 까르르 잘 웃는 새색시에게 돌아가겠다고 이를 악물고 다짐했다. 색시는 꿀벌지기 조부모처럼 꿀 냄새가 향긋하고 목에 검은 점이 있었다. 마치 식탐 많은 입에서 초콜릿 방울이 떨어져 점이 된 것 같았다. 샤힌은 사각턱을 내밀면서 두 달, 길어야 석 달만 기다리라고, 이스파한의 장밋빛 사과들을 갖다 주마고 그녀에게 말했다. 그러나 검은 베일처럼 마을을 휘감은 징글징글하게 더운 여름도 이미 지났건만, 기관차 없는 차량들마냥 집들이 다닥다닥 붙어 있는 그 동네로 돌아가지 않았다.

알보르즈 산맥 마을에서 북쪽 연안의 평야로 내려가는 길에 금색, 주황색 낙타들이 상인들과 떠돌이 장꾼들을 싣고 나란히 걸어갔다. 상인들의 머리 모양은 뒤죽박죽이고, 터번은 신발 못지않게 누더기로 변해 있었다. 입은 이 빠진 자리만큼이나 공허한 헛소문을 지껄여댔다. 그들은 햇빛과 새콤달콤한 과일이 풍성한 시라즈 쪽의 옛 페르시아어 사투리로 속임수에 능란한 바볼 출신의 젊은 옷감장수에 대해 떠들어댔다. 어린 신부 셋과 과부 한 명이 그를 목이 빠지게 기다리고 있는데, 그네들이 죄다 아기를 가졌다는 것이다. 그들은 옷감장수가 건드리지도 않고 떠난 보카라 지방의 소녀에 대해서도 떠들어댔다. 그 소녀는 제 고향 말로 그 남자 이름의 의미를 중얼거리며 절망에 빠져 늪으로 몸을 던졌다는 것이다. 그러나 사팔이 있는 쪽이 그 장사치의 오른쪽 눈인지 왼쪽 눈인지는 의견이 분분했기에, 플로라는 그들의 입에 오르내리는 옷감장수가 제 남편이 아니라고 믿기로 했다. 그녀가 자기네 이야기를 못 미더워하는 눈치를 보이자 상인들은 공연히 그 남자의 우뚝한 어깨에 대해 아낌없는 칭찬을 늘어놓다가 제 혀로 파놓은 덫에 걸려버리고 말았다. 플로라의 어미는 그들을 집에서 내쫓으며, 저놈들은 헛소문이나 퍼뜨려 사람 마음을 달걀껍질처럼 산산조각 내버리는 못돼 처먹은 놈들이라고 욕을 한 바가지 퍼부어댔다. 그러나 거무튀튀한 진창 위로 머리카락이 떠올랐다는 죽은 보카라 소녀와 마찬가지로, 헛헛해진 플로라는 그들이 남기고 간 말을 마음속에서 쫓아버릴 수가 없었다.

"왜 내 남편은 오지 않는 걸까, 나지아? 응, 왜 그런 거야?"

플로라는 중얼거리며 몸을 이리저리 흔들었다. 그럴 때마다 엉덩이 사이로 새하얀 백조의 목과 다른 백조의 꼬리가 섞바뀌며 드러났다. 그녀는 널찍한 치맛자락을 들고 눈물을 닦아낸 뒤 허벅지 사이로 훨훨 부채질을 해댔다. 그리고 차도르 자락으로 막힌 코를 횅 풀었다. 아름다운 반달 모양의 숄이 어깨와 이마와 턱을 감싸자 사랑스러운 코와 입술이 도드라졌다. 동그스름한 그 모양을 보면 뽀뽀하고 싶어진다고 동네 사람들이 말하는 입술이었다. 그녀가 울음을 쏟아내자 이가 드러났다. 한때 그녀의 웃음과 미소를 상앗빛으로 꾸며주던 이들은 자신들도 입속에서 구슬픈 신음을 내놓고 싶은 듯 들쑥날쑥 아무렇게나 자리를 잡고 있었다. 그녀는 통통한 금갈색 허벅지를 손바닥으로 찰싹 때렸다. 살갗에서 붉은 생채기가 돋아나고 마음속에서는 고통이 솟구쳤다.

슬픔에 젖은 사촌언니 플로라를 보며 나지아는 가여운 마음이 들었다. *하맘*(목욕탕)에서 들은 월식 이야기를 꺼내며 그건 다 하늘의 별들 탓이라고 위로해주려고 입을 열다가 그만두었다. 고아였던 그녀는 무슨 수를 써도, 심지어 지붕 위에서 반짝이는 모든 별들을 다 갖다 붙인다 해도 고독의 쓰라림을 없앨 수 없다는 것을 이미 알고 있었다. 턱에서 스르르 흘러내리는 차도르를 한 손으로 잡으며 나지아는 다른 손으로 쌀알들을 비볐다. 그녀는 쌀알의 시원한 감촉을 좋아했다. 곰팡이와 벌레의 해코지를 빗겨간 마른 쌀알들은 사락사락거리며 플로라의 흐느끼는 소리를 감추었다. 그러나 불 위의 끓는 물속에서 부르르 두 배로 부풀다가 달큰하고 새하얗게 익으면 잠이 든 플로라처럼 고요해졌다.

작년 니산월(히브리 달력에서 1월-옮긴이)에 플로라의 오빠인 무사는 누이가 웃음을 헤프게 흘리고, 먹는 것만 밝힌다며 집 안에 가둔 적이 있었다. 유월절 전날 저녁부터 오순절 축하연까지 외출을 금지당한 플로라는 밀대처럼 바짝 말라 노랗게 시들었다. 하지만 나지아가 죽은 어미, 아비를 두고 맹세컨대, 지금처럼 비참해 보이지는 않았다. 하염없이 기다리는 동안 플로라는 양 볼을 손톱의 제물로 삼았다. 관자놀이에서 턱까지 이어져 있었던 상처는 푸릇푸릇하게 좀 나아졌나 싶더니 이내 다시 갈라지고 벌겋게 달아올랐다. *하맘*에서 여인네들은 고개를 끄덕였다.

"그래, 그래. 쐐기풀이 손을 할퀴듯 절망이 플로라 라토리얀을 할퀴어버린 거야."

라토리얀네 옆집에 살면서 항상 귀를 벽에 바짝 대고 엿들은 것을 온 마을에 떠들어대는 파타네 델카시트마저 플로라가 하도 울어 검은 눈이 멀고 있다고 말했다. 가게 좌판에 진열된 주전부리들을 탐욕스럽게 훑던 눈, 장사치들의 욕정을 불러일으켰던 바로 그 눈이. 하지만 플로라의 도발적인 눈길은 이제 두툼하고 무거운 눈꺼풀 사이로 이울어 아비 잃은 아기를 가진 배 뒤에서 부루퉁해졌다.

"내 눈을 빼오리니, *아지잠*(사랑하는 이여), 내 눈을 빼오리니, 그 빛이 오직 그대의 가슴속에서만 빛날 수 있도록……."

플로라는 고모들과 고모할머니들이 가르쳐준 노래를 불렀다. 그 여자들은 못돼먹은 배신자 서방을 집으로 데려오려면 이 노래를 불러야 한다고 했다. 얼룩 고양이처럼 얼룩덜룩한 세월의 주름이 잡힌 손으로 그네들은 마법사처럼 카드를 섞고, 커피 잔들을 뒤집어보며 뒤얽힌 플로라의 운명을 엄숙하게 파헤쳤다. 그네들은 플로라에게 날마다 가장 진한 홍차 색깔이 나는 첫 오줌을 새벽에 낳은 달걀 위에 뿌리고, 오줌에 지린 그 달걀을 꽃 피는 나무 밑에서 깨뜨리라고 가르쳐주었다. 또 저녁에는 에스판드 씨앗(한때 페르시아제국에서 흔했던 약초. 어린아이들을 악령의 눈길에서 피하게 하려고 그 씨앗을 불 위에 태운다 함. 장례식 등 슬픈 모임이 끝난 뒤 축복을 빌기 위한 용도로도 쓰였음-옮긴이)을 흔들 향로 위에 태워, 제 속을 그 연기로 채우고, 자기에게 내렸던 저주를 거두어달라고 달님께 빌어야 한다고 했다.

고모들 중에서 가장 엄숙하고 몸집도 큰, 큰고모 사비야 만수르는 12궁도를 해석할 줄 알았다. 그 덕에 그녀의 의견은 최종 판결이나 다름없었다. 그녀는 에스판드 씨를 태워 영험을 보려면 플로라가 모쪼록 자주, 그리고 깊이 하품해서 속을 그 연기로 채워야 한다고 말했다.

"아가야, 네가 하품을 하면 할수록 그 못된 서방의 꿈자리는 사나워져서 정기가 빠져나가게 된단다. 그럼 악취 나는 잠자리에 끌고 들어오는 갈보 년들의 구멍 속에 못 들어가게 될 거다. 네 서방은 영혼이 쉴 곳을 못 찾고, 어딜 가도 사랑스런 네 얼굴만 떠올리게 될 게다. 어딜 가도 말이야, 이 가련한 것아."

오줌 누고 하품하는 일 말고도 플로라는 슬픈 사연을 지닌 이를 위해 지어진 그 노래를 불러야 했다. 늙은 여편네들은 갈라진 입술을 어두컴컴한 동굴 같은 입속에 밀어넣어 축여가며 사비야 만수르가 했던 말을 되새기며 고개를 주억거렸다. 그녀는 카스피 해 너머 세상 끝으로 뱃길을 떠난 남편이라 해도 분명히 이 노래를 들을 수 있으며, 처연하고 슬픈 가락 때문에 반드시 아내에게 되돌아올 거라고 말했던 것이다. 굴리스탄이 연인 호르시드에게 불렀던 노래가 바로 이것이었다고 여편네들은 입을 모았다. 그네들의 눈은 촉촉해지고, 영혼은 달아오르고, 몸은 생기를 되찾았다.

굴리스탄은 왕의 조각가인 호르시드의 연인이었다. 조각가는 굴리스탄의 살갗처럼 새하얗고 보라색 결이 나 있는 대리석으로 그녀의 형상을 빚어 물이 솟아나는 왕궁 안마당 분수 한가운데에 세워놓았다. 그러나 굴리스탄이 레자 샤의 아들과 약혼했다는 소식을 듣고 호르시드는 무거운 끌을 제 이마에 던져 죽고 말았다. 다음 날, 굴리스탄은 연인의 시체가 왕궁 분수에 떠 있는 것을 보았다. 금붕어가 그의 귓속에서 헤엄치고 있었다. 그러나 그녀가 이 노래를 불러주며 약혼했다는 소문은 왕자가 자기를 조각가 연인과 헤어지게 하려고 퍼뜨린 거짓말이라고 하자 호르시드는 되살아났다. 머리가 깨진 곳은 즉시 아물어 고운 보라색 흉터만 남았다.

전설에 매혹된 플로라는 사라진 샤힌을 달콤한 제 품속으로 다시 불러들일 이 노래의 힘을 진심으로 믿었다.

그녀는 무거운 몸을 이끌고 부모의 집 지붕으로 올라가 팽팽한 빨랫줄 밑에 짚자리를 펴고, 하늘 높이 나는 새들을 훠어이훠어이 쫓고, 굴리스탄의 노래를 새벽부터 저녁 어스름까지 줄기차게 불러댔다. 처음 며칠 동안 온 마음을 담은 그녀의 목소리가 녹슨 홈통으로 메아리치자 그 집 아래로 오가던 동네 사람들은 늘 까르르 잘 웃던 플로라가 왜 우는지 알아볼 겸, 그녀의 그리움을 놀리기도 할 겸 멈춰 서곤 했다. 어떤 이들은 길거리에서 고개를 쳐들고 지글거리는 햇빛을 손 그늘로 가린 뒤, 저렇게 서방을 갈망하는 것이 동네의 수치이며 어린아이들의 머릿속을 뒤죽박죽 만든다며 야단쳤다. 플로라는 대답하지 않고 자지러지게 목청만 더 높이며, 저 멀리 지평선에 슬픈 눈길을 붙박았다. 널어놓은 빨래들이 머리를 어루만져주는 가운데, 그녀는 오직 제 노래가 털이 북슬북슬한 남편 귓구멍까지 곧바로 닿았으면 하는 마음뿐이었다.

마침내 독실한 신자인 척하는 자들이 아몬드나무 거리로 오더니 그녀에게 마구 손가락질 해대며 야단치고 훈계했다. 홀아비 랍비 물라(시아파 이슬람 성직자-옮긴이) 네타넬의 명령이라며 당장 내려오라고 했다. 젖가슴에 갓난쟁이들을 매단 채 몰려와 그녀의 험난한 사랑을 가여워하던 여자들도 발길을 멈추었다. 떼로 몰려온 이교도 아이놈들은 암내를 풍기는 플로라에게 조약돌과 자두

씨를 던져댔다.

"얼라리 꼴라리, 플로라는, 얼라리 꼴라리, 갈보래요!"

아이놈들은 합창하며 아직 털도 안 난 배를 붙잡고 생쥐처럼 깨륵깨륵 웃어댔다. 그러나 플로라는 줄기차게 노래하며 울고, 울며 노래했다. 그 소리는 홈통을 요란스럽게 울려댔다.

점차 꺽꺽거리던 그녀의 목소리가 아예 쉬어버리고, 이웃들이 겸연쩍어하는 부모에게 저 시끄러운 딸년 좀 어떻게 해보라며 차라리 지붕에서 마당으로 던져버리라고 윽박지르자 플로라는 내려와서 그을음 낀 부엌에서 울겠다고 한발 물러섰다. 그녀는 굴뚝 화덕 쪽으로 턱을 곧추세우고, 겹겹이 살진 목을 잘 펴고는 쉰 목소리로 연기 밴 노래를 불러 구름까지 올려 보냈다. 플로라는 샤힌의 귀에 그 노랫말이 쏙 박혀 그가 곧 돌아오리라고 한순간도 믿어 의심치 않았다.

"……사랑하는 이여, 바람의 날개를 타고 내 그대에게 가오리니. *아지잠*, 내 눈빛이 오롯이 그대 가슴속에서만 빛나도록 내 나의 눈을 빼오리니. 내 긴 머리채를 잘라 베개 속을 채워 그대 머리 밑에 두오리니. 그대 발에서 털어낸 먼지로 내 눈썹을 그리오리니, *아지잠*……"

2

플로라는 나지아보다 컸다. 머리와 목을 합친 것만큼 더 컸다. 플로라가 결혼하기 전에는 추운 밤마다 둘이 한 침대에 꼭 붙어 자면서 서로 발을 간질이기도 했다. 나지아는 플로라의 젖가슴에 얼굴을 파묻고, 자기도 그렇게 크고 둥그런 가슴을 갖게 해달라고 기도하곤 했다. 플로라가 손가락으로 등의 털을 만지작거리면 나지아의 짧은 털들은 희열감에 젖어 곤두섰다. 고아인 나지아는 숙모이자 플로라의 엄마인 미리암 하놈의 당당한 얼굴에 기가 죽었다가도 플로라의 그 사랑스러운 손가락과 정다운 몸이 자기를 지켜주는 것 같아 마음이 아늑해지곤 했다.

외가 쪽 여자들이 다 그렇듯 플로라는 남자처럼 튼튼하고, 갓난아기처럼 응석받이였다. 열세 살에 처음으로 생리를 시작했고, 양은 적었어도 주기는 늘 일정했다. 이 집 여자들은 몸이 실한 것으로도 유명했지만, 냄비를 태워먹기 일쑤인 데다 암탉을 잘 키우지 못하는 것으로도 이름이 났다. 플로라도 그네들처럼 게을러빠지고, 결혼이 늦었다.

플로라의 언니인 절름발이 호마는 열일곱 살에 겨우겨우 혼사를 치렀는데, 도무지 성에 차지 않았다. 당시 신부의 나이를 두고 저 애는 배추와 홍당무를 절일 때 함께 초물에 담가버려야 한다는 말이 나올 정도였다. 몸도, 마음도 비실비실한 신랑은 그때까지만 해도 어미인 동네 가수 마하타브 하눔의 치마꼬리를 잡고 있었다. 그 어미는 아몬드나무 거리 저 끝에서 아들을 데려와 플로라의 보드라운 손을 잡게 하려고 마음먹고 왔다가 되레 플로라 언니의 거친 손에 만족해야 했다.

소녀들의 엄마인 미리암 하눔은 벌들이 하늘을 가려가며 금빛 부채 모양으로 윙윙 맴도는, 양봉업을 하는 부모의 집에서 느긋하게 뭉개며 자랐다. 열여섯 살이 되어서야 아비의 달콤한 편안함과 어미에게 배운 게으름의 즐거움을 시어머니의 거무튀튀한 부엌과 바꿨다. 이미 아비의 달콤한 몸에서 기란 기는 다 빼먹고 말이다. 아비는 딸을 시집보내느라 여섯 달 동안이나 유대인 회당 문간에서 닭들을 잡았다. 제물로 바쳐진 닭들의 피는 문간의 두터운 검은 회반죽에 점점이 튀었다. 그리고 진흙에 뒤섞여 가난한 동네 사람들의 얇은 신발 바닥에 달라붙었다. 그들은 미리암 하눔이 미혼인 상태로 남아 있는 것이 좋긴 하지만, 그 애도 이젠 결혼할 때가 됐다고 한목소리로 말했다. 닭고기에 물린 나머지 혼인잔치에는 소고기 요리가 나올 거란 기대 때문이었을지도 모른다.

아비가 닭집에 자주 드나들더니 미리암 하눔은 결국 닭집 아들과 결혼하게 되었다. 잔치에 온 손님들은 꿀과 검은 자두에 버무린 거위 고기와, 향신초로 속을 넣은 새끼 칠면조 고기를 먹었다. 이로 닭다리 살을 발기면서 옷에 뚝뚝 떨어지는 진한 국물을 서로 먹으려고 다투다 보니, 혼례 천막 밑에서 미리암 하놈이 무슨 행동을 했는지 본 사람은 정작 몇 안 되었다. 하지만 현장을 목격한 이들은 깜짝 놀라 먹을 것을 잔뜩 우겨넣은 채로 떡 하니 입을 벌리고 말았다. 이들은 닭집 아들이 포도주잔을 발로 짓부수더니 보란 듯이 으쓱거렸다고 기억을 더듬었다. 그런데 미리암 하놈이 반짝반짝 광을 낸 신랑의 구두를 발끝으로 짓밟고는 깨진 유리조각을 또 한 번 바수며 주도권은 자기에게 있다는 것을 확실하게 밝혔다는 것이다.

그녀의 남편과 쌍둥이 동생은 제 아비의 닭집과 아몬드나무 거리에 있는 집 두 채를 물려받았다. 미리암 하놈은 세 번 출산했지만, 그때마다 아기가 숨이 막혀 죽어버렸다. 다행히 그 이후 태어난 세 아이는 숨을 쉬고 자랐다. 이제 더 이상 아이를 배야 하는 귀찮은 일을 하지 않아도 됐다. 그녀는 세상 뜰 마음이 전혀 없는 미치광이 과부 시어머니인 마니준을 몸이 쏙 들어가는 자그마한 고리버들 바구니에 넣고, 한때는 시어머니의 세력권이었던 그 집의 거실 한구석으로 몰아 놓았다. 간신히 바구니에서 빠져나올 때마다 마니준의 다리는 부들부들 떨렸고 제멋대로 벌어졌다. 무릎은 자꾸만 꺾여 걷는 게 아니라 춤을 추는 것 같았다. 그러나 할망구는 그 바구니에 점차 몸과 마음이 배었다. 그래서 그 속에 포옥 들어앉아 옥수수수염 색 나는 희끄무레한 머리카락을 소녀들의 갈래머리처럼 땋으며 죽을 때까지 벗어날 마음을 먹지 않았다.

동네 여편네들은 미리암 하놈에게 '고르베 케사파트(더러운 암고양이)'라는 별명을 붙여 이 집 여자들의 집안일은 빵점이라는 도장을 찍어주었다. 여편네들은 그녀가 옴리쟌에서 가장 지저분한 안주인이라고 떠들어댔다. 심지어는 여자들이 더럽기로 악명 높은 타브리즈 시 출신인 친정엄마보다 더 더럽고, 렌즈콩과 갈색 벌레를 구분하지 않고 쌀과 다진 딜(미나릿과 식물-옮긴이)을 한 냄비에 넣고 끓인다는 시아파 여자들보다 더 구저분하다고들 입을 모았다. 벌레들은 미리암 하놈이 치우지 않고 내버려 둔 집에 몰려들어 문 밑을 기어 다니고, 창문 틈으로 날아들고, 문틀과 벽 틈새에 들끓으며 쉬고 상하고 악취 나는 음식 찌꺼기를 찾아다녔다.

미리암 하놈이 결혼한 첫해에 마니쥰은 정신이 들락날락한 상태에서 바구니에 들어앉아 아들을 바라보곤 했다. 가끔 정신이 온전할 때면 며느리가 접시에 던져놓은 숯덩이 같은 고깃조각을 아들놈이 군말없이 삼키는 모습을 경멸 어린 눈으로 지켜보았다. 악취 나는 부엌에서 꿀 향기 은은한 색시에게 달려드는 걸 보면서 슬퍼했고, 며느리가 접시를 떨어뜨려 깨먹을 때는 분노했다. 마니준은 아들놈이 색시의 지저분한 습성을 못 본 척하며 헛간에 숨겨 놓은 깨진 그릇 조각들을 유리 행상인에게 슬그머니 넘겨주고는 동전 몇 푼을 받는 것을 보았다. 어미가 아들의 고모들에게 전갈을 보내자 한 동네인 옴리쟌에 사는 큰고모 사비야 만수르의 지휘 아래 그네들은 이웃 마을에서 하나 둘 모여들었다. 미리암 하놈의 시누이들 또한 벌레 먹은 쌀과 회색 거미줄이 겹겹이 쌓인 할바(꿀에 버무린 깨과자-옮긴이) 얘기에 끔찍스러워하며 종종걸음으로 몰려왔다. 모두들 미리암 하놈에게 살림 요령을 가르쳐주러 했고, 유약한 남편과 늙어 꼬부라진 시어머니를 대신해서 그녀를 때려주겠다며 앞장섰다. 그러나 미리암 하놈은 이들을 맞기는커녕 침대에 꼼짝 않고 누워 친정어머니가 넌지시 가르쳐준 대로 두통이 심하다고 하소연했다. 심지어 홍차 한 잔 대접하지 않았다. 마침내 참을성을 잃은 이들은 수건으로 머리를 동여매고, 반지와 팔찌를 빼고, 살림을 어떻게 해야 하는지 소매를 걷어붙이고 몸소 보여주며 이렇게 투덜댔다.

"케사파트(아이고 더러워라), 지 에미랑 똑같아. 아주 빼다박았어. 하늘은 저런 거 안 데려가고 뭐하시나."

분노에 찬 여편네들은 미리암 하놈의 집 안을 반짝반

짝하게 닦고, 고소한 냄새로 채워 놓았다. 물론 이후 미리암은 더욱 게을러졌다.

"저 애를 좀 보게. 허리는 잘록하고, 엉덩이는 포실하고, 눈은 커다랗고 새까맣구먼. 자넨 저 애를 데리고 와선 아들한테 개미를 안겨줬구나 하고 생각한 겐가? *자흐나부트*(숨이나 콱 막혀버려라). 아들한테 그런 불행을 안겨다주다니. 자네 며느리는 벌꿀쟁이가 키운 바지런한 꿀벌 같은 딸이 아닐세. 타브리즈에서 나고 자란 지 어미하고 판박이인 말벌이지. 쯧쯧."

그네들은 이스파한 사투리로 마니쥰을 야단쳤다. 졸고 있던 미리암 하눔은 그 말을 알아듣기는커녕 알아들을 마음조차 없었다. 결국 할망구는 비탄과 후회의 눈물을 터뜨리며 바구니 안에서 몸을 웅송그렸다.

미리암 하눔이 집 안을 바지런히 쓸고 닦고 맛깔난 음식으로 남편을 기쁘게 하려고 애쓰는 안살림꾼의 모범적인 모습에서 멀어져버린 것은 어렸을 때 일어난 사건 때문이었다. 타브리즈 출신으로 팔이 복슬복슬한 친정엄마 시린은 꿀벌 채집 여행에서 돌아올 남편을 맞이하기 위해 날이면 날마다 누더기 차림으로 고되게 일하며 온 집 안의 창문과 바닥을 반짝반짝 닦았다. 마침내 어느 날, 늦은 밤에 남편이 집으로 들어섰다. 더께 진 신발에서 뚝뚝 떨어지는 진흙에 반짝이는 거울처럼 그의 모습을 비춰주는 돌바닥에 너절한 흔적을 남겼다.

그는 멈춰서 가슴에 봉긋 솟은 젖꼭지처럼 윗부분에 꼭지가 톡 솟은 실한 나무 버섯들이 든 보따리와 어깨에 매달고 온, 피를 뚝뚝 흘리는 바위 너구리 두 마리와 윙윙거리는 벌들이 든 통을 내려놓았다. 벌들의 성난 몸에는 희귀한 루타(지중해 연안 귤 과의 상록 다년초, 잎은 흥분·자극제로 썼음-옮긴이)의 화밀이 저장되어 있었다. 그는 반짝반짝하는 창문과 유리 접시를 보고 흐뭇해졌다. 시린과 아이들은 가장의 묵직한 발소리를 듣고 반가운 마음에 주위로 몰려들었다.

다섯 살이었던 미리암 하놈은 쇠 솔로 오랫동안 윤을 낸 것 같은 검은 눈을 빛내며 까치발로 서서 지아비를 쳐다보는 엄마를 지켜보았다. 조잘거리는 아이들을 팔과 어깨에 매단 채 아비는 제 아내를 바라보았다. 그러더니 굵은 가래를 목에서 카악 끌어내 애들 엄마의 얼굴에 대고 퉤 뱉어버렸다. 이루 말할 수 없는 수치심에 젖은 눈으로 그녀는 타일 바닥의 갈라진 틈으로 고개를 푹 숙였다. 시린은 소매 끝으로 누런 가래를 닦아내고, 자기가 뭘 잘못했는지 떨리는 목소리로 남편에게 물었다. 그가 말했다.

"어디다 뱉긴 뱉어야겠는데, 집이 이렇게 깨끗하고 아름다워서 더럽히고 싶지 않더라고. 그때 당신이 나타났는

데 얼굴은 지저분하지, 머리카락은 새하얗고 버석버석하지, 걸친 건 누더기지. 그제야 당신이 가래 뱉을 곳을 한 군데 남겨 뒀다는 걸 알았네. 난감하던 차에 정말 고마우이.”

그날부터 시린은 활기를 잃고 슬픔에 젖어 집안일을 나 몰라라 했다. 집은 점차 기름더께가 앉고 아르메니아인들의 상복처럼 거무튀튀해졌다. 애들은 제 오줌 지린내가 진동하는 양탄자 위를 기어 다니고, 벽 틈새에서 찾아낸 벌레를 주워 먹었다. 그녀는 남은 일생 동안 남편에게 두들겨 맞으며, 딸들에게 얼굴 주름을 없애주는 허영과 게으름을 되풀이해서 가르쳤다. 이렇게 해서 그 집안의 튼튼한 딸들은 게으른 성품을 갖게 된 것이다.

그러나 놀라운 일이 벌어졌다. 미리암 하놈이 혼수품으로 가져왔던 붉은 구리 냄비에 다시 윤이 흐르고, 아몬드나무 거리의 집에는 벌레들이 더 이상 들끓지 않게 되었다. 집 안이 한결 청결해지기 시작했다. 이렇듯 놀라운 일은 남편의 쌍둥이 동생과 그 아내인 마하스티가 식중독에 걸려 검은 피를 쏟고 죽은 지 얼마 안 되어 일어났다. 이레에 걸친 초상 동안 미리암 하놈은 그 부부의 어린 딸인 나지아가 몸을 사리지 않고 얼마나 바지런히 일하는지 눈여겨보고, 고아가 된 그 애를 키우자는 남편의 간청을 기꺼이 받아들였다. 단 한 가지 조건이 있었는데, 그 애가 자기를 경칭인 '아메 보조르그(존경하는 숙모 님)'라고 부르는 것이었다.

3

미리암 하놈과 딸들의 얼굴은 북 가죽처럼 팽팽했다. 검은 눈썹은 젊은 남자의 털처럼 짙고 무성했으며, 눈썹 을 뽑아낸 자리에는 희끄무레한 숲이 드러났다. 발바닥 에도 칼자국처럼 쩍쩍 갈라진 주름 하나 없었다. 길바닥 과 밭의 온갖 먼지들이 갈라진 살에 박힌 동네 여자들의 발비닥과는 천지 차이였다. 허벅지에도 계곡처럼 울퉁불 퉁한 핏줄이 흐르지 않았다. 미리암 하놈은 엄마인 시린 에게서 집안일일랑 못 본 척하고 제 몸을 가꾸라는 가르 침을 받은 바 있었다. 임신했을 때부터 그녀는 아이들의 피부와 냄새를 관리하는 데 공을 들였다. 그녀는 시트론 (귤 과의 식물―옮긴이)을 먹고, 배를 은매화 가루와 재스민 향유로 문지르고, 계피 토막을 갉아먹었다. 아이들이 태 어난 이후로 그녀는 아이들의 겨드랑이와 폭 들어간 주 름에 향기로운 정향을 끼워 넣었고, 아이들이 클 때까 지 일주일에 한 번, 향기 좋기로 이름난 봄꽃의 꿀로 몸 을 문질러 주곤 했다. 아이들은 벌이 겁난 나머지 방 안

에 숨어서 조그만 혀로 끈끈한 제 살갗을 날름날름 핥았
다. 저녁마다 미리암 하눔은 아이들을 뜨거운 물에 씻기
며 팔다리를 대추야자 수염뿌리로 문질렀다. 아이들은
괴로운 나머지 비명을 질러 댔다. 목욕을 하고 나면 밀랍
을 발라 피부를 진정시켜주었다. 아이들의 볼은 발그레했
고, 몸무게는 늘어났고, 땀에서는 달콤한 향기가 풍겼다.
샤힌 보지도지가 옴리잔을 떠나며 가져간 것은 플로라의
살 내음이었다. 정처 없이 떠도는 내내 그 향기가 그를
따라다녔다.

· 미리암 하눔의 결혼식 날 밤, 젊은 남자들이 넋을 잃었
다는 소문이 떠돌기도 했다. 그녀가 호마와 무사를 낳고,
플로라를 임신했을 때에도 만약 다른 남자와 결혼하면
자살해버리겠다고 위협하는 젊은이들의 한발 늦은 연애
편지가 날아들 정도였다.

그녀의 딸들 또한 예쁘기로 소문났다. 호마가 지붕에
서 떨어져 등에 혹이 나면서 길거리의 놀림감이 되기 전
에는, 이교도 소년들이 따라다니면서 호마의 뺨에 불쑥
입을 맞추고 환호성을 지르며 달아나곤 했다. 플로라가
나세르와 만수르 형제의 참깨 방앗간 옆을 지나갈 때면
둘은 검은 머리칼을 빛내며 밖으로 뛰쳐나왔다. 플로라
를 둘러싸고 굶주린 눈빛을 드러내고 잔걸음으로 춤추며
넋 나간 비둘기들처럼 구구거렸다.

"바아, 바아, 마샬라(예쁘기도 해라). 이리 온, 우리 플로라, 이리 온."

미리암 하놈의 집은 파타네 델카시트의 집과 여동생인 술타나 자파롤라의 집 사이에 끼어 있었다. 파타네와 술타나는 각자 제 집 지붕에서 라토리얀네 집을 엿보다가 슬며시 웃으면서 눈길을 주고받곤 했다. 그네들이 아이들을 창문으로 올려 옆집 마당을 엿보게 할 때나, 아이들이 더 잘 보려고 옷장 위와 솥 위로 기어 올라갈 때면 미리암 하놈은 손에 잡히는 대로 아무거나 마구 집어던지며 콱 눈깔이나 멀어버리라고 악담을 퍼부었다. 그녀는 호마가 지붕에서 떨어지고, 플로라의 결혼 생활이 불행해진 것은 다 이웃 여자들의 사악한 눈길 때문이라고 믿었다. 그녀는 경고했다.

"두고 봐라. 술타나와 파타네의 질투심 어린 눈길 때문에 바위가 산산조각 나고 우리 집 토대가 무너지는 일이 벌어질 게야. 그럼 자기네 천장도 무너질 테고 우리는 모조리 죽고 말 거다. 아이고, 하늘은 뭐하시나, 저년들 좀 안 데려가시고."

술타나 자파롤라의 집 지붕의 굴뚝에서는 그 집 서방이 기르는 통신 비둘기들이 날아다녔고, 파타네 델카시트의 돌 마당에서는 공작들이 날개를 펴고 다녔다. 공작들이 활짝 편 부채에는 뚫어져라 쳐다보는 눈알들이 촘

촘히 박혀 있었다. 그녀의 남편은 공작 고기를 마을의 이교도들에게, 깃털은 바다 건너 이교도들에게 팔았다. 공작처럼 파타네는 화려한 보카라 겉옷을 두르고 활짝 편 부채처럼 엉덩이를 흔들어대며 동네를 쏘다녔다. 아몬드나무 거리 저쪽에는 델카시트네 공작 털과 자파롤라네 비둘기 털과 미리암 하놈의 남편이 닭집에서 파는 거위와 닭들의 털이 흩날렸다. 미리암 하놈은 그것으로 베개와 이불 속을 채웠다.

젊은 시절, 낮은 돌담 양쪽의 자매들은 그녀에게 친절했고, 바람에 날리는 깃털들처럼 아이들을 어울려 놀게 했다. 파타네는 공작들에게 곡물을 섞어 먹이고, 동생은 비둘기들에게 물을 주고, 미리암 하놈은 깃털이 가득한 자루들을 아몬드나무들 밑에서 김이 오르는 냄비 속에 털어 넣었다. 무거운 깃털들은 아래로 가라앉고 가벼운 거위털은 위로 떴다. 혹시 누구라도 야물딱지지 못하면 이웃들이 음식도 해다 주고, 심지어 특별 요리까지 해다 줘서, 먹는 사람들은 안주인 손맛이 기막히다고, 밥알이 정말 고슬고슬하고, 육즙도 진하다고 칭찬하곤 했다. 그네들 중 누구 하나가 힘겨운 짐을 지고 가면 두 여자가 이렇게 말하곤 했다.

"*마샬라*(어머나), 힘들겠네. 내가 도와줄게, 밤에는 서방이 배에 올라타더니 지금은 등에 짐이 올라탔구나."

그러면 모두 흐드러지게 웃었다.

햇빛과 바람 속에서 아몬드나무 거리는 여자들이 너저분한 차림으로 게으름을 부리며 왁자지껄하게 깔깔거렸고, 발가숭이 아기들은 어미들의 기울어진 골반에 앉아 징징거렸다. 그네들은 아이들이 흘리는 콧물을 제 머릿수건으로 닦아주고, 음식을 만드느라 손가락에 묻은 기름을 차도르에 슥슥 비볐다. 가금들의 꽥꽥 소리와 아이들의 새된 소리에 여자들이 길 건너 집, 즉 집주인을 잃고 지금은 호마와 서방이 들어가 사는 바로 그 집에 살던 나지아의 엄마이자 미리암 하놈의 동서인 마하스티와 수다 떠는 소리도 한몫 거들었다. 그러나 아이들이 길거리의 병아리들처럼 불어나고 미리암 하놈의 딸들이 다 큰 처녀가 되자 사람 수도 늘고 질투도 넘쳐나 이웃들은 패가 갈렸다. 이들의 쓰라린 증오는 음식 냄새에까지 배어들었다.

파타네와 술타나는 동네 다른 여자들과 섞여 미리암 하놈을 두고 운을 맞춰 놀림조 노래를 부르면서 손뼉 치며 웃어댔지만, 속으로는 플로라의 미모를 샘냈다. 이들은 이렇게 말하곤 했다.

"저 여편네가 지금은 달콤한 즙이 뚝뚝 떨어지는 잘 익은 대추야자 같지만, 근심 걱정으로 하룻밤만 설쳐 봐. 금방 쭈그러들어 딱딱하게 말라비틀어질걸?"

이들은 특히 라토리얀네 여자들이 생리를 거르지 않고 때맞춰 한다는 데 부아가 치밀었다. 그 톡 쏘는 냄새는 길거리에 확 퍼져 행인들이 어지럼증을 느낄 정도였다. 이들은 생리 주기를 셈하며 감탄하고, 남몰래 은매화 가지를 태워서 아랫도리는 벗은 채 다리를 벌리고 그 불길 위에 까치발로 서서 연기가 자궁에 스며들어 미리암 하놈과 그 집 딸년들처럼 붉은 피가 찰찰 흘러나오고, 톡 쏘는 냄새가 진동하기를 기원했다.

이들은 미리암 하놈이 너무 게을러빠져서 서방과 잠자리를 못한다는 둥, 늘어져 자고 있을 때 서방이 임신을 시켰는데, 그때 그녀는 카스피 해의 파도 위를 항해하는 꿈을 꾸고 있었다는 둥 주둥이를 나불거렸다. 또 그녀가 교활하게 제 오줌을 서방에게 마시게 해서 서방이 그렇게 들러붙는 거라고도 했다. 이들은 호마에 대해서도 입방아를 찧었다. 호마가 운이 좋다며, 절름발이가 된 덕분에 쾌락에만 정신이 없고, 밤새 손가락을 그곳에 찔러 넣어 자위를 하려고 낮 동안 오줌도 안 눈다는 것이다. 플로라에 대해서도 쑥덕거리며 샘을 냈지만, 그 애의 도르르 굴러가는 웃음소리와 꿀처럼 달콤한 체취는 다들 좋아했다. 파타네 델카시트조차도 플로라에게 네 자궁은 밤톨만큼 작고 여물다 말하고, 빙그레 웃으며 그녀의 둥근 배가 수박이나 된다는 듯이 쓰다듬어주었다. 고개를 갸우

뚱거리며 당혹스러운 미소를 짓는 사람처럼 파타네는 늘 웃을락 말락 미소를 지었다. 그녀는 태어날 때부터 입술 없이 입 구멍만 있었다. 있어야 할 곳에 붉은 살이 없다 보니 파타네는 본의 아니게 미소 짓고 있는 것 같았다.

여자들의 시샘에 미리암 하놈은 이웃과 서먹서먹해졌고, 오만한 마음과 두려운 마음이 뒤섞인 채 집 안에 파묻혀 욕설만 늘었다. 그녀는 남편이 파는 닭들의 눈알을 도려내 절였다가 은박에 물려 행운의 부적으로 삼아 제 목과 아이들 목에 걸었다. 그렇게 해서라도 이웃들의 사악한 눈길을 피하려고 했다. 그것을 반지에도 물리고, 가슴 위에도 늘이니 두려움이 한결 덜했다. 그러나 그녀가 집 안에 파묻힐수록 뒷소문은 너욱 거세졌다. 자부심을 대죄로 여기는 동네에서 미리암 하놈은 머리를 땋아 왕관처럼 둘러 자신을 방어했다. 그녀는 여자들의 머리와 축 처진 어깨와 찡그린 이마 저 너머로 눈길을 두었다. 그녀의 가슴골에서 흔들거리는 암탉의 눈알은 그네들의 심장을 꿰뚫었다. 친정에서 머지않은, 길거리 건너 흙벽돌 집에 사는 호마 역시 문을 꼭 닫아걸고 임신에 밤낮없이 힘을 쏟았다. 동네 여자들은 그녀를 쫓아 들어가지는 않고, 문에 귀를 대고 그녀의 신음 소리를 즐겼다.

그러나 플로라는 어릴 때부터 밖으로 쏘다니기를 좋아했고, 유대인 여자들은 물론, 공회당 너머에 사는 이교도 여인네들의 귀여움을 받았다. 그네들의 집 창 밑을 지나갈 때면 플로라는 무언가 떨어뜨리고, 몸을 굽히고 엉덩이를 높이 쳐들어 물건을 집었다. 가슴 사이로 삐죽 나온 그녀의 코가 길거리를 습격한 맛난 음식 냄새에 킁킁거리면 그들은 플로라에게 들어와 맛 좀 보라고 권하곤 했다. 플로라가 엄마의 원한은 잊고 수줍게 웃으면 양 눈이 모이면서 길고 짙은 눈썹이 한 줄로 이어졌다. 여자들은 손을 잡고 목화솜처럼 가벼운 그녀를 부엌으로 데려와 앉힌 뒤 과자와 과일을 푸짐하게 내놓았다. 매끈한 우유 푸딩을 핥으면서 그녀는 지난밤의 꿈과 거리에서 주워들은 재미난 이야기를 들려주곤 했다. 여자들은 플로라 언저리에서 음식과 청소와 설거지를 바지런히 해 가면서 꿈 해몽도 덧붙였다. 그러면 점점 드높이 깔깔거리다가 나중에는 땅딸막한 돼지가 킁킁거리는 소리로 끝나는 플로라의 귀여운 웃음소리는 그네들의 수고를 위로해주었다. 그녀가 웃을 때 목 위의 초콜릿 색 점이 가볍게 흔들렸고, 얼굴은 금화처럼 반짝였다. 그들은 서로 플로라를 맞으려 시샘했고, 좋아하는 음식과 칭찬으로 그녀를 꼬드겼다.

"*베테르키*(웃어 봐라), *바아, 바아. 마샬라*(오늘은 더 예쁘구나), 플로라."

그네들은 눈을 희번덕거리며 소리 내어 감탄하고는 다

음에도 꼭 오라는 뜻에서 설탕에 굴린 땅콩을 한 움큼 퍼서 제 머릿수건을 벗겨 잘 싸 주었다.

추운 철이 되어 동네에 눈이 내리면 그들은 플로라가 발을 녹일 수 있도록 바닥에 파 놓은 화로의 탄에 불을 붙이고, 마루에는 모직 담요를 펴놓았다. 그 위에서 플로라는 설핏 잠이 들기도 했다. 볼은 발그레해지고 머리는 뒤엉킨 채 일어나 보면 그 집 아기들이 옆에서 잠들어 있고, 저녁 짓는 냄새가 사방에 스며들어 있었다. 플로라는 개암과 코코넛 조각을 아기들에게 먹이고 제 입에도 넣어가며 놀면서 아기 엄마들에게는 전날 이웃에서 들은 재미난 이야기 자투리를 들려줬다. 그러다 보면 해가 꼴까닥 저물었다

바로 이런 이웃들의 덥고 연기 나는 부엌에서, 플로라는 자기가 태어나기 전에 있었던, 자다가 질식해서 죽은 세 오빠에 대한 이야기를 처음 들었다. 아기에게 젖을 물리느라 단추를 풀 때의 앞치마 단처럼 환하게 펴져 있던 플로라의 미소는 슬그머니 바랬다. 그제야 플로라는 순결하고 배고픈 길고양이가 창문을 통해 집 안에 살며시 들어왔을 때 엄마가 왜 그토록 놀랐는지, 왜 공포에 질려 자식들에게 달려갔는지, 고양이는 집 안의 생쥐를 잡아줘서 도움이 되는데도 왜 도로 길로 쫓아버렸는지 알게 되었다. 그날 저녁, 파타네 델카시트는 미리암 하놈의 어

린 시절과 젊었을 때의 죄악을 흘러간 옛 추억에서 끄집어냈다. 그 기억 탓에 일찌감치 이랑진 이마 주름은 더욱 깊게 패였고, 뽑기를 포기한 이 늙은 여인의 턱수염은 바르르 떨렸다.

그 누구도 미리암 하눔이 동네 쓰레기 더미에 사는 고양이들을 그토록 증오하는 이유를 몰랐다. 어렸을 때 그녀가 고양이들에게 잔인하게 구는 것을 본 사람들은 그저 애들의 못된 장난이려니 여겼다. 끓는 물속에 처박힌 고양이들이 내지르는 끔찍한 비명소리에 벌꿀쟁이 부모는 자식을 야단쳐 보긴 했어도 때려서 뿌리 뽑을 생각은 한 번도 하지 않았다.

어렸을 때 고양이를 괴롭히는 것은 그녀에겐 제 2의 천성이었다. 고양이들이 보드라운 발로 달아나면 그녀는 지붕을 가로질러 동네 끝까지 뒤쫓아 가서 묵직한 공이를 쇠망치처럼 휘둘러대며 때리려 했다. 그녀는 잡은 고양이들에게 온정을 베풀지 않았다. 그 연약한 머리통이 박살 나 길쭉한 눈동자가 감기도록 공이로 갈겨대거나 꼬리를 뽑고, 긴 콧수염을 유황으로 태워 오그라들게 만들기도 했다.

"*아운다레*(불쌍하기도 해라)."

동네 사람들은 손을 휘저으며 으르댔다.

"고양이들의 신한테 반드시 잔인하게 앙갚음을 당할

거다, 아운다레, 못된 년 같으니."

그러나 미리암 하눔은 그들의 경고에 귀 기울이지 않았다. 결혼하고 어느 더운 날 밤, 첫애를 낳았을 때 그녀의 팔에는 죽은 고양이들한테 전에 긁힌 자국들이 헤아릴 수 없을 정도였다. 지쳤지만 행복한 미리암 하눔은 그날 밤 혼곤히 잠이 들었다. 하늘에 낮게 떠 있는 노랗고 둥근 사과 모양의 달이 열린 창문 너머로 그녀와 옆에서 잠든 아기를 물끄러미 바라보고 있었다. 그런데 증오심에 불타는 길고양이 한 마리가 유연한 몸으로 쭉 기지개를 켜더니 창문을 넘어 아기에게 타박타박 다가와 그 위에 몸을 쭈그리고는 아기의 코와 입을 막았다. 아기가 더 이상 숨을 쉬지 않는 것을 확인한 고양이는 살그머니 일어나 창을 통해 살금살금 사라졌다. 동네 고양이들은 그다음에 태어난 두 아기에게도 똑같은 짓을 하며 복수심에 불타 날카로운 발톱을 곤두세우는 것마저 주저하지 않았다.

셋째 아이마저 귀에 고양이털이 박힌 상태로 숨을 거둔 채 누워 있는 것을 본 미리암 하눔이 길게 비명을 지르자 온 동네 고양이들은 흐뭇해서 발로 코를 비벼댔다. 미리암 하눔과 남편은 묘지에서 돌아온 뒤, 노한 고양이들의 신을 달래기 위해 무엇이든 해보자고 했다.

사비야 만수르와 여동생들은 모스크의 둥근 지붕 위

에 걸린 초승달이 저무는 해를 찌를 때까지 부엌에서 뼈 빠지게 일을 해 최상급 우유와 페르시아 요리사들에게 유명한 생선 요리들을 차려냈다. 이들은 거실의 카산 양탄자(카산은 17, 18세기 때 페르시아의 왕립 양탄자 공장이 있던 곳-옮긴이) 위에 소프레(새하얀 식탁보)를 펼치고 잔치 음식을 늘어놓았다. 양이 어찌나 많은지 온 동네 가난한 사람들을 넉넉히 먹일 만했지만, 그들은 문 앞에 몰려들었다가 쫓겨났다. 창문들이 활짝 열리고, 벨벳 커튼이 옆으로 밀쳐지더니 문이 열렸다. 식구들은 바구니 안에 폭 들어 앉은 마니쥰을 데리고 조문객들처럼 파타네 델카시트와 술타나 자파롤라의 부모 집으로 갔다. 저주를 풀기 위해 금식하고 기도를 했다.

미리암 하놈도 제 집을 비워주었다. 온 동네 고양이들은 귀빈들처럼 들어와 양탄자 위에 몸을 쭉 뻗기도 하고, 생선을 발라 먹고, 치즈 요리를 핥아 먹기도 했다. 만찬을 끝낸 고양이들은 깔아놓은 자리 위에서 흐뭇하게 낮잠을 즐겼고, 일어나서는 부엌에 쌓인 마대자루 위에서 짝짓기를 했다. 아침에 빈 집에 돌아온 미리암 하놈은 안에 한가득 널린 하얀 털, 노란 털, 회색 털, 검은 털을 주워 모았다. 고양이들이 용서의 표시로 떨어뜨리고 간 털들이었다. 그녀는 그것을 꽉꽉 눌러 공으로 만들어 사각천에 얹고 가장자리를 꿰매 주머니로 만들었다. 그리고 그것을 금줄에 달아 목에 건 뒤 아기 씨를 받으려고 서방 품에 안겼다.

"내가 너한테 이런 얘기를 해도 하느님은 용서하실 거다. 어쨌든 네 엄마가 자신이 저지른 죄의 대가를 치르고 용서를 청한 다음에,"

파타네는 한숨을 포옥 쉬더니 창백해진 플로라에게 빨간 체리와 딸기를 한 그릇 가득 담아 건네주었다.

"고양이들은 더 이상 복수하지 않았단다. 그리고 네 엄마는 불쌍한 호마와 무사를 낳았고, 마지막으로 귀여운 너를 낳은 게야. 그저 건강해라, 플로라. 그래야 결혼하지. 플로라, 어서 결혼해……."

파타네는 입술 없는 미소를 지었고, 머릿속이 뒤죽박죽인 플로라는 씨 빼는 것도 잊은 채 체리를 입 안 가득 우겨넣었다.

"결혼해라, 플로라. 어서 결혼해……."

파타네는 플로라에게 재촉했다. 남편 없이 하루하루 지날수록 붉은 구멍은 점점 말라서 허옇게 변하다가 결국엔 양옆이 꼭 붙어 사라지게 될 거라는 것이다.

플로라가 일어났다. 체리가 무릎에서 떨어져 양탄자 위에 흩어졌다. 플로라는 바지에 오줌을 싼 것처럼 다리를 잔뜩 벌리고 어기적어기적 걸었다. 눈물을 뚝뚝 떨어뜨리며 파타네의 집을 나와 호마의 집에 갔다. 그녀는 빨리

자기를 구해만 준다면 뭐든 하겠다고 언니에게 말했다. 그 구멍이 벌써 붙기 시작해서 커다란 입술들이 작은 입술들에 붙고 있으며, 타는 듯이 뜨거워서 더 이상 오줌도 못 눌 것 같다고 울부짖었다. 호마는 어른처럼 깔깔거리며 웃었다. 큼직한 젖가슴도 제 주인과 함께 웃으며 출렁댔다. 그녀는 두툼한 손으로 창문 가리개를 열고 머리를 삐죽 내밀고 길거리에 대고 외쳤다.

"엄마! *호이 마다르!*(있잖아요, 엄마!) 이 얘긴 꼭 들어야 해요. 빨리 좀 나와 보세요, 엄마."

땋은 머리로 왕관을 쓴 미리암 하눔의 머리가 창가로 모습을 보였다.

"플로라가 멍청한 아기처럼 울고 있어요. 다리 사이로 대추야자 단물을 뚝뚝 떨어뜨리는 것처럼 걸으면서요."

듣고 싶어 하든 말든 호마의 외침은 온 동네 사람의 귀에 들어갔다.

"파타네 아줌마가 얘한테 구멍이 없어질 거라고 했대요. 그 아줌마 눈알을 찻숟가락으로 확 파내야지. 엄마, 들려요? 이리 와서 얘한테 아무리 뜨거워도 구멍은 그렇게 금방 막히는 게 아니라고 말해주세요, 엄마!"

미리암 하눔은 웃지 않았다. 그저 파타네만 저주하며, 그녀의 배가 영원히, *인샬라*(신의 뜻대로) 아프기를 기원하며 창문 가리개가 마치 그 옆집 여편네의 사악한 눈이라도 되는 양 탕 닫아버렸다. 호마는 플로라에게 나막신을 신겨 집으로 보내면서 엄마한테 파타네 델카시트의 배앓이 이야기를 꼭 들려달라고 하라고 말했다.

첫날밤을 치르자마자 파타네는 배가 아프다고 울부짖으며 온 동네를 돌아다녔다. 그녀는 아기가 엄마 젖을 달라고 울어대듯 울부짖었다. 언니인 술타나가 차에 레몬을 넣어 마시게 해봐도, 금식을 시켜 봐도 소용없었다. 그녀는 줄기차게 고통을 하소연했다. 어느 날 아침, 파타네는 언니의 목에 제 머리를 대고 자기는 더 이상 새신랑과 살기 싫다며 흐느꼈다. 사악하고 못돼먹긴 했지만 동생에게는 너그러운 언니는 홍당무 기름을 가져와 파타네의 배에 문질러주며 고통이 가라앉기를 바랐다. 파타네가 치맛자락을 허리까지 들어 올리자, 깜짝 놀란 언니의 손에서 병이 떨어지며 호박색 기름이 양탄자에 흘렀다. 파타네의 배에는 남보랏빛 얼룩이 잉크 자국처럼 묻어 있었고, 핏줄이 터진 검은색 실개울들이 묵직한 가슴 아래까지 펴져 있었다.

언니에게 도와 달라 애걸했던 그 끔찍한 복통을 겪고 나서 파타네는 아이를 여섯이나 낳았다. 그리고 그 자매들과, 두 집이 잇닿는 데 거치적거리는 미리암 하놈은 서로 미워하게 되었다. 파타네는 아이들에게 온전한 이름을 지어주었건만, 동네 여편네들은 그 애들을 몰밀어 뒷

전에서 "배꼽 자식들"이라 불렀고, 있지도 않은 복통을
호소하는 여자를 "임신도 못한 주제에 파타네 델카시트
처럼 괴로워 하기는!"이라며 비웃었다. 공작을 키우는 숫
보기 새신랑이 일주일 내내 배꼽에다 대고 파타네에게
씨를 뿌리려고 했으니 헛수고였을 수밖에. 배꼽은 장님
의 눈처럼 그녀의 배에서 깜짝였다. 파타네는 입술 없는
입을 깨물곤 했고, 숫보기 새신랑은 온 힘을 다해 방망이
를 그 배꼽에 넣으려고 애를 쓰면서, 자식 하나 가지려는
일이 이토록 힘들고 지치기만 한데, 대체 다른 남자들은
이 일을 왜 그리도 좋아하는 건지 도무지 알 수가 없었
다. 언니에게 하소연을 쏟아냈던 파타네가 새 신랑에게
제 가랑이 사이에 있는 털이 복슬복슬한 그 구멍을 보여
주고 나서야 비로소 수수께끼가 풀렸다. 그제야 신랑은
남근을 제대로 집어넣으며 황홀감에 몸을 떨었고 파타네
는 아이를 갖게 되었다.

　플로라는 온 동네가 잠들 즈음에나 느지막하게 이웃집
에서 돌아왔다. 늦게 오는 플로라를 패주려고 나막신을
손에 쥐고 잔뜩 벼르고 있던 아버지와 오빠는 이미 잠든
지 오래였다. 그러나 엄마만큼은 딸의 순결이 불안해서
눈을 감을 수가 없었다. 무지몽매한 플로라는 귀를 현관
에 바짝 대고, 집 안의 코고는 소리를 확인한 뒤에야 나
막신을 벗고 배고픈 모기들이 윙윙거리는 어두운 방들을

살금살금 지나갔다. 어린애처럼 키득거리며 입을 손으로 가리고, 요람 속 아기처럼 바구니 안에서 잠이 든 할머니 옆을 까치발로 지나 자기 방에 살그머니 들어가 나지아 옆 자리에 몸을 웅크리고 누웠다.

하루 종일 집안일을 하느라 지쳐 잠들어 있던 나지아는 사촌언니가 숨죽이며 키득거리는 소리에 금방 깨어났다. 나지아가 눈을 뜨면 둘은 방 안을 채우는 검은 실루엣을 바라보고 모기장 속에서 함께 놀았다. 플로라는 그러다가 잠이 들곤 했다.

몇 분 뒤 미리암 하놈이 방으로 들어왔다. 한 손으로는 들고, 다른 손으로는 가리고 있는 타오르는 촛불 심지가 벽에 깜박깜박 그림자를 던졌다. 그녀는 황급히 분을 닫고, 탈진해서 딸 옆에 무릎을 꿇고는 명예와 수치에 대해 중얼거렸다. 동네 여편네들, 특히 파타네와 술타나에게는 죽을병에 걸리라고 저주하며 온갖 병명을 주섬주섬 늘어놓았다. 아름답고 매끄러운 얼굴은 건강하게 빛나고, 가지런히 뽑은 눈썹 아래 눈은 반짝이고, 고른 이는 분노에 차 득득거렸다.

가장 먼저 그녀는 꼬맹이 나지아가 자고 있는지 확인하고, 플로라의 이불을 벗겨 옷을 허리 위로 들추고, 팬티 끈을 풀러 얼른 내렸다. 마치 똥을 싼 아기를 엄마가 깨끗이 닦아주고 기저귀를 갈아주려는 것 같았다. 얇은 리넨 밑에서 나지아는 숙모의 손가락이 어둠 속에서 희게 빛나는 플로라의 긴 다리를 재빠르게 드러내는 것을 보았다. 미리암 하놈은 딸의 묵직한 허벅지를 벌려 검고 북실북실한 털을 드러냈다. 허벅지와 꽃잎이 벌어진 플로라가 키득거렸다.

미리암 하놈은 원치 않는 결혼을 시켰다며 죽은 아비에게 쉰 목소리로 끊임없이 중얼중얼 욕설을 퍼붓고, 플로라가 식구들 욕먹을 짓을 한다며 불평했다. 또 딸년이 남들 집에서 얻어먹은 음식을 주절주절 아비에게 늘어놓고, 동네 여편네들의 간이 불길에 활활 타오르라고 악담을 퍼부었다. 돌 벽에 비친 기다란 검은 그림자들은 잠시도 쉬지 않았다. 아비의 영혼과 교감하면서 그녀는 손가락 두 개를 딸의 은밀한 부분에 집어넣고 천장을 향해 눈을 굴렸다.

훤히 비치는 너울너울한 리넨을 통해 나지아는 미리암 하놈의 얼굴이 멀리서 연주하는 플루트 소리를 듣듯이 점점 심각해지면서 무엇인가에 집중하는 모습을 지켜보았다. 미리암 하놈의 손은 딸의 가랑이 틈을 살피다가 동굴 속으로 들어갔다. 촛농이 질그릇 받침대에서 바닥으로 똑똑 떨어지며 불길은 천장 위로 너울거렸고, 모기들은 그 주위를 미친 듯이 맴돌았다. 잠에 깊이 취한 플로라는 즐거우면서도 당황스러운 듯한 웃음소리를 흘렸다가 곧 뺨을 대차게 얻어맞고, 통통하고 부드러운 허벅지를 세게 꼬집혔다. 웃음은 곧 흐느낌으로 바뀌었다.

미리암 하놈은 반쯤 잠든 딸을 계속 파들어가며 귀중한 것을 찾고 있었다. 마침내 그것을 발견한 그녀는 잠시 동안 가만히 있었다. 긴장한 얼굴이 이내 부드럽게 풀렸다. 그제야 그녀는 축축한 손가락을 딸의 묵직한 몸에서 빼냈다. 가족의 명예를 잃지 않았음을 확인하고 기뻤지만, 그녀는 혹시나 하는 마음으로 플로라의 가슴과 굵은 허리에 누가 물거나 빤 자국이 있는지 면밀히 조사했다. 그러고 나서 그녀는 딸의 옷을 입히고, 이불을 덮어주고, 잠을 자러 남편 옆으로 갔다.

겨울바람이 플로라의 치마를 펄럭일까봐, 달콤한 여름의 땀에 베일이 플로라의 가슴에 찰싹 달라붙어 축축하고 커다란 땀자국들과 더불어 젖꼭지의 윤곽을 드러낼까봐 걱정하는 건 미리암 하놈만이 아니었다. 집에 찾아온 플로라가 방석 위에 너부러져 레이스 장식 위로 머리칼을 화르르 펼치고 앉아 있으면 이웃 여자들은 나어린 소녀의 풍만한 몸을 두려워했다. 남정네들이 돌아오는 저녁 때가 되면 플로라의 웃음은 갑자기 매력을 잃었다. 아내들은 무사의 흰 사냥개가 짖는 소리가 들린다며 그녀에게 집으로 가라고 재촉하곤 했다. 모두들 옷이 터져나갈 듯한 플로라의 풍만한 몸을 제 남편 눈앞에서 숨기지 못한 못생긴 노스라트가 남긴 쓰라린 교훈을 잘 알고 있었으니, 그때부터 노스라트의 집에서는 평화가, 마음속에는 사랑이 모습을 감췄던 것이다.

못생긴 노스라트는 중매쟁이들의 관례를 깨고 길고 미끈한 남자와 결혼했다. 짙은 콧수염에 안경을 낀 남자였다. 제 아비처럼 못생긴 남자를 남편으로 맞기를 거부하고, 수염이 장하게 난 잘생긴 남자와 결혼한 모든 여자들처럼 전전긍긍하며 사는 게 노스라트의 운명이었다. 그러나 피부에 바글바글 얽은 자국을 내놓으신 하느님은 남자의 재치 또한 그녀에게 내리셨다.

밤마다 노스라트는 남편이 코 골기를 기다려 침대에서 나와 우물로 갔다. 뚜껑 밑에는 그녀가 갖다 놓은 신선한 양젖 버터가 놓여 있었다. 남편의 사랑의 불길을 감시하기 위해 그녀는 안경알에 버터를 얄따랗게 바른 뒤 방으로 돌아가 안경을 그의 옆에 잘 모셔 두었다. 동틀 녘에 그는 안경을 끼고, 아내의 얼굴에 흡족해 했다. 아스라이 환한 외모에 얼금얼금한 자국은 보이지도 않았고, 살짝 낮은 코는 맵시가 그만이었다. 버터가 한낮의 태양에 이미 녹아 없어진 저녁이 되면 어두움이 그녀의 추함을 가려주었다.

어느 날 밤, 노스라트는 남편의 안경에 버터를 바르기도 전에 골아 떨어져버렸다. 꿈속에서 그녀는 흑해 바닥으로 떨어졌다. 그곳에서는 푸른 얼굴을 한 낮선 여자들이 거친 산호초에 대고 맨 젖가슴을 비비며 물고기 꼬리를 떨고 있었다. 그녀는 악몽에서 깨듯 꿈에서 깨어나 우물로 달려갔지만, 너무 서두른 나머지 안경을 떨어뜨리고 말았다. 안경은 돌바닥에서 깨져버렸다. 노스라트는 아침에 유리공에게 들렀다가 집에서 안경을 기다리고 있는 남편에게 돌아가던 도중에 플로라와의 약속을 떠올렸다. 집에 오면 참깨와 기름과 견과가 든 케이크를 만들어주겠다고 플로라에게 일러 두었던 참이다.

당시 열다섯 살이던 플로라는 풍만한 곡선에 머리칼은 팔라비 왕의 순혈종 말의 꼬리처럼 가지런했다. 빨간 치마에는 등대풀 무늬가 수놓여 있었다. 노스라트의 남편은 새로 고친 맑은 안경으로 문간에서 플로라를 맞이했다. 그의 눈에 플로라는 새빨간 고추로 엮은 목걸이처럼 보였다. 혀가 타는 듯한 그는 손을 내밀어 하나를 따서 맛보려 했다. 그날 이후, 플로라는 노스라트네에 오지 않았고, 노스라트는 짭짤한 땀과 달콤한 맛을 남편에게 선사하기 위해 북슬북슬한 제 겨드랑이에 설탕 조각을 끼웠다가 입에 넣어주는 일을 더 이상 하지 않았다.

4

삶아서 간밤부터 물에 담가 놓은 병아리 콩들은 말랑 말랑해져서 투명한 껍질을 벗고 노란 얼굴과 어릿광대같이 뾰족한 머리를 드러냈다. 나지아는 그것을 돌절구에 넣고 묵직한 공이로 찧었다. 쿵쿵 찧을 때마다 물크러지던 콩들은 마침내 부드럽고 노랗게 차졌다. 나지아는 일찌감치 찢어내 마른 레몬으로 버무려 둔 닭고기를 찧었다. 일정하게 절구 찧는 소리는 플로라가 부르는 노래의 리듬을 주도하고, 나지아의 머릿속에 떠오르는 생각의 흐름을 늦춰 주었다.

나지아는 몸을 흔들고, 그날 아침 주워 온 장작 몇 개와 살을 발라낸 닭 뼈를 냄비 밑에 밀어 넣었다. 뼈 사이에 그녀는 올리브 펄프(올리브기름을 짜낸 반죽-옮긴이) 몇 덩어리와 화덕에서 능숙하게 퍼낸 그을린 잔불을 넣고, 숨을 한껏 들이마신 뒤 불길에 대고 후후 불었다.

"나지아, 이 멍청아. 연기를 왜 이렇게 많이 내는 거야!"

연기에 숨이 막히자 플로라는 노래를 멈추고 주먹으로 눈을 비볐다.

"내가 안 보여? 너 때문에 눈물이 나잖아. 연기까지 안 마셔도 난 울 만큼 울거든?"

나지아는 대답하지 않았다. 매운 연기 탓에 가느스름하게 뜬 빨개진 눈에서 눈물이 흐르면서 마침내 불이 제대로 붙었다. 눈물 사이에서 너울너울 춤추는 불길을 그녀는 지저분한 손으로 가렸다. 하도 물어뜯어 손톱이 남아나지 않은 뺏뺏한 손가락에 불길이 요염하고 생생한 혀처럼 날름날름 다가왔다. 손가락 틈으로 불빛이 반짝이며 새어나왔다. 가만히 숨을 참고 있자 불길은 그녀의 손가락 끝을 날름거렸다. 플로라는 기침을 하면서도 나지아에게서 눈을 떼지 않다가 가는 비명을 질렀다. 그 순간 나지아는 불에 덴 손가락을 얼른 입 안에 넣었다. 갓난아기처럼 손가락을 빨자 손톱 밑에 남은 후머스(병아리 콩, 기름, 마늘을 넣은 소스. 빵에 찍어먹기도 하고 만두에 넣기도 함-옮긴이)가 입 안으로 녹아들었다.

"바보."

플로라가 걱정하며 피식 웃었다. 묵직한 커튼을 젖히는 듯한 미소였다. 나지아도 배시시 웃으며 까치발로 일어나 무더운 부엌 벽에 유일하게 달린 작은 창문을 열려고 화덕 위로 몸을 뻗었다. 그을음 낀 끈끈한 벽에 몸을 대고 치마를 걷으니 어린애처럼 가느다란 종아리가 드러났다. 나지아는 목을 쭉 빼며 창문을 열었다. 경첩에서 끼익거리는 소리가 났다. 초겨울 저녁의 찬 기운 실린 가벼운 바람이 안으로 불어오자 플로라는 백조들을 끌어안았다. 거리에서 아몬드나무들이 살랑살랑 흔들리는 소리가 소녀들의 마음속에 스몄다. 불길이 떨리면서 짙은 연기가 스멀스멀 하늘로 올라갔다.

슬픈 껍질을 감고 있는 나지아는 플로라의 입 안 어디서 그 푸짐한 웃음이 부글부글 끓어오르는지 신기했다. 플로라는 무사에게 온몸이 너덜너덜해질 정도로 맞으면서도 쉴 새 없이 웃어댔다. 맞으면서 울부짖는 소리에 온 동네가 놀랄 지경이었는데도, 커다란 눈이 중국 소녀의 눈처럼 가느스름해질 때까지 어찌 그리 계속 웃어댈 수 있는지 도무지 알 수가 없었다. 그녀의 웃음소리를 더 이상 못 견딘 무사가 아버지의 안식일용 바지에서 가죽 허리띠를 빼내 휘둘러댔던 작년 유월절 전날 밤에도 플로라는 허리가 끊어질 듯이 웃어대며 새끼돼지처럼 쿵쿵거렸다. 옴리쟌의 귀신들은 무사의 마음을 휘젓고 그의 눈을 재미 삼아 굴리고, 그의 목구멍을 통해 명예와 수치에 대해 고함쳤다. 그의 손에 든 허리띠는 스스로 살아 움직이듯 누이동생의 다리를 채찍질했다. 플로라는 한 손으로 멍든 발을 잡고, 다른 손으로 웃음이 마구 터져 나오려는 입을 누르며 뒤틀린 혁대로부터 치아를 보호했다.

가구와 다른 집기들이 바람을 쐬느라 거리에 나앉은 동안 나지아는 부엌에서 허리가 휘어져라 명절 음식을 마련했다. 지난주에 그녀는 집 안을 반짝반짝하게 닦아

놓았다. 식구들은 아몬드나무 그늘에 깐 자리에 둥그렇게 앉아 식사했다. 식사를 마치면 그들은 둥그런 자리로 조심스럽게 들어와 옷을 세심하게 털었다. 나지아가 개암과 아몬드와 땅콩을 화덕에 굽고, 말랑말랑한 대추야자의 즙 많은 속살에서 씨를 빼내고 있는데, 마니쥰이 미치광이처럼 중얼거리는 소리 너머로 플로라의 웃음소리, 쿵쿵거리는 소리와 함께 살갗에 허리띠가 쉭쉭 휘감기는 소리가 들렸다. 그 소리를 따라가 보니 진원지는 문이 닫힌 헛간이었다. 나지아는 문을 열어보려 했지만 무사가 안에서 힘껏 막고 있어 도무지 열 수가 없었다. 그녀는 미리암 하놈에게 호마의 집에 가서 호마를, 닭집에 가서 숙부를 얼른 데려오게 했다. 무사가 플로라를 죽이려는 판이었기 때문이다.

나지아는 양손으로 문을 쾅쾅 두들기며 들여보내 달라고 외쳤다.

"그만해, 무사 오빠. 오오, 하느님. 날 좀 들여보내 줘!"

"들어오지 마, 나지아. 당장 꺼져. 꺼지라고."

그의 목소리가 문틈으로 흔들렸다.

밖에서 무사의 사냥개가 자기도 귀신에게 벌 받고 있다는 듯이 컹컹 짖어댔다. 나지아가 온몸으로 돌진하자 마침내 문이 열렸다. 닫힌 헛간에는 플로라의 혼수품이 그득했다. 고리버들 바구니에는 이부자리들, 유월절용 놋

그릇들과 큼직한 크리스털 접시들, 겨울옷과 여름옷이 차곡차곡 쌓여 있고 건조식품들, 구운 과일, 야채 절임, 꼰 짚에 잘 싸 놓은 술, 즐기려고 피우거나 어릴 때부터 천식을 앓는 무사가 숨쉬기 힘들 때 달래주기 위한 아편이 가득 담긴 깡통들도 있었다. 플로라는 소금에 절인 배추들이 담긴 나무통과 갈색 렌즈콩들이 반쯤 담겨 허우룩한 자루 사이에 끼어 있었다. 플로라가 손톱으로 자루를 찢어놓은 바람에 렌즈콩은 음식을 갉아먹으러 온 벌레들처럼 바닥에 흩어져 있었다. 플로라의 다리는 반항하듯 푸드득거리는 암탉의 다리처럼 묶인 채 피를 흘리고 있었다. 동생을 더 괴롭히고 싶은 무사는 굵은 소금을 자루에서 꺼내 그 위에 뿌렸다. 플로라는 거의 기절할 지경이었다. 머리채는 여전히 무사의 손에 휘어 잡혀 있었다.

"*아운다레*(용서해줘), 무사 오빠. *아운다레……*"

나지아는 자그마한 몸을 둘 사이에 던지고는 두 팔로 무사를 끌어안았다. 머리로 그의 배를 누르니 도살장의 짐승 시체에서 나는 악취가 코에 그득 스몄다. 괴기한 빛으로 번들거리는 무사의 얼굴에서 땀이 뚝뚝 떨어지고, 사춘기 여드름이 볼을 벌겋게 달구었다. 가늘게 뜬 까만 눈 위에는 빽빽하고 털 많은 새까만 일자눈썹이 이어졌다. 귀와 콧구멍들은 플로라의 다리만큼이나 벌갰고, 갓 긁힌 자국이 자두색 목에 선연했다. 개가 거칠게 숨을

몰아쉬는 것처럼 무사는 숨을 요란스레 몰아쉬었다. 벌
어진 입아귀에서는 침이 흘렀다.

"이젠 더 이상 웃지 않겠지, 응?"

무사는 둘에게서 몸을 빼내 헛간 구석으로 걸음을 옮
기며 으르렁댔다.

"인샬라(맹세코) 널 내일 공회당에 꼭 끌고 갈 거다. 남
들이 세 번 순례 기도를 하러 올 때 말이야. 오른쪽 다리
를 공회당 한쪽 문기둥에 묶을 테다. 그리고 왼쪽 다리
도, 응?"

그는 허둥지둥 헛간에 도착한 부모와 사비야 만수르에
게 몸을 돌렸다. 공포에 질린 쥐들은 그 틈에 그들의 다
리 사이로 빠져나가 거리를 향해 쪼르르 달음질쳤다.

"그러면 내일 아침에 온 옴리쟌 사람들이 여자들과 아
이들을 데리고 올 거예요. 공회당 문을 지나며 내 누이
동생의 구멍을 보고 얘가 처녀인 걸 알게 될 거라고요.
처녀! 숫처녀 말이에요! 그럼 라토리얀 집 딸들이 배고
픈 암고양이처럼 동네를 돌아다닌다는 말은 다신 안 하
겠죠, 네? 플로라의 머리와 플로라의 구멍이 둘이서 백
개면(둘이 하는 주사위 보드 게임—옮긴이) 놀이를 하고 있
다는 말도 안 하겠죠, 네? 난 이 신성한 축제를 두고 맹
세해요, 맹세한다고. 내가 만약 이 일을 안 하면, 네? 난
개새끼야, 너한테 그렇게 안 하면, 응? 하느님이 널 데려

가……."

나지아는 기침을 하고 벌벌 떨고 있는 무사에게 물을 가득 담은 놋그릇과 재스민 꽃을 한 묶음 가져다주었다. 그제야 그는 말을 멈췄다. 그는 입아귀의 침을 닦고 물을 단번에 벌컥 들이켰다. 입술에서 물이 뚝뚝 떨어졌지만, 분노로 찡그려진 얼굴은 퍼지지 않았다. 진정하는 기색이 보이지 않자 나지아는 무사에게 물을 떠다 주었다. 하얗게 질린 미리암 하놈과 숙부에게도 물을 한 잔 갖다 주었다. 숙부는 허리춤 위로 바지를 바짝 올리고, 닭 피로 더렵혀진 앞치마를 입은 채 헛간 문 앞에 서 있었다. 사비야 만수르는 팔짱을 끼고 머리를 흔들며 혀를 찼다.

애들을 달고 문가에 모여들었던 이웃 여편네들은 라토리얀네 집에서 무슨 일이 터졌는지 동네 사람들에게 읊으려고 흩어졌다. 무사의 개도 더 이상 짖지 않았다. 사방이 고요해진 가운데 찢어진 자루에서 렌즈콩이 한 알씩 또르르 굴러 떨어지는 소리와 바구니에서 마니준이 자기를 거두어가 달라고 하느님께 애원하는 외침만이 들렸다.

세데르(유월절 밤 축제-옮긴이) 동안 모두 차례로 부추와 파로 서로를 때리며 다이예이누(유월절 기간 동안 부르는 노래. "이젠 되었나이다"라는 뜻-옮긴이)를 부를 때 무사는 또 다시 플로라를 때렸다. 그 매운 냄새에 눈이 아려 결국 그녀가 눈물을 흘리자 무사는 의기양양해졌다. 그러나 다음 날 아침 공회당 정문에서 플로라가 가랑이를 벌리고 있는 일은 없었고, 밤에 잘 때도 그러지 않았으니, 플로라는 유월절 전날 밤부터 오순절이 끝날 때까지 집 밖에 나가기는커녕 식구 외에는 단 한 명도 보지 못했기 때문이다. 미리암 하눔이 장을 봐야 하면 남편은 무사에게 닭집을 맡기고 딸을 감시하려고 허둥지둥 집에 왔다. 혹은 여동생 감시 차 호마가 소환되기도 했는데, 어미가 집에 돌아와 보면 둘은 어렸을 때처럼 서로 싸우고 있었다. 플로라의 피부는 꼬집혀서 온통 빨갛게 부어 있었다. 플로라는 뒷간에 혼자 가는 것도 금지되었다. 발을 다쳐 절룩이는 플로라를 나지아가 부축하며 데리다줘야 했다.

플로라 소식을 묻는 이웃들에게 무사와 아비는 매우 아프다고만 대답했다. 그러나 그 말을 믿는 사람은 아무도 없었다. 파타네와 술타나가 이미 헛간에서 울린 비명을 퍼트린 데다, 라토리얀네 여자들은 튼실하기로 유명했기 때문이다. 동네 여자들은 플로라를 찾아오려 했다. 이 어린 친구가 좋아하는 페이스트리와 단것들을 손에 든 그네들은 으르렁거리는 사자 모양 문고리를 두드리고, 입구를 막고 있는 미리암 하눔 주위를 안달을 떨며 엿보았다. 그네들을 돌려보낸 뒤 미리암 하눔은 눈을 꼭 감고

문에 등을 기대고 쉬면서 저년들은 가장 즐거운 날 이않
이로 고생고생 할 거라고 악담을 퍼부었다.

결국 사람들은 모두 플로라가 아프다는 것을 믿게 되
었다. 파타네와 술타나조차 그렇게 믿었다. 이들은 플로
라가 노랗게 떠서 월말의 그믐달처럼 꼬치꼬치 말랐다고
나불거렸다. 또 플로라는 콩팥에 병이 걸렸는데 순전히
어미인 그 더러운 암고양이가 집이든 자식이든 전혀 돌보
지 않았기 때문이니 그 아이는 염소 똥 연기로 치료받아
야 한다고 읊어댔다. 파타네 델카시트는 온 동네 사람에
게 자기가 지붕에서 플로라를 얼핏 보니 얼굴이 아주 제
대로 얽었고, 입술은 바짝 말라 푸슬푸슬한데다 색깔도
이미 바랬고, 전처럼 웃으려고 입술을 떼는 일도 없다고
나발을 불었다. 언니인 술타나는 플로라가 생리를 겨우
석 달에 한 번 하는데 그나마 검붉은 핏덩어리를 떨어뜨
릴 뿐이고, 그 때문에 무척 괴로워한다고 덧붙였다. 그러
자 동네의 모든 여자들은 마음이 너누룩해지며 입이 절
로 벌어졌다.

나지아는 다시 몸을 부르르 떨고 시원한 우물 위에 늘
보관해 놓는 양의 지방 덩어리인 돔베를 잘랐다. 돔베는
양고기 장수가 성숙한 암컷의 뒷다리 사이에서 벗겨낸
것이었다. 양이 피리소리를 따라갈 때 젖처럼 출렁이던
그 지방 덩어리는 별 저항 없이 제거되었다. 나지아가 상

한 돔베 조각을 냄비에 넣자 고약한 냄새가 온 집 안에 풍겼다. 지글거리는 그 지방 덩어리 덕분에 샬롯(서양파의 일종-옮긴이)에 서서히 윤기가 돌았다. 나지아는 병아리 콩들과 닭고기 반죽을 야무지게 굴려 쌀 속에 넣고, 냄비 뚜껑을 닫았다. 가게 문을 닫기 전에 갈색 종이에 싸서 보내준, 털을 채 뽑지도 않은 암탉으로 무엇을 만들어 놓았는지 주린 배로 집에 돌아온 무사와 그의 아비가 보기도 전에, 나지아는 엎어 놓은 놋 프라이팬 위에 얇고 바삭한 빵인 라바시를 재빨리 구워놓았다. 반죽을 뒤집어 뒷면마저 노릇노릇하게 구워질 즘 플로라는 나지아를 끌고 지붕으로 올라갔다. 이웃들의 마당을 눈과 귀로 듣고 싶은 유혹을 받았으니, 어디선가 웬 어지기 흐느끼며 죽어가는 듯이 우는 소리가 들렸기 때문이었다.

5

샤힌 보지도지는 다부지고 땅딸막했지만, 수완 좋은 옷장수는 못됐다. 그는 아들보다 다리가 더욱 짧은 아비에게 장사수완을 배웠다. 샤힌이 다섯 살 때 아비는 어미를 활활 타오르는 화덕 속에 밀어 넣었다. 그때부터 아들은 아비의 행상길에 따라다니면서 싸구려 리넨을 비단

값에 넘기는 수완을 익혔다.

죽던 날, 샤힌의 어미는 부엌에서 허옇게 밀가루가 묻은 손으로 빵을 굽고 있었다. 제 옆에 앉아 있는 아들에게 어미는 예부터 내려오는 사랑 노래를 흥얼거려주었다. 집에 돌아온 남편은 문에다 귀를 납작 붙이고 아내의 노랫소리를 듣다가 온몸이 질투로 활활 타올랐다. 저토록 노랫가락이 애잔한 까닭은 다른 놈과 눈뿐만 아니라 배까지 맞았기 때문이라고 여긴 그는 아내를 불길 속에 밀어버렸다. 졸지에 샤힌은 어미를 잃고, 어미의 빵을 그리워하게 되었다.

샤힌은 아비가 훔친 당나귀 등에다 장사에 행운을 가져다주는, 올빼미가 수놓인 아라비아 천으로 만든 커다란 자루를 깔았다. 아비는 길에 내리쬐는 뙤약볕에 연약한 살이 상하지 말라고 아들의 얼굴에 아보카도 과육 으깬 것을 붙여주고 함께 길을 떠났다. 그들은 올빼미 자루에 옷감을 필필이 묶고, 당나귀가 제 마음대로 먹을 수 있게 먹이가 그득한 꼴망태를 목에 매달아주었다. 걸어가는 동안 자루와 피륙이 이리저리 흔들렸다. 샤힌은 당나귀 목을 질긴 종려나무 섬유로 꼰 줄로 끌어당기며 길잡이 노릇을 했다. 마누라 잃은 아비는 당나귀 꼬리 뒤에서 질투심 많은 얼굴로 느릿느릿 걸으며 평생의 꿈인 누에 공장을 꿈꾸며 머릿속을 누에나방들과 돈으로 그득 채웠다.

아비가 죽자 샤힌은 누에나방들에 대한 그의 꿈과 훔친 당나귀, 장사 속임수 몇 가지, 그리고 염소 도둑이란 뜻의 '보지도지'란 성을 물려받았다. 샤힌은 아비를 고향인 바볼의 제 어미 옆에 묻고 당나귀에 올라탔다. 그는 귀가 삐죽 서고 등이 활처럼 휜 깜짝 놀란 고양이 모양을 한 제 나라 방랑길에 접어들었다. 첫날 저녁, 하늘에 높직높직 떠 있던 구름들이 시커무리해지더니 유난히 낮고 무겁게 내려앉았다. 무너져서 짜부라뜨릴 듯한 기세였다. 노란 번개가 가늘게 번쩍이며 하늘과 땅을 갈랐다. 기다란 햇빛은 구름 뒤로 숨고, 시커먼 하늘이 더욱 새까매지며 땅과 뒤섞이더니 어둠 속에서 무시무시한 폭풍우가 일었다. 엄청난 천둥소리가 거대한 북처럼 콰르릉 대고, 악마 같은 번갯불이 번쩍하며 당나귀의 꼬리를 쳤다. 기겁을 한 짐승은 히히힝거리며 등에서 샤힌을 떨어뜨리고는 숯 덩어리처럼 죽어 나자빠졌다.

샤힌은 일어나 옷에서 진흙을 털어내고, 부들부들 떨면서 테헤란까지 줄곧 걸어갔다. 만약 죽음의 천사가 목덜미를 톡톡 두드린 뒤 사라져버렸다면 누구라도 그랬을 것이다. 그는 가위를 단검이라도 되는 듯 허리띠에 찔러 넣고, 길 먼지에 더러워진 화려한 옷감들을 팔로 안고, 옷감들을 깃발처럼 펄럭거리는 세찬 맞바람을 맞아가며 어렵사리 한 발 한 발 떼었다.

테헤란에서 그는 당나귀를 한 놈 훔쳤다. 새하얀 뱃바닥이 눈 주위의 얼룩과 잘 어울리는 숫새끼로, 다음번 천둥에서 그를 대신할 놈이었다. 페르시아 고양이의 배꼽에 해당하는 이스파한으로 가는 길에 그는 무슬림 제자도 하나 건졌다. 눈동자가 핀 대가리처럼 작은, 꽤 어린 놈이었다. 폭풍우가 이는 밤마다 무시무시한 은빛 번개가 샤힌을 겨누고 머리 위로 번쩍일 때면 제자놈은 그의 손을 쓰다듬었고, 더운 여름밤에 스승이 입맞춤을 할 때면 아직 여린 콧수염으로 스승의 목을 간질였다.

제자는 어느 읍이나 마을에 가든, 살림이 가장 넉넉하고 허영심도 한껏 부푼 시아파 여자들에게 스승을 안내하는 길을 알고 있었고, 샤힌은 아이놈에게 너그럽게 보답했다. 제자는 햇볕에 구운 벽돌로 낮게 담을 친 수려한 돌집을 가리키고 빙긋 웃었다. 둘은 근처에서 숨을 만한 곳을 찾아내 당나귀 등에서 짐을 내리고, 바닥에 자수 놓인 부엉이 자루를 펼쳐 놓았다. 아이는 자두주가 가득 담긴 차 탕관의 작은 마개를 돌려서 스승의 잔에 조금 따르고는, 뜨거운 차라도 담겨 있는 것처럼 호호 불었다. 제자가 그 술을 홀짝거리는 동안 샤힌은 기다란 담뱃대로 아편을 피웠다. 다 마시고 피운 뒤 제자는 샤힌에게서 등을 돌리고 얼굴을 동쪽으로 향해 첫 날빛이 제 눈에 떨어지게 한 자세로 스승과 얽혀 골아 떨어졌다.

태양이 떠오르고 페르시아를 덮은 하늘이 푸르스름해지기를 기다려 샤힌과 제자는 집주인과 아들들이 집에서 나가는 것을 지켜보았다. 샤힌은 침 묻힌 손가락으로 부스스한 눈썹을 가지런히 정리하고, 좌우로 침을 뱉으며 행운을 빌고, 제자에게 팔을 쭉 뻗어 옷감을 쌓으라고 한 뒤 그것들을 겨드랑이에 끼었다. 마지막으로 아이놈은 문고리를 두드리고 슬쩍 모습을 감추었다.

샤힌은 아비가 가르친 장사 수완을 써먹을 때마다 존경 어린 눈물이 그렁그렁 차오르곤 했다. 명태 눈깔은 나비처럼 푸드덕거리고, 성한 눈은 쉴 새 없이 곁눈질했다. 기름치럼 번질기리는 미소와 촉촉하고 가지린힌 눈썹을 대령하고 문간에 설 때마다 그는 아비가 이렇게 뽐내는 소리를 듣곤 했다.

"애벌레는 늘 고치를 갈구하는 법이다, 이 얼간이 자슥아!"

이 의기양양한 외침이야말로 일생 동안 그가 거래마다 에누리없이 성공했다는 것을 확인시켜주는 격언이나 다름없었다.

아비처럼 샤힌이 화려한 옷감을 들고 서 있으면 문을 연 안주인은 어서 들어오라며 맞아주었다. 그는 잠기운이 가시지 않은 시금털털한 입 냄새와 아침에 먹고 입에서 배출되어 방 안을 떠돌아다니는 시큼한 요구르트 냄새를 맡았다. 샤힌은 아비의 야단스런 몸짓과 점잔빼는 걸음을 본뜨고 옷감을 바닥에 도르르 풀어놓았다. 하품하는 주인. 아낙이 미처 이러쿵저러쿵 말할 겨를도 없이 방 안은 색색으로 화려한 옷감으로 홍수를 이루었다. 샤힌은 틈을 주지 않고 중국에 직접 가서 훌륭한 물건을 구입해왔다며 여행 이야기를 늘어놓기 시작했다. 주인 아낙은 상상 속에서 그와 함께 배를 탔다. 펄럭거리는 옷감은 그녀의 헝클어진 머리에 부드럽고 은근한 산들바람을 불어주었다. 마침내 안주인이 제 마음에 쏙 드는 옷감을 고르면 샤힌은 색채와 촉감이 정말 잘 어울린다고 침이 마르게 칭찬하며, 비록 낯빛이 시들시들하고 누리끼리한데다 얼굴이 마맛자국으로 얼금얼금하다 해도, 뛰어난 미모와 고상한 취향에 대해 아부를 줄줄 늘어놓았다. 그러고는 서둘러 치수를 재기 시작했다.

염소가죽으로 만든 자로 안주인의 키와 허리와 가슴의 품을 재면서 그는 굶주린 사팔눈으로 몸을 죽 훑었다. 그가 둥긋한 곳을 재거나, 풍만한 가슴을 칭찬하거나, 등에 슬쩍 기대며 제 남근을 그 따스한 엉덩이에 비비면 곧바로 무너지는 여자들도 있었다. 또 시간이 조금 지나야 샤힌과 가짜 비단에 넘어가는 여자들도 있었다. 새 옷을 지으려 골라놓은 옷감을 극히 세심하게 자른 뒤 그 천이 얼마나 좋은지, 또 촉감은 얼마나 보드라운지 보여주려고 목 위로 건네면서 젖꼭지에 대고 세게 누르거나 다리 사이로 능란하게 그 천을 비비면 넘어갔던 것이다.

그가 아비로부터 전수받은 또 다른 중요한 규칙은 제 살에 달린 누에를 이방인 여인들의 고치 속에 넣으면 안 된다는 점이었다. 이교도 나비들이 탄생하는 것을 방지하기 위해서였다. 샤힌은 아비에게 했던 맹세를 잘 지켰다. 그는 언제나 사각 비단 조각을 옆에 두어 씨를 버리고 남근을 닦는 데 썼다.

일을 치른 뒤 샤힌은 바지춤을 추스르고 외투를 입고 나서 한창 비비적댄 두 몸뚱이 덕분에 구겨지고 땀에 얼룩진 옷감을 말았다. 그는 바람난 아주인에게 상당한 옷감을 공짜로 주고, 몸을 어루만지며 매력이 줄줄 넘친다고 칭찬했다. 그녀는 행운을 한껏 기뻐한 뒤, 유혹한 바볼 출신의 행상인에게 다신 눈을 돌리지 않겠다고 단단히 결심하고는, 선물 받은 비단으로 새 옷을 지어 입을 꿈에 부풀었다. 안주인은 고맙다며 빵과 페이스트리를 건네주며 안전한 여행길을 빌어주고, 밖에서 발가벗고 뛰어다니는 자식 놈들 눈에 띄기 전에 집에서 그를 쫓아내다시피 내보냈다.

그러나 그날 저녁, 여인의 마음에서 샤힌의 몸에 대한 기억이 옅어질 즘 그는 사팔눈을 굴리고 장사치의 미소를 얼굴에 한 켜 두른 채 그 집 문 앞에 다시 나타났다.

"어…… *샤브 카이르*(안녕하십니까), 어르신. 안녕하십니까, 마님 ……."

그는 공손하게 말하며 창백해진 여인과 놀라는 남자의 눈을 피해 눈길을 내리깔았다.

"*베바흐시드*(죄송합니다). 이렇게 늦은 시간에 방해 드려서……. 존경하는 어르신, 제가 한 가지 여쭤 봐도 될까요? 제가 오늘 아침에 말라드린 옷감을 존경하는 마님께서 어르신께 보여드렸는지요? 그 색깔과 자수 문양이 마음에 드십니까? 혹시나 지금 값을 지불해 주실 수 있는지요? 저는 배고픈 행상인이고, 어제부터 먹은 것도 없답니다. 이제 멀고도 고단한 장삿길을 다시 떠나야 할 때라서요."

그러면 서방은 마누라에게 자기 돈을 옷과 화장품과 장신구를 사는 데 낭비한다고 소리소리 질렀고, 마누라는 다시는 안 그러겠다 맹세하고 눈물을 흩뿌리며 저 옷감장수에게 돈을 내주라고 애원했다. 터무니없이 바가지를 썼지만, 저놈의 악당을 몰아내려면 어쩔 수 없었던 것이다. 그동안 샤힌은 등을 문설주에 대고 그날 아침 이후바볼 옷감 장수의 씨가 말라버린 그 작은 비단 주머니를 만지작거렸다. 마침내 그는 이방인 여자의 서방에게 갈취한, 세 배나 바가지 씌운 돈을 들고 당나귀에게 돌아갔다. 깜박이는 그의 눈은 어린 시절부터 나름대로 자신을 키워주고 세상 살 방도를 물려준 죽은 아비에 대한 존경심으로 다시금 그렁그렁해졌다.

"고치는 언제나 제 안에 들어올 누에를 갈구하는 법이다, 이 얼간이 자슥아!"

그가 제자놈한테 의기양양하게 소리를 지르며 당나귀의 엉덩이를 갈기자 짐승은 펄쩍 뛰며 히히힝거렸다.

그러나 아비의 장사 수완이 늘 먹히는 건 아니었다. 어떤 여자들은 무례한 손가락 놀음에 비명을 지르고 그를 때리고 집에서 몰아냈다. 쾌락을 즐기다가도 마지막 순간에는 옷감도, 돈도 없이 고작해야 손에 제 작은 씨 주머니만 달랑 들고, 그 땅딸한 몸이 성한 데라곤 없이 얻어맞을 때도 있었다. 질투심 많은 노랭이에 힘마저 센 남편을 둔 여인의 샅에 푹 빠진 탓이었다.

봄에 접어든 지도 석 달, 오순절 축제도 얼마 안 남았을 때 샤힌은 알보르즈 산맥 끝자락에 있는 옴리쟌 마을에 발길이 닿았다. 왕자의 주황색 망토를 팔아 번 돈은 흐지부지 다 써버리고, 운 나쁜 일 때문에 온몸은 멍투성이였다. 그 일을 겪고 나서 그는 아비의 가르침을 잠시 접어 두겠노라고 마음먹었을 정도였다. 샤힌은 붉은 비단으로 열아홉 살짜리 노처녀를 꼬드기고는 그 비단으로 처녀의 맨 엉덩이를 감으며 "살랑살랑 흔들어봐"라고 말했다. 옆방에서 자고 있던 처녀의 아버지가 가짜 비단이 버석거리는 소리에 깨났다가 딸자식이 알몸으로 엉덩이를 흔들며 다리 사이로 피를 흘리는 것을 보고, 샤힌을 늘씬하게 패주었다. 그 와중에 걱정하던 제자놈이 그 집에 들어와 스승의 목숨을 구해주었다. 플로라 라토리얀과 결혼했을 때도 샤힌은 오른쪽 팔에 여전히 달걀노른자와 애기회향을 섞은 회반죽을 바른 상태였고, 온전한 한쪽 눈은 화장먹을 바른 것 같았다. 결혼식 날 밤, 플로라는 그의 꼬리뼈에서 날개가 긴 메뚜기 문신을 발견했다.

샤힌 보지도지와 제자아이는 당나귀를 타고, 톱니 모양 마을 담의 북쪽에 난 널찍한 다르바제 모시타리, 즉 카라반들이 드나드는 여행자의 문을 통해 들어왔다. 떠날 때는 복잡스런 유대인 동네인 쥬바레에 가까운 남쪽 문 다르바제 샤우단으로 나갔다. 태양은 동문인 솔라를 통해서 날마다 마을에 빛을 뿌렸고, 시간이 흐르면 달이 그 자리를 차지했다.

마을에 들어설 때 샤힌은 당나귀의 귀를 잡고, 제자는 뒤에서 그의 허리를 껴안고 허리띠를 꽉 쥐었다. 문을 지나자마자 마을의 악취가 밀어닥쳤다. 그들은 숨을 참다가 어지럼증에 균형을 잃고 비틀거리는 당나귀의 등에서 옷감들과 함께 떨어지고 말았다. 그들은 마을의 남쪽 편에 어깨를 나란히 하고 서서, 담 밑에 있는 수로에 오줌을 갈겼다. 그곳에는 눈 덮인 산꼭대기에서 내려오는 차고 탁한 물이 흐르고 있었다. 꽃 피는 아몬드나무에서 풍기는 좋은 향기가 코에 스며들었다. 빽빽한 아몬드나무 숲은 유대인 동네를 에워싸 나무 사이에 구불구불 나 있는 동네의 길들을 가려주었다. 다른 동네에서는 보이지 않을 정도였지만, 아르메니아 사람들의 동네를 둘러싼 탄탄한 돌담만큼 그곳 사람들을 보호해주지는 않았다. 봄이면 꽃피는 나무에서 풍기는 향기가 그 마을의 모든 악취를 덮어주고, 쥬바레를 구름처럼 감싸주었다.

플로라와 샤힌은 어지럽고 골이 지끈거리던 그날 아침에 만났다. 샤힌은 아비의 옷감 판매 방식을 잠시 뒤로 미루고, 남은 옷감을 좀 더 전통적인 방식으로 처분할 작정이었다. 행운을 비느라 먼저 침을 뱉고 눈썹에 침을 묻혀 가지런히 정리하는 과정을 접어 둔 채 그는 라토리얀 네 집을 두드렸다. 플로라의 엄마는 그에게 들어와서 한 아름 안고 있는 옷감을 보여 달라고 했다. 옷감을 든 손 위로는 이마와 점점 성글어지는 숱만 보였다. 남편과 아들이 집 안에 아무도 들이지 않는 것은 물론, 갇혀 있는 플로라의 몸을 낯선 자에게 보이지 말라고 했지만, 허영기 있는 미리암 하놈은 유혹을 뿌리칠 수가 없었다. 그녀는 자기가 집 안에 들이고 있는 사람을 수다쟁이들이 혹시 엿보고 있지 않나 확인하려고 머리를 밖으로 내밀었다. 다행히 봄볕을 듬뿍 받고 어지러워하는 당나귀와 제 자아이만 보일 뿐이었다.

"얼른, 얼른, *바바일라*(들어와요), 남편이 당신을 보기 전에……."

그녀는 말하면서 낮은 문을 닫아버렸다. 샤힌은 주춤주춤 들어왔다. 그는 햇빛에 주근깨가 잔뜩 나고 곰팡이가 피어 머리가 빠진 부분을 긁고, 머뭇머뭇 웃어 보였다. 자기가 이룩한 사랑의 위업이 여자들 사이에서 이토록 멀리까지 이름을 알릴 줄은 몰랐다. 그동안 족적을 남긴 거리며 마을을 떠돌아 이제는 아침부터 여자들이 집 안에서 자기를 기다리며 알록달록한 바지 끈을 풀라고 재촉할 줄은 몰랐다. 늘 제 아비의 방식을 따르겠다고 맹세는 했지만, 그래도 한동안, 최소한 뼈가 붙고 멍이 가라앉을 때까지만이라도 금욕하기로 자신과 제자에게 약속한 마당에.

"그런데, 저, 마님……. 요즘엔 그 일을 더 이상 하지 않습니다……. 저를…… 사고자 하신다면…… 저는……."

그는 부러진 팔을 슬피 가리키며 말하다가 그놈의 수완 때문에 겪은 고통을 떠올렸다. 그러나 미리암 하놈이 그의 종합선물세트 거래에 대해 전혀 들어본 바 없다는 것을 알아차리고는 안심하면서도, 한편으론 부풀려고 하는 아랫도리의 자부심에 약간 상처를 입었다. 그는 남들처럼 평범한 장삿술에 익숙하지도 않았고, 항해 이야기와 유연한 손가락 작업을 안 하면 뭘 어찌해야 할 바를 몰랐다. 그저 카산 양탄자 위에 자신 없게 서서 초짜처럼 머리만 굴렸다. 마리아 하눔은 샤힌에게 옷감을 펼쳐 보라고 채근했다. 그녀는 남편이나 아들이 불시에 들이닥쳐 플로라의 징벌에 초를 쳤다고 난동을 부릴까봐 전전긍긍했다. 샤힌은 말없이 그녀의 명령에 순종했다.

그녀가 탐욕스럽게 그 옷감들을 만져 보고, 제 뺨에 대고 톡톡 쳐 보는 동안 샤힌은 방구석에 서서 애기회향과 심황을 뿌려 다진 양파와 부엌에서 튀기고 있는 고추 냄새를 맡았다. 바구니 안에 곱게 웅크리고 누워서 자다가 이도 안 난 강아지처럼 ㄱ에게 비시시 웃는, 주름이 자글자글한 마니준을 바라보기도 했다. 그는 문득 깨달았다. 이 집에 새 여름옷을 갖고 싶어 하는 여자가 한 명 더 있다는 것을. 그리고 점심 식사로 일인 분 이상이 있다는 것을.

은색 배 문양을 넣어 짠 회색 옷감을 고른 뒤, 미리암 하눔이 천을 자르라고 명령하자 샤힌은 자신을 자제했고, 반쯤 드러난 가슴 위에 그 옷감을 감을 때도 여느 때 하던 놀음은 젖혀 두었다. 그는 화덕에서 굽는 생선 냄새를 맡았다. 어린 소녀가 채소를 따오려고 손에 칼을 들고 텃밭에 나가는 것을 보고 그는 오이 샐러드와 양배추와 무는 물론, 신선한 바질 잎도 수북하게 있을 거라고 추측했다. 그리고 나지아가 새하얀 양배추 한 덩이를 들고 텃밭에서 돌아와 민무늬 벨벳과 꽃무늬 벨벳 사이에서 마음을 정하지 못하고 도와달라며 플로라를 부르는 소리를 들었을 때—이때 플로라는 어둑시근한 방에서 자다가 말고 발그레한 얼굴로 나와 제 집에 온 낯선 이를 보고 웃었다—샤힌은 달콤한 후식도 있다는 것을 알아차렸다.

6

궁합이 좋은지 확인하기 위해 미리암 하놈과 남편은 효험 있는 부적을 만들어주기로 소문이 짝자그르한 점쟁이 아지졸라를 찾아갔다. 처음에 미리암 하놈은 그 점쟁이의 손을 빌리지 않아도 된다고 생각했다. 자기도 꿈풀이에 남다른 재주가 있다고 믿었던 것이다. 그래서 무슬림 탁발 수도승의 부적을 그리고 *하맘* 가는 길 들머리에 앉아 지나는 사람들의 말에 귀를 기울였다. 만약 그들이 자식들 이야기나, 시장에서 살 생선, 또는 다가오는 여름 더위에 대해 얘기한다면 이 궁합은 좋은 것이니 아지졸라한테까지 가볼 필요는 없을 것이었다. 그러나 행인들은 사랑하는 사람들의 죽음과 자신들의 가난과 질병에 대해 떠들어대는 듯했다. 공포에 질린 미리암 하놈은 불행이 플로라를 기다리고 있다고 단정 짓고 남편과 함께 서둘러 점쟁이에게 쫓아갔다.

깔개 위에 책상다리로 앉아 눈을 감고 기도를 읊조리고 있던 점쟁이는 핏줄이 불그죽죽하게 불거진 손으로 손님들에게 들어와 자기 앞에 앉으라는 시늉을 했다. 점술책 가장자리를 오른쪽 손가락으로 훑더니 장님처럼 책을 위 아래로 흔들고는 갑자기 이 궁합이 좋은지 나쁜지, 또 앞날은 어떤지 밝혀줄 운명의 책장을 확 펼쳤다. 눈을 번쩍 뜨고 그 구절을 자세히 들여다보던 그의 얼굴에 먹구름이 꼈다. 그는 마치 음울한 미래의 광경을 보는 듯이 눈썹을 쌍그렇게 올리고 한동안 입을 열지 않았다. 불그죽죽 불거진 손등의 핏줄이 푸르딩딩하게 변했다. 미리암 하놈은 지진의 아가리가 원수들의 집구석을 삼켜달라며 악담을 퍼부었다. 그러나 아지졸라의 얼굴이 갑자기 환해졌다. 자기가 점술책을 거꾸로 들고 있다는 것을 깨달은 것이다.

책을 바로 돌려놓고, 앞으로 일곱 장, 뒤로 일곱 장을 넘긴 후 나온 구절을 제대로 읽은 그는 미리암 하놈의 온갖 근심걱정을 재빨리 잠재웠다. 동전 세 닢을 받은 그는 플로라와 샤힌의 앞날에 축복이 깃들 것이라 선언하고, 늘 읊조리는 지혜의 말씀으로 마무리했다.

"신랑 열 명이 집으로 오리로다. 신랑 열 명이 창으로 소녀를 보리로다. 그러나 한 명만 들어와 마침내 소녀를 제 집으로 데려가리라……."

신랑, 신부는 결혼식을 치르기 전 마지막 사흘을 함께 보냈다. 신랑은 햇빛 속에서 눈을 꽉 감고, 신부는 신랑의 머릿니를 없애기 위해 등유로 머리를 감겼다. 다 감기고 말려 주자 샤힌의 엉덩이는 백조를 수놓은 방석 위에서 쉬고, 머리는 곧 새색시가 될 소녀의 허벅지 위에 터를 잡았다. 플로라는 이를 악물고, 손가락으로 머리 사이를 부드럽게 헤치며 이를 한 마리 한 마리 잡아냈다. 등유에 맥을 못 추는 놈들을 손톱으로 누르면 그것들은 톡 소리를 내며 바스라 죽었다. 샤힌은 햇빛에 몸을 내맡기고 손가락으로 머리를 긁다가 부드러운 허벅지 사이에서 깜빡 졸았다. 그는 또한 뱃속의 기생충들도 제거했다. 굵은 소금과 날 호박씨를 항문 속으로 쑤욱 넣었더니 기다란 하얀 벌레들이 꿈틀거리며 변과 함께 나왔다.

플로라의 머리는 호마가 카밀레 꽃을 우려낸 물로 감겨서 머릿결이 곱슬곱슬하고 윤기가 자르르 흘렀다. 노르스름한 이를 하얗게 하느라 그녀는 잇몸에서 피가 날 때까지 녹색 피칸 껍질로 이를 박박 문질렀다. 호마는 푸른 헤나로 눈도 화장해주었다. 플로라의 장난스런 눈에는 푸르스름하고 꾀바른 분위기가 더해졌고, 눈은 귀신처럼 커졌다.

　마을의 제모사는 플로라의 다리에 녹인 설탕을 한 켜 얇게 바르고는, 옷 속에서 길고 거칠게 자란 다리털과 겨드랑이 털, 포동포동한 허벅지 뒷부분에서 엉덩이 쪽으로 일사불란하고 질기게 뻗어가던 검고 숱 많은 꽃털도 싹 없앴다. 제모사는 섬세하고 노련한 손길로 이름났건만, 플로라는 아파서 비명을 질렀다. 미리암 하놈의 응석받이 딸이 비명을 질러 제 명예에 먹칠을 하자 화가 난 그 여자는 일부러 손을 거칠게 놀려 상처까지 냈다. 그 바람에 플로라는 더욱 비명을 질렀다.

　제모사는 등뼈부터 꼬리뼈까지 이어지다 허리에서 양쪽으로 갈라지며 곡선부를 미세하게 감싸고 있는 보드라운 털들을 작은 쇠족집게로 뽑았다. 그녀가 젖가슴 사이에서부터 어린아이 같은 귀여운 배 위까지 이어진 잔털을 뽑기 시작하자 플로라는 고문당하는 포로처럼 울부짖었다. 온 동네 여편네들은 깔깔거리면서 꾹 참으라며 수선을 떨었다. 깔깔거리는 소리는 점점 커졌다. 제모사는 녹은 설탕에 면실을 담갔다가 양 엄지와 검지로 가위처럼 꼰 뒤, 플로라의 콧수염과 귀밑머리 솜털을 제거하려고 그것을 위아래로 문질러댔다.

　플로라는 그 여자가 단 한 오라기도 남기지 않겠다고 작정하고 모든 털을 없애느라 눈알이 튀어나오도록 힘을

주는 것을 보았다. 가까이서 보니 그녀의 입술은 나이와
분노와 잔뜩 곤두선 신경으로 둥글게 오므라들어 있었
다. 짜증나게도 그녀는 여편네들의 노래에 합세했다. 제
모사의 고약한 입내를 맡은 플로라는 그녀가 털 깎는 재
주가 있으면서도 얼굴이—코 밑, 뺨 위, 심지어 거무튀튀
한 이마 위까지—남자같이 거세고 짧은 털로 가득 덮여
있는 것을 보고 깜짝 놀랐다. 거리에서 날개를 펴고 걷는
새들처럼 그녀는 머리를 앞으로 계속 내밀었다. 팔에서
축 늘어진 살이 윗가지처럼 흔들렸다. 그녀의 젖가슴 사
이에 코가 박힌 플로라는 겨드랑이 깊숙한 곳에 곱슬곱
슬한 검은 털이 잔뜩 나 있는 것을 보았다.

"애 낳을 땐 어쩌려고 이러누, 플로라? 애 낳을 땐 비명
을 얼마나 지르려고 이러느냐구?"

투덜거리면서 털을 뽑고, 밀고, 상처를 내는 동안 제모
사는 플로라가 움직이거나 도망치지 못하게 양 무릎으로
그녀의 다리를 꽉 조였다.

플로라의 얼굴은 빨개지고 화끈거렸다. 그녀는 아픈 것
을 더 이상 참지 못하고, 한쪽 귀 밑에 자란 솜털은 밀지
못하게 했다. 결혼식 전날, 그녀의 뺨은 한쪽만 매끄럽고
발갰고, 다른 쪽은 처녀 시절처럼 복슬복슬했다. 온 동네
여자들은 플로라가 제 어미처럼 예쁘장하지만, 게으름
떠는 것도 판박이라고 입을 모았다. 그러나 제모사는 눈

썹과 진홍색 젖꼭지 주위에 넘쳐나는 잔털을 뽑게 해줘야 플로라가 그토록 바라는 붉은 헤나를 발라주겠다고 조건을 걸었다. 물에 담가 둔 헤나 가루를 손바닥과 목과 발가락 사이에 골고루 발라준 뒤 얼마나 예쁜지 보라고 건네준 거울에서 플로라는 붉은 살갗에 피어나는 주황색 반점들을 살펴보았다. 사랑스러워 보였다.

유월절부터 셈해 일곱 번째 주일인 오순절에 플로라의 부모 집에서 결혼식이 열렸다. 종소리가 마을 벽의 탑에서 울려 퍼졌고, 집 담에는 활활 타는 횃불이 손님들과 나방을 끌었다. *케투바*(혼인 서약서)는 공작들과 상상 속의 새들로 장식되었다. 이상한 색깔과 날개를 단 그 새들은 마을에서 한 번도 본 적이 없는 것들이었다. 주례이자 서기이기도 한 랍비 물라 네타넬은 금박 소용돌이 장식으로 테두리를 두른 양피지 위에 붉은색과 은색으로 *케투바*를 써 놓았다.

드디어 온 동네 사람들이 우르르 몰려와 깔깔거리는 신부를 보았다. 그녀는 키 작은 신랑의 위신을 세워주느라 납작 구두를 신고, 새하얀 천으로 지은 풍성한 드레스를 입고 있었다. 모로코의 아틀라스 산맥에서부터 엄청난 위험을 무릅쓰고 들여온 특별히 값비싸고 훌륭한 것이라고 샤힌이 말한 천이었다. 그녀는 신부용 코걸이인 반짝이는 황금 고리를 끼고, 잠자리에서 몰래 빠져 나와 귀엽고 보드라운 얼굴로 아이들이 합창하며 놀리는 소리를 혀를 날름 내밀어서 제압했다.

타르(페르시아의 현악기-옮긴이)와 바이올린 연주자들이 안마당을 향한 테라스에 자리를 잡은 뒤 불 옆에서 북 가죽을 데우고 있다가 아라크주(야자즙·당밀 등으로 만드는 중근동 지역의 독한 증류주-옮긴이) 첫 잔을 받았다. 올챙이배에 주둥이가 가는 그 병 안에는 사람 염통만큼이나 크고 샛노란 시트론이 들어 있었다. 안마당 나뭇가지의 새순에 불과하던 시트론이 기껏해야 물고기 눈알만 했을 때, 일생의 안식처가 될 아라크 술병이 그것을 조심스럽게 안에 품었다. 병은 가지에 묶이고, 시트론은 그 안에서 자랐다. 정령이 열매가 상하는 것을 막아주었다. 플로라의 아비는 아라크주 병을 높이 들고 굽 달린 구리잔에 따랐다. 술은 잘 익었다는 것을 증명하려 잔 꼭대기에서 부글거렸다. 아비는 연주자들에게 한 잔씩 돌리고, 제 몫으로도 한 잔을 챙겼다. 술을 높이 들고 건배하기 전에 연주자들은 병 안에 든 시트론을 뚫어지라 쳐다보았다. 그래야 늙어서도 눈이 나빠지지 않는다는 것쯤은 다 알고 있었다. 그들이 고운 깃털로 가볍게 문지르자 타르 줄은 호마의 시어머니이자 동네 가수인 마하타브 하눔의 목소리에 맞춰 섬세한 소리를 냈다. 저녁 무렵이 되자 연주자들은 기진맥진해서 눈이 헤롱거렸고, 마하타브 하눔의 목소리는 쉬어버렸다. 플로라의 아비는 여느 때보다 넘치게 미소 짓는 바람에 콧수염이 도르르 말려버렸다.

플로라는 빙 둘러선 원의 한가운데서 샤힌과 춤을 추었다. 모두들 그녀에게 박수를 쳤다. 그녀의 발목에 달린 방울이 딸랑거렸다. 플로라는 손가락으로 샤힌의 손가락을 잡아 그를 끌었다가 밀고, 가까이 붙었다 떨어졌다. 그녀 목의 초콜릿 방울 점이 바르르 떨리고, 그녀의 눈은 웃음과 행복감에 반짝였다. 샤힌은 술이 찰랑이는 술잔 발부리를 입에 물고 현무암 덩어리 두 개로 불꽃을 일으키듯 양손으로 설탕 덩어리 두 개를 비볐다. 설탕이 리듬감 있게 부딪히며 플로라의 머리에 자잘한 결정을 흩뿌려 머리칼을 새하얗게 수놓자 그녀는 새삼 삶이 달콤하다고 느꼈다.

질투쟁이 손님들은 미리암 하눔이 입은 드레스가 아프가니스탄의 헤라트(서부의 경제중심지-옮긴이)에서 들여온 것인데, 그녀가 고민고민 끝에 고른 것이라고 쑥덕였다. 바볼 출신의 신랑이 하루 온 종일 그 더러운 암고양이와 틀어박혀 제 짐 속의 비단 필을 모두 펼쳐 보이고, 마침내 그 까다로운 여편네가 마음에 드는 것을 골라낸 것이라고 했다. 그들은 또한 신랑이 직접 그녀의 치수를 재고 재단했다고 숙덕거렸다. 미리암 하눔의 남편과 아들과 사위는 비단 카프탄(소매가 길고, 발목까지 오는 옷-옮긴이)

을 입고, 새 에나멜 구두를 신었다. 가족이 없는 신랑 측의 선물이었다. 신랑 쪽 손님이라곤 당나귀 한 마리와 떠돌이 제자아이 하나뿐이었다.

플로라는 마치 빙글빙글 돌며 새들에게 모이를 뿌려주듯 모든 이들에게 미소를 흩뿌렸다. 아직도 춤 신청을 받지 못한 동네 노처녀들은 한편에 몰려서서, 피차 쭈그러진 팔자인 것을 위로하며 째진 눈으로 플로라의 이와 눈을 쪼았다. 미리암 하놈은 노처녀들의 질투에서 자신과 식구들의 행복을 막으려고 식사할 때 "칼! 바늘! 핀! 칼! 바늘! 핀!"이라고 외쳤다. 자기의 행복을 시샘하고 재를 뿌리려는 자가 있으면 눈알을 찔러버리겠다는 뜻이었다.

자신에게 안목이 있다고 은근히 자부하던 무사조차도 그날 저녁에는 샤힌이 정직하고 신실한 사내이며, 누이에게 좋은 남편이 될 거라고 단정했다. 샤힌은 어깨를 목 위로 한껏 치켜들고, 어리둥절한 상태에서 팔을 비단 카프탄 소매 속에서 죽 뻗었다. 그 모습이 자신에게 던져진 질문에 어떤 대답을 해야 할지 모르는 사람 같았다.

샤힌의 당나귀도 비단 끈과 꽃으로 단장했고, 제자는 특별 행사 때 먹는 국수와 렌즈콩, 사프란으로 요리한 아쉐레시테를 손님들에게 날랐다. 나지아는 혼인잔치를 위해 소금이 거의 없는 딜을 듬뿍 넣어 두었다. 레자 샤가 좋아한다고 알려진 조리법이었다. 사비야 만수르와 함께 온갖 애를 써서 만들어 놓았지만, 걸쭉하기로 유명한 아쉐레시테는 그만 조금 질척해져버렸다. 손님들은 코웃음을 치며 나지아가 너무 많이 젓는 바람에 요리를 망쳤다고, 그건 아마 아쉐레시테를 저으면 누구든지 곧 결혼하게 된다는 믿음 때문일 거라고 옆 사람 귓가에 대고 속삭였다.

어느 날, 결혼준비 과정에서, 제자는 김이 오르는 냄비에 대고 소원을 중얼거리는 나지아를 보고 용기를 내어 미리암 하눔과 그녀의 남편에게 그 처자를 달라고 했다. 처자의 음식 솜씨에 마음이 빼앗겨서라고 말은 했지만, 실은 스승인 샤힌과 도저히 떨어지고 싶지 않았기 때문이었다.

"혼인잔치를 쌍으로 열고, 아름다운 신부도 쌍으로, 영예로운 신랑도 쌍으로 하면 되잖습니까."

조그만 눈동자를 반짝이며 그가 말했다. 미리암 하눔은 면전에다 대고 콧방귀를 뀌었고, 그녀의 남편은 나지아는 갓난아기 적부터 무사의 몫으로 약속되어 있다고 알려주었다. 당사자인 무사는 제자아이의 목덜미를 잡아채 벽에다 밀치고 마구 때리며 오만가지 끔찍스런 방법으로 죽여 버리겠다고 위협했다. 그는 나지아가 그만두라고 애원한 끝에야 겨우 그 아이를 놓아주었다.

잔치가 끝나고 있다는 것을 알려주고, 또한—아기를

가지려면 얽혀야 하는 남녀의 몸에 대한 농담을 비롯해서—육체에 대한 농담을 무르익게 해주는 녹색 강낭콩을 대접하기 전에, 손님들의 취기를 없애기 위해 껍질 벗긴 사과와 땅콩과 계피를 섞은 주전부리가 차려졌다. 손님들이 먹는 동안 옴리쟌의 이야기꾼이 신혼부부들에 대해 자기가 지어낸 이야기와 겁쟁이로 소문난 바볼 사람들에 대한 전설을 얘기해주었다.

"우리의 영광스런 국왕의 생신을 맞이하여."

그는 알딸딸하면서도 나긋나긋하고 가느다란 목소리로 말머리를 꺼내고 이야기꾼들이 늘 그러듯 입술을 지그시 다물었다.

"용맹과 영웅적 행위를 가리는 시합이 왕궁에서 열렸도다. 온 나라에서 우람한 몸집에 대담한 얼굴을 한 으뜸 장수를 테헤란에 보냈도다. 그들은 왕궁 발코니 앞 광장에 모두 모였도다. 존경하옵는 전하의 신호에 맞춰 왕궁의 대포가 불을 뿜고, 모든 전투 나팔이 울려 퍼졌도다. 공포에 질린 구경꾼들과 경쟁자들은 모두들 꽁지가 빠져라 도망쳤도다. 광장 한가운데에는 오직 두 사람만 남았나니 바로 바볼과 야즈드에서 온 장수들이었도다. 그러나 그들의 용맹과 영웅적 행동을 치하하는 메달을 주러 다가간 전하의 시종들은 웃음을 터뜨렸으니, 바볼의 장수는 바지에 오줌을 쌌고, 야즈드 사람은 겁에 질려 똥을 쌌기 때문이라. 수치심이 두려움보다 훨씬 컸기에 도망을 치지 못했기 때문이었도다……."

손님들은 웃음을 터뜨렸고, 샤힌은 구두코로 눈길을 내리깔았다. 팔이 거의 나은 그는 연푸른색 카프탄에 노란색 허리띠를 매고 머리에는 테두리 없는 기다란 작은 녹색 펠트 모자를 쓰고 있었다. 몸에서 비누와 향수 냄새가 풍겼지만, 무엇보다도 머리에서 풍기는 등유냄새가 훨씬 강해서 신부를 맞이한 새신랑을 축하하려고 다가온 사람들을 경악시켰다.

결혼한 뒤 처음 며칠 동안 샤힌은 플로라의 샅에서 남근을 빼내어 익숙한 비단 주머니로 옮겼다. 그러나 팔도 완전히 낫고, 열흘 간 신혼여행을 즐기러 플로라를 바볼-사르에 데려간 이 옷감 장수는 자신의 새로운 신분에 적응하고는 곧바로 새색시를 임신시켰다.

월식날 밤이었다. 매우 드문 날이었다. 미리암 하눔은 그런 밤에는 임신하는 게 아니라고 딸에게 미리 알려주지 못한 게 생각났다. 그런 불길한 밤에 *쿠치크 마다르*(어린 엄마)가 되는 여자에게는 불운이 닥치게 된다. 또래의 모든 여자애들과 마찬가지로 플로라도 그 금지사항을 알고 있긴 하지만, 딸이 칠칠맞지 못하고 모든 유혹에 덥석 넘어가는 것을 아는 엄마는 걱정이 이만저만이 아니었다. 바로 그날 밤, 미리암 하눔이 귀신들에게 비니 그들은 뜻을 잘 알겠노라고 상냥하게 알려주었다. 그래도 다음 날 그녀는 불안감에 속이 다 뒤집혔다. 그날 직감을 쫓아버리고, 직감이 현실이 되는 것을 막아보려고, 그녀는 식사를 하고 나서 일부러 세 번이나 구토를 했다. 또 더욱 안전을 다지려는 마음에 사탄과 사악한 그 졸개들이 몽땅 눈멀고 귀먹으라고 저주했다. 나쁜 일이 생길 때 그것들이 아무것도 보고 듣지 못하게 다져놓으려는 것이었다. 남편은 마누라더러 태양신과 달의 신을 믿는 무식한 조로아스터교인들처럼 남을 잘 믿는 바보라고 조롱했다. 새신랑, 각시가 신혼여행에서 돌아왔다. 온갖 어처구니없는 걱정에 플로라가 여느 때처럼 깔깔거리고 쿵쿵거리자 미리암 하놈은 마음이 너누룩해져서 제가 한 걱정과 남편의 비웃음을 잊어버렸다.

　샤힌 보지도지가 옴리쟌을 떠나는 날 아침, 하늘은 쾌청했다. 근심을 자아낼 구름은 단 한 점도 없었다. 그는 결혼식에 온 처가 식구들에게 옷을 만들어 입히고 나서 남은 옷감 몇 필과 부엉이 자루를 실었다. 플로라가 밖으로 나와 남문까지 새신랑을 배웅했다. 그녀는 당나귀의 귀에서 마지막 장식 끈을 빼고, 주인을 하루 빨리 다시 데려올 힘을 주기 위해 견과와 건포도를 먹였다. 샤힌은 두 달, 길어야 석 달이면 돌아올 거라고 약속하고, 플로라의 이마와 검은 머리 사이에 입맞춤했다. 그녀는 그를 젖가슴에다 누르고, 큼직한 손으로 그의 머리를 받쳤다. 샤힌은 플로라의 드레스 자락을 잡고, 능숙한 손길로 천을 어루만졌다.

샤힌의 눈에 비친 플로라는 자기의 옷감들에 직조된 줄기에서 피어난 푸른 아마꽃만큼이나 아름다웠다. 향긋한 살내가 코에 가득 스몄다. 플로라는 제 머리를 긁었다. 신랑이 그녀의 머릿속에 옮겨준 서캐에서 이가 나온 것이다. 엄마, 아버지, 무사와 나지아는 창가에서 플로라를 바라보았고, 호마와 호마의 남편은 제 집 창가에서 바라보았다. 파타네과 술타나는 각자의 집 창가에서 사악한 눈길로 이 한 쌍을 뚫어져라 바라보았고, 길거리의 행상인들과 다른 모든 이웃들도 똑같이 이 신랑, 각시를 힐끔거렸다. 샤힌의 줄무늬 옷이 바람에 살랑였다. 샤힌은 플로라가 당나귀에게 준 견과를 씹고 있던 제자에게 그만 가자고 눈짓을 보냈고, 시선을 고정한 모든 이들에게 손을 크게 흔들며 작별인사를 외쳤다.

샤힌이 유대인의 문을 향해 당나귀를 찰싹 때리기 바로 직전, 플로라는 머릿속으로 무엇인가를 떠올렸다. 마음속이 불안해지더니 딸꾹질을 해대기 시작했다. 그녀는 급히 작은 비단 손수건 한 묶음을 꺼냈다. 남편의 부탁을 듣고 잘 잘라서 곱게 접어 장미수 향을 배게 한 손수건들이었다. 샤힌은 훤칠한 이마를 찌푸리며 도둑처럼 날렵하게 그녀의 손에서 손수건들을 낚아채 부엉이 자루 속에 넣었다. 샤힌은 플로라를 껴안고, 명태 눈으로 그녀의 어깨너머 눈 덮인 산꼭대기를 곁눈질하며 말했다.

"참 고맙기도 하지, 플로라. 이 손수건들을 쓸 때마다 당신 생각이 날 거야, *아지잠*."

그러나 샤힌은 옴리쟌에 돌아오지 않았다. 플로라의 다리통이 굵어져가는 것을, 허벅지의 핏줄이 울퉁불퉁 솟아나는 것을, 푸르딩딩한 핏줄들이 종아리에 뱀처럼 똬리 틀고, 거품처럼 터져 나오는 것을 보러 오지 않았다. 플로라의 눈두덩 또한 하도 울어서 붓고 무거워졌다. 가슴이 찢어질 것만 같아 제 뺨을 할퀴어 자국이 패이고, 숱 많기로 유명한 머리도 뭉텅뭉텅 빠졌다. 호마가 뚜껑을 돌려야 열 수 있는 병에 보관한 금빛 카밀레 꽃가루조차 별 소용없었다. 꽃가루가 닿자 플로라는 몸에 선뜩한 느낌이 들며 소름이 오스스 돋았다.

아침마다 플로라는 작은 관목 숲에 있는 아몬드나무 밑에서 오줌 묻은 달걀을 깨어 그 껍데기가 떨어져 나가며 미끄덩한 노른자가 떠오르는 태양빛에 바르르 떠는 것을 지켜보았다. 동네 파리들이 그 나무에서 풍기는 악취에 몰려들었고, 새들은 피해 갔다. 안타깝게도 플로라는 그 나무의 맛난 아몬드를 더 이상 먹지 않았다. 그 맛이 뱃속의 아기를 깨우곤 했기 때문이다. 그 기쁜 태동은 그녀에게 신랑은 사라졌고, 이제 사랑스런 귀를 자기 배에 대줄 남자가 없다는 것을 상기시켰다.

아침나절에 개서 착착 엎어놓은 이부자리들처럼 하루하루가 차곡차곡 쌓여갔고, 플로라의 마음은 휑해졌다. 당나귀를 탄 신랑이 갑자기 마을 문 어디선가 나타날지도 몰라 얼굴 단장을 하던 일도 이젠 그만두고, 플로라는 고인에 대해 이야기하듯 나직한 목소리로 그에 대해 이야기하기 시작했다. 늙은 고모할머니들의 말투와 판박이였다. 그네들처럼 그녀는 자주 한숨을 쉬고, 체념한 듯 머리를 흔들고, 깊이 숨을 들이마셨다. 나이답지 않게 나이 든 여자 티를 냈다. 깊이 들이마신 에스판드 꽃눈 태운 냄새 탓에 그녀는 전보다 자주 하품을 많이 하고 엉기적거렸다. 이제는 끼니때에만 꾸물꾸물 자리에서 일어나 슬피 울며 노래했다.

7

엎어놓은 구리 프라이팬이 점점 뜨거워지며 기름이 타면서 푸르스름하고 가느다란 연기가 피어 올랐다. 나지아는 밀가루를 뿌린 바닥에서 빗자루로 반죽을 밀었다. 엉

덩이를 이리저리 흔들며 반죽이 사람 살갗만큼 투명하고
얇아질 때까지 자꾸만 밀다가 둥근 구리판 위에 능숙하게
던졌다. 얇은 반죽은 갈색으로 바뀌며 후르르 부풀었다.

나지아가 막 빵을 뒤집는 순간, 밖에서 처절한 비명소
리가 들렸다. 고통을 부끄러이 여기지도, 구태여 감추려
하지도 않는 여자의 비명이었다. 플로라는 고개를 들고
마구 흔들어댔다. 휘둥그레진 눈으로 사촌을 응시했다.
그러나 나지아의 귀에는 지지직거리는 기름 튀는 소리만
들릴 뿐이었다. 나지아는 조용히 서서 차도르 자락으로
손을 닦았다. 손가락 틈에 밀가루와 기름이 배어들었다.
그녀의 머리는 어깨 사이로 푹 꺾여 있었고, 눈에는 느릿
느릿 꿈결 같은 표정이 어렸고, 입은 살짝 벌어져 있었다.

"*바바일라*(애)! 나지아, 안 들려? 난 들리는데 넌 안 들
리니? 들어봐, 누가 끔찍하게 울고 있잖아."

플로라는 옆으로 구부리고 누워 바닥에 대고 있던 배
에서 무릎을 떼고 엉덩이에 깔려 얽혀 있던 백조들을 풀
어주고 "끙" 하며 신음소리를 내며 일어섰다. 나지아는
하얗게 달아오른 팬을 불에서 치우고, 기름이 지지직거
리는 소리가 잦아든 후에야 여인의 비명소리를 들었다.

"아, 이제 들려. 어째, 저걸. 아르메니아 여자 하이다일
거야. 그 왜, 소금장수의 아내 말이야. 그 남자가 아내를
죽도록 패고 있나봐, 불쌍해라."

프라이팬 자루를 잡고 있던 나지아가 말했다. 그녀는 햇빛에 반짝이는 굵은 소금을 손수레에 싣고 그 사내가 찌푸린 얼굴로 "*나마크! 나마크!*(소금사려! 소금!)"라고 외치는 모습을 떠올렸다. 소금장수가 나타날 때마다 미리암 하놈은 얼른 차도르를 쓰고, 곰팡이 낀 먹다 남은 빵을 모아 소량의 소금과 바꾸었고, 하이다의 남편은 그것을 저울에 달았다. 그는 상한 빵을 짐승 먹이로 팔았다.

"누가 우나 보러 가자. 빨리 와, 바보야. 그것 좀 그만하고……."

플로라는 머리에 화려한 차도르를 두르고, 한 손으로 우묵한 등 아래쪽을 누르며 한 손으로는 나지아를 끌어당겼다. 나지아는 주위를 두리번거리다가 치맛자락을 그러모은 뒤 그녀를 따라갔다. 둘은 현관 앞에 가득 널브러져 있는 신발 사이에서 제 신발들을 찾아 서로 몸을 기대고 그 속에서 벌레를 털어냈다. 무사의 개가 컹컹 짖는 소리가 들렸다. 지붕 위에서 둘은 그 비명 소리의 진원지가 줄레이크하의 집이라는 것을 알았다. 그녀는 이 거리 끝에 있는, 회당 옆에 있는 작은 방에 남편과 늙은 어머니와 함께 사는 귀머거리 산파였다. 거기 살던 이 여자들에게 어느 날 밤, 밝은 색 눈을 한 목수가 창문을 두드리더니 아침까지 문간에서 자고 가도 되겠느냐고 물었다. 귀머거리 딸의 짝을 지어주고 싶었던 어미는 그를 불러

들여 침대에서 자고 있는 줄레이크하 옆에서 같이 자라고 했다. 이후 그 남자는 그곳에 눌러 살게 되었다.

"어떤 여자가 아기를 낳나봐, 불쌍하게시리. 플로라 언니, 내려가자. 무서워."

나지아가 말했다. 무더운 여름밤이면 둘은 다른 식구들과 함께 지붕 위로 올라와 팔 밑에 짚자리를 대고 달빛 속에서 잠을 청하곤 했다. 나지아와 플로라는 꼭 붙어서 신랑, 각시처럼 얽혀 자곤 했다. 이들의 꿈은 별과 더불어 빛났다. 그러나 이제는 겨울이다. 살 속으로 파고드는 모래폭풍우에 집집마다 지붕이 춤을 추었고, 나지아는 겁에 질렸다.

지붕 위에서 샤힌을 향해 노래 부르며 무수한 나날을 보냈던 플로라는 사촌의 경고를 귓등으로 넘겼다. 배를 앞으로 내밀고 그녀는 미리암 하눔의 지붕과 파타네 델 카시트의 집 지붕 사이에 난 어린아이의 보폭 정도밖에 안 되는 틈을 폴짝 넘었다. 공작 우리에서 날카로운 소리와 함께 수많은 녹색 눈알이 달린 꼬리가 탁탁 부딪히는 소리가 소란스럽게 일어났다.

"기다려, 플로라 언니. 아기 조심해. 그러다 아기가 잘못되면 어떻게 해. 잠깐 기다려."

나지아는 줄줄이 늘어서 있는 유대인들의 집을 지나쳐 플로라를 뒤따라 뛰어갔다. 규칙에 따라 집들은 지붕과

문이 무슬림들의 것들보다 낮았다. 그들의 자부심이 높아지지 않게 막은 것이다. 바람이 소용돌이치며 만들어진 작은 모래기둥이 오후 빛을 흐릿하게 빨아들였고, 빨랫줄을 집 주변의 울타리처럼 팽팽하게 잡아당겼다. 빨래는 한껏 부풀어 올랐고 새들은 멀리 달아났다. 플로라는 비틀거리다 어느 집 안마당으로 떨어질 뻔했지만, 황급히 뒤쫓아온 나지아가 붙들어주었다.

"봐, 떨어질 뻔 했잖아. 플로라 언니, 집에 가자."

"가고 싶음 너나 가. 난 누가 저렇게 우는지 알고 싶어."

둘은 쥬바레의 마지막 지붕까지 가서 마침내 줄레이크하네 창문 너머로 그 창녀가 아이를 낳는 광경을 보았다.

플로라에게 기댄 나지아는 너무 신기한 나머지 오줌까지 찔끔 지렸다. 저 밑에서 여자들이 검은색 차도르를 휘감고, 걱정에 이맛살을 잔뜩 찌푸리고 있었다. 그네들은 가슴을 치고 주먹을 때리며 지금 상황이 얼마나 나쁜지, 고통에 시달리는 논다니 마무의 상황이 얼마나 심각한지 서로 이야기를 주고받고 있었다. 임신 초기부터 마무의 배는 험악하게 부풀어 올라, 이웃의 여편네들은 해산이 순조롭지 않으리라 짐작했다. 배가 솟기는 솟되, 산만 한 젖가슴 사이에 고깔 모양으로 부풀어 오르는 모양을 두고 그네들은 *하맘*에 모여들어 마무를 임신시킨 건 갈보집을 드나드는 손님이 아니라 옴리쟌의 대왕귀신이 직접

한 짓이라고 입방아를 찧기 시작했다.

머리가 쭈뼛해진 나지아와 플로라는 손을 꼭 잡고, 부채처럼 활짝 벌려진 창녀의 다리에 눈길을 붙박았다. 두 다리 사이에는 비명처럼 떡 하니 구멍이 있었다. 마무의 머리를 가린 차도르는 축축한 머리칼에 달라붙었고, 스카프는 가슴 부근에 묶여 있었다. 그녀의 비명은 더욱 격해졌고, 침대보는 달의 문으로 이울고 있는 태양처럼 새빨개졌다. 한 놈도 빠짐없이 몰려들어 구경하고 있는 이웃 아이들은 처음엔 발견한 게 신이 나서, 그다음에는 공포에 휩싸여 소리를 질러댔다. 널찍한 면사포처럼 마을 하늘에서 회오리치는 먼지 파도는 아이들의 눈을 충혈시키고, 벌린 입에서 침이 흘러나오지 않도록 막았다. 지붕 위에서 갈피를 못 잡은 새들은 내려앉지도 못하고 하늘에서 파닥파닥거렸다. 시장 광장의 모스크에서는 들려오는 무에진(기도시각을 알리는 사람-옮긴이)의 슬프고도 찢어질 듯이 흐느끼는 목소리는 듣는 이들의 마음을 주눅 들게 했다. 창녀의 몸에서 머리통이 나오는 순간, 아이들은 입을 다물었다. 오직 무에진의 구슬픈 목소리와 아기의 꼴을 보고 경악한 어미의 울부짖음만이 마을에 울렸다.

마무가 낳은 아기는 머리통은 하나요, 원래 귀가 있어야 할 머리통의 움푹한 곳에 눈이 네 개 박혀 있었다. 어미의 피에 젖은 아기를 빼내던 줄레이크하가 아연실색하는 바람에 아기는 판석을 깐 마루로 미끄러질 뻔했다. 납작한 얼굴에 박힌 눈 네 개가 그녀를 쳐다보자, 이 귀머거리 여인은 끔찍스런 비명을 내질렀다. 심장이 뛰는 가슴에는 젖꼭지가 네 개 박혀 있고, 팔 네 개가 양쪽으로 뻗어 나와 있었다. 스무 개의 손가락은 손을 쫙 펴려고 힘이 들어가 있었다. 자그마한 고추 두 개가 작은 고환 네 개 사이로 삐죽 나와 있었고, 그 밑에는 다리 네 개가 씰룩거렸다. 그것은 모든 아기들처럼 바르르 떨며, 엇갈린 갈비뼈 틈으로 귀에 거슬리는 숨소리를 냈다. 그러다가 하나밖에 없는 입이 울음을 터뜨리며 이를 드러냈다.

악귀 같은 이 쌍둥이는 공포에 질린 줄레이크하의 손에서 몸을 떨었다. 동네 여자들은 일그러진 이 괴물이 사람처럼 우는 광경에 숨을 죽였다. 그네들은 이 무시무시한 광경에 눈을 가리고, 임신한 여자들이 그 끔찍스런 광경을 더 못 보게, 괴상한 쌍둥이들의 저주가 태중의 아기들에게 절대 못 닿게 임산부들을 황급히 밀어냈다. 젊은 엄마들은 눈을 꼭 가리고 도망치며 공포와 충격에 흐느껴 울었다. 먼지 때문에 그네들의 머리는 제 나이답지 않게 잿빛으로 보였고, 아이들은 어미의 품속에서 몸부림쳤다. 꼬부라진 할망구들은 기겁을 해서 맴맴 돌았다. 플로라는 공포에 질린 나지아의 얼굴을 바라보고, 뜨개바늘 꼭지같이 자그마한 젖꼭지가 달린 사촌의 납작한 가슴에 머리를 파묻었다. 나지아는 그 큼직한 몸뚱이를 온 힘으로 껴안으며, 공포에 휩싸인 플로라의 껍질이 언제라도 바스라질 것만 같다고 생각했다. 나지아의 팔에 꽉 감긴 플로라는 그 괴물 같은 잡종을 보려는 유혹에 몸을 뒤틀었다. 모인 자들의 혐오를 그 작은 가슴으로 감당할 수 없고, 하나밖에 없는 입은 영원히 멎은 그것을.

8

그날 저녁 플로라는 곤디(만두)를 네 개 먹었다. 씹을 수는 있었는데, 소화가 잘되지 않았다. 나지아가 오후 내내 병아리콩과 닭고기를 동그랗게 빚어 돔베 소스에 넣고 뒤적여 흰 쌀밥 위에 얹어서 만든 만두는 쪼그라든 고환을 토실토실하게 하고, 축 늘어진 남근을 일으켜주는 남성 보양식으로 알려져 있었다. 여자들이 그걸 먹으려면 먼저 손가락으로 짜부라뜨리고 입에 넣어야 했다.

무사와 아버지는 허리춤을 늦추었지만, 그래도 두 개째 먹으려니 힘에 겨울 지경이었다. 마니쥰과 호마의 말라깽이 서방은 쌀, 바질, 파슬리에 흐뭇해졌다. 나지아는 와퍼처럼 얇은 라바시(얇고 바삭한 빵-옮긴이) 위에 황금색 샤프론을 우린 물을 부었고, 호마와 미리암 하늄은

만두를 짜부라뜨려 조금씩 입에 넣었다. 하지만 잔뜩 눈독을 들이고 있던 플로라는 만두를 꾸역꾸역 네 개나 먹었다. 그녀는 머리에 차도르를 두 번 감고, 끝을 팔 밑에 끼운 뒤 허리 쪽으로 꽉 눌렀다. 기름이 번들거리는 손바닥으로 움푹한 작은 그릇을 만들고, 만두를 차례로 퍼서 뭉툭한 손가락으로 양 볼을 꼬집어서 으깨진 속을 눌러 입속에 우겨 넣었다. 네 개를 해치운 뒤에도 그녀는 욕심 사납게 입맛을 다시더니 빵을 한 조각 뜯어 하얀 결에 제 손가락의 노란 기름을 발랐다. 그녀는 그것을 뜨거운 국물에 담가 푹 적신 후 접시에 수북이 담긴 밥을 떠서 꿀꺽 삼켰다.

그래도 구운 모과 두 조각을 넣을 배는 남았다. 어미는 모과를 먹으면 마음속에서 슬픔이 사라지고 즐거워질 거라고 말했다. 미리암 하눔은 플로라에게 아내가 잠든 남편의 입속에 모과 한 조각을 넣어주면 남편이 아침에 웃음을 보인다고도 이야기해줬다. 모과 향은 잠든 이의 머리로 올라와 악몽을 쫓고 편안히 잠들게 해준다고 알려져 있었다. 이제 남자들은 이빨을 쑤셔가며 창녀의 쌍둥이에 대해 이야기했다. 그것들은 포르말린을 넣은 피클 병에 밀봉되어 있다고 했다. 수치스러운 그것들이 영원히 보관될 수 있도록 마을 한가운데에 진열되어 있어야 한다고 했다.

플로라는 설탕 덩어리를 두 조각으로 잘라 혀에 얹어
놓고 뜨거운 홍차를 들이마셨다. 차가 목구멍으로 내려
갈 때마다 그녀는 부드러운 깃털의 쿠션에 대고 한숨을
쉬며 하악하악거렸다. 나지아는 그 모습을 흐뭇하고 만
족스럽게 바라보았다. 플로라는 다리를 카산 양탄자 위
에 턱 얹고, 손은 둥그런 배 위에 맞잡았다. 얼굴은 알을
품은 암탉처럼 토실토실한 턱에 가려져 있었다. 그러더니
느닷없이 수박을 먹겠다고 말했다.

나중에 미리암 하놈은 죽은 제 아비의 말투를 빌어 그
때 집은 잘 정돈된 벌집에서 우묵한 나무 속 말벌집으로
바뀌어버렸다고 한탄했다. 그녀는 얼굴이 새하얗게 질려
서 남편, 딸, 사위, 아들, 사돈, 그리고 나지아와 걱정스런
눈길을 주고받았다. 마니준은 배가 흡족하다 보니 회색
얼굴의 주름마저 곱게 펴지는 망상 속에 빠져 있었지만,
나머지 사람들의 얼굴은 접시 위의 밥찌꺼기처럼 샛노랗
게 변했다. 그들이 입을 혁 벌리자 혀에 낀 설탕 부스러
기가 드러났다가 불안스럽게 꿀꺽 삼키는 침 거품 속에
재빨리 녹아들었다.

마지막 수박의 빨간 과육이 여름 땡볕에 달아오른 이
후 가을은 아예 지나갔고, 지금은 초겨울이었다. 분별력
보다는 먹성이 좋고, 몸뚱이는 크지만 머리라곤 없는 플
로라 빼곤 마을 사람들 모두가 이 사실을 알고 있었다.

그러나 그들은 임신한 여자가 원하는 음식을 물리칠 수
없다는 것을, 플로라는 수박을 먹어야만 한다는 것을 알
고 있었다. 애타게 갈망하는 그 과일을 한 입이라도 못
먹는다면 그녀의 가여운 아들은 한가운데에 까만 씨들
이 점점이 박힌 수박조각 같은 추한 점을 달고 태어날지
도 모를 일이었다.

나지아가 제일 먼저 정신을 차리고, 플로라에게 설탕에
졸인 빨간 산딸기를 권해 보기도 하고, 즙 많은 석류를
잘라 빨간 알을 작은 손에 담아 내밀어 보았다. 심지어
알이 통통한 빨간 토마토까지 갖다 주었다. 그러나 플로
라는 그 과일들 앞에서 도리질을 치고, 자기는 수박을 먹
고 싶다고, 오직 수박만 원한다고 단호히 말했다. 그녀의
검은 눈이 방 안을 한 바퀴 스쳤다. 눈물이 그렁그렁 넘
칠 듯한 눈망울이었다. 마침내 눈물에 굴복한 그녀는 쓰
라리게 울면서 제 손등을 물고, 입술로 그 살을 빨고, 기
도하듯이 몸을 앞뒤로 흔들어댔다.

호마는 은고리를 단 플로라의 귓바퀴를 확 잡았다. 몸
집이 크고 구부정한 호마는 플로라 위에 우뚝 서서 힘껏
귓바퀴를 비틀어 잡아당기면서 그 예쁜 몸을 때려주겠다
고, 더 크게 울게 해주마고 윽박질렀다. 무사는 방 안을
쿵쿵 왔다 갔다 하면서 기침을 하느라 구석에서 걸음을
멈추었고, 명예와 수치를 들먹이며 고함쳤다. 아비는 딸

앞에 무릎을 꿇고, 플로라가 어렸을 때 동네를 휩쓴 끔찍한 콜레라와 천연두 이야기를 늘어놓으며 수박에 대한 관심을 다른 데로 돌리려고 애썼다. 호마의 서방은 그런 이야기를 하면 아기가 태어나서 입맛을 잃는다고 장인에게 느릿느릿 한 마디 했다. 미리암 하놈은 손을 꽉 쥐고 이 방 저 방으로 다니면서 죽은 제 아비에게 소 떼가 당신 무덤을 밟고 기억을 지워버렸으면 좋겠다고 저주를 퍼부어댔다. 그녀는 수요일 밤인 바로 그날 밤에 귀신들이 매주 잔치를 벌이는데, 특히 그 수요일에는 대왕귀신이 창녀 마무에게서 괴물 아들을 보았기 때문에 특별 축하 잔치를 연다는 것을 알고 있었다. 그들의 관심을 다른 데로 돌리려고 그녀는 나지아에게 찬물을 한 통 떠오라 하더니 현관 앞에 뿌리게 했다. 귀신들을 달래고, 집 안을 다시 조용히 시키려는 것이었다.

마니준도 불안해졌다. 주위에서 왁자지껄하니 흘러간 옛 일들이 생각났다. 마른 벽처럼 얼굴이 갈라진 그녀는 바구니에서 몸을 일으켜 앉고 천장을 향해 눈을 굴렸다. 그녀는 죽은 딸, 즉 플로라와 나지아의 아비들인, 쌍둥이 푸주한들의 누이에 대한 말을 되풀이했다. 이들은 원래 세 쌍둥이였다. 아들 쌍둥이가 태어나 모두들 기쁨의 환호성을 질렀을 때 자궁 저 깊숙이에서 오랫동안 기다려 왔던 딸도 모습을 보였던 것이다. 어미의 마음은 매우 기

뺐다.

"호다이아(맙소사)! 딸이라니! 당신 딸이라고? 자흐나부트(입 닥치고), 좀 조용히 해요, 이 미친 할망구야!"

미리암 하눔이 매몰차게 소리쳤다. 그러나 마니쥰은 들은 척도 하지 않고, 은밀한 고통을 처음으로 드러내는 여인처럼, 딸의 머리가 얼마나 길고 숱이 많았는지 늘어놓았다. 딸이 일곱 살 때 이교도 이발사가 머리를 잘라주었다. 아이의 목에 손수건을 묶어주고, 조심스럽게 검은 머리채를 잘랐으나, 그 보드라운 목을 상처 낸 가위 자국 때문에 아이는 결국 죽고 말았다. 이야기를 털어놓은 것을 후회하듯 늙은 여인은 머리를 움켜쥐고, 수박을 내놓으라며 손녀딸이 우는 소리를 듣지 않으려고 귀를 막았다. 눈물이 책상다리 사이로 바구니 안에 뚝뚝 떨어졌다. 그녀는 밝게 웃으며 돈을 달라고 내민 이발사의 손을 보면서 땋은 백발 머리를 잡아당겼다.

"수박! 수박 좀 줘. 엄마, 엄마……."

플로라는 무작정 외쳐댔다.

"한겨울에, 그것도 한밤중에 수박을 먹겠다니!"

무사가 고함쳤다. 화가 나서 얼굴이 울끈불끈했다.

"계집애 얼굴이 씨가 도처에 박힌 작은 수박처럼 생겼으면 좋겠다! 못생긴 노스라트의 면상에 난 마맛자국처럼!"

"바아, 바아, 마샬라(으이구 예쁘다, 예뻐). 저게 다 엄마가 쟤한테 호박하고 모하고 잼을 줬기 때문이야. 달콤한 향기가 나라고 쟤한테 장미수를 마시게 해서 그래요!"

호마가 외쳤다. 눈이 튀어나올 것만 같았다.

"제까진 게 페르시아 왕비인 줄 아나 봐."

호마의 서방이 다시 한 번 이게 다 딸을 외지인과 결혼시켜서 생기는 일이라고 말했다.

"창밑을 지나가다가 슬그머니 들여다보는 놈팡이를 장모님이 덥석 우리 식구로 들여서 그러는 거라고. 길거리에서 신랑을 물어오면 이렇다니까."

"바바일라(어휴), 그만들 해! 웬 말들이 그리 많아. 플로라야, 아지잠(우리 아가). 네 머리엔 항상 꽃이 넘실대고, 발치에는 피스타치오가 가득할 거야, 그러니 그만 좀 울어라, 쉬잇……."

이렇게 달래면서도 미리암 하놈은 더 이상 딸에게 다가가 안아주지도, 토닥여주지도 않았다.

무사는 흐느끼는 누이의 머리채를 뽑을 듯이 휘어잡더니 머리통을 들고 확 밀어버렸다.

"야, 어쩌면 그렇게 멍청하냐. 당장 그치지 않으면 네 서방 놈 똥 같은 개똥을 네 이마에 짓뭉개버릴 거야. 그리고 어머니 방에서 거울을 가져와 네가 얼마나 멍청한지 보여줄 테다, 이 똥덩어리야."

무사의 목소리가 캑캑거렸다. 얼굴에 난 여드름이 터질 것만 같았다. 그는 간신히 폐에 숨을 들여보내고, 플로라의 얼굴에 침을 뱉었다. 침은 플로라의 눈물과 함께 조르르 흘렀다.

"수박 먹고 싶단 말이야……."

플로라가 흐느꼈다. 그녀의 귀에는 아무것도 들리지 않았다. 제 울음소리도 남의 울음처럼 아득하고 희미하기만 했다. 그녀는 얼굴에서 침을 닦아내지도 않았고, 오로지 입술을 깨물고, 조밀한 잇새로 빨아 댔다. 그 바람에 결국 입술에 비뚜름한 잇자국이 났다.

"돈이나 내, 이 더러운 유대인 여자야. 예쁜 딸이 밖에서 당신을 기다리잖아!"

마니슌이 비명을 지르더니 나직이 흐느끼며 바구니 속으로 주저앉았다. 그녀는 결코 부화하지 않을 달걀들을 품었다.

"아이고, 징해, 소리 좀 그만 질러요, 온 동네 사람들이 밖에 몰려왔구만……."

미리암 하눔은 시어머니에게 소리 지르고 젖꼭지가 떨어져 나가라 꼬집어주었다. 그러고는 플로라에게 다가가 머릿수건을 벗겨서 콧물을 닦아주었다.

"이제 그만해, 응, 그만 울어라. 흥 풀어, 더 세게!"

그녀는 플로라의 코를 풀어주고, 얼굴도 닦아주었다.

고운 말로 딸을 달래보려 했으나 플로라가 계속 징징거리는 통에 미리암 하놈의 입은 다시 험해지고 말았다. 난리법석을 떠는 오늘 밤처럼, 앞으로 너는 아침마다 깜깜하고 재수 없을 거라고 악담을 퍼부었다.

"내가 대체 뭘 할 수 있었겠니? *아지잠*, 그놈이 내 어린 딸을 죽였을 때."

마니준이 허공을 올려다보며 물었다. 그녀의 팔은 새 날개처럼 퍼덕이며 팔짝거렸고, 손은 제 머리에서 딸의 땋은 머리칼을 떼 내려고 허우적거렸다.

"애야, 귀염둥아. 네가 엄마 가슴을 얼마나 타들어가게 했나 좀 보렴, 아마 너는……."

미리암 하놈의 남편은 제 어미를 무시하고, 딸에게 부드러운 목소리를 건넸다. 하지만 그 소동 속에서 그의 말은 거의 들리지 않았다. 푸주한은 딸의 헝클어진 머리를 토닥였다. 끓어오르는 부아를 참느라 그의 얼굴이 벌겋게 달아올랐다. 배 위까지 치켜 올린 바지 밑에는 엉성하게 꿰맨 짧은 단이 보였고, 헐렁한 양말 위로 계집애같이 가는 발목이 드러났다. 흰털이 듬성듬성한 콧수염은 플로라를 향해 슬픈 미소를 구부렸다. 이따금 그는 기름진 머리카락만큼이나 무성하게 자라는 콧수염을 깎았다. 플로라의 눈에 콧수염이 없는 아비의 얼굴은 발가벗은 것 같았고, 콧수염이 있으면 낯선 사람처럼 보였다.

"얜 그저 제 서방 놈이 가랑이 사이에 그걸 넣어주기만 바라는 거예요. 뜨거운 꼬챙이에 앨 끼워 돌리면 좀 얌전해질지도 몰라요……."

호마는 손으로 시범을 보이며 제안했다.

"그렇지, 플로라? *호다이아*(망할), 네 아기가 사기꾼 아비를 닮아서 사팔이나 됐음 좋겠다. 넌 마무의 새끼 같은 아기를 낳아야 해, 꼭! 그 애가 한밤중에 너한테 수박을 갖다 주는지 어디 두고 보자, 이 멍청아! 바닥에 대고 엉덩이를 더 비벼 봐! 그러다 타서 연기가 나면 좀 조용해질지도 모르니까, 이 바보천치야!"

"호마, 입 좀 다물어라!"

미리암 하놈이 비명을 질렀다.

"어쩜 그렇게 끝도 없이 주절대니? 네 혀 나무가 불길에 다 타버려야 하는 건데. 그 망할 놈의 나무, 저년을 저렇게 수다쟁이로 만들다니. 제발 입 좀 다물어. 유대인들은 하나같이 거리의 고양이들 같다니까. 으이구, 시끄러워."

호마는 다섯 살이 되도록 말문이 트이지 않아 벙어리인 줄만 알았다. 미리암 하놈은 딸에게 아침마다 겨자씨를 씹게 했지만 효험이 없었다. 결국 어느 봄날, 그녀는 머나먼 이스파한까지 갔다. 혀의 나무에 해마다 싹트는 나뭇잎 마흔 장 중 한 장을 따오려는 것이었다. 자세히 살펴보면 이 잎들은 붉고 기다랗고, 끝이 둥글어서 사람

혀와 놀랄 만큼 비슷했다. 이스파한 출신의 주술사가 그녀에게 일러준 말에 따르면 벙어리가 우물물에 혀 나무 잎 한 장을 넣고 끓여 마시면 목이 트이고 혀가 움직이기 시작한다는 것이다. 주술사는 반드시 한 잎만 넣어야 한다고 거듭 당부했다.

그러나 미리암 하눔은 잎을 세 장 따서 물에 넣어 끓여 딸에게 마시게 했다. 며칠 후 호마의 어린 입이 열리더니 첫 말을 외쳤다.

"찐 옥수수 사려! 찐 옥수수 사려!"

아이는 김 오르는 통에서 노란 옥수수를 꺼내는 길거리 장수들이 질러대는 소리를 흉내 내며 외쳤다. 그날부터 미리암 하눔은 딸년이 잠시도 입을 가만두지 않는다고 화를 내곤 했다. 딸은 나불나불거리는 혀를 절대 멈추는 법이 없었다.

무사는 호마의 질투 어린 설교, 플로라가 난리 치는 소리, 마니준의 미치광이 같은 주절거림, 제 어머니의 애원과 악담 등 주변 여자들의 소동을 더 이상 참을 수가 없었다. 마음이 착잡해진 그는 손에 화병만 한 은잔을 들고 추운 쥬바레로 나갔다. 이웃들의 침을 담아 와 플로라에게 먹일 작정이었다. 그것은 사악한 눈을 막는 데 특별히 효험 있는 무슬림 탁발 수도승들의 액막이 비법인데, 미리암 하눔은 이제 그 방법을 써봐야 할 때라고 판

단했다.

어둠 속에서 무사의 사냥개는 늑대처럼 보였다. 개는 긴장으로 팽팽해진 주인의 몸을 좇았다. 가는 도중에 악취 나는 고양이와 울어대는 귀뚜라미를 봤다 하면 몸을 덮쳤다. 개는 무사가 뒤쫓는 사냥감이 플로라에게 들린 사악한 눈이라는 것을 이해하지 못했다. 비가 부슬부슬 내리기 시작했다. 빗물을 뚝뚝 떨어뜨리며 무사는 자다가 일어나 눈을 끔뻑이는 이웃들의 현관 앞에 섰다. 무사는 낮은 문 밑에서 몸을 굽히고, 이웃들에게 잔에 침을 뱉어달라고 부탁했다. 파타네는 정신이 말짱해서 억지로 싱글싱글 웃으며 그를 기다리고 있다가 흥겹게 침을 뱉었다. 다른 이웃들도 뜻밖의 부탁을 싫어하기는커녕, 입이 찢어져라 하품을 하다가 푸짐한 미소로 마무리 지었다.

"왜 침을 한 컵이나 받아가는 거야, 무사?"

그들은 눈을 반짝이며 이웃들에게 신나게 알릴, 군침 도는 험담을 갈망했다. 모두들 그의 누이에게 미친증이 들게 한 것은 자기 눈이 아니라 맹세하고, 크게 가래를 끌어올려 탁한 거품을 잔에 컥 뱉었다.

호마는 무사가 집을 나선 것을 보고 말라깽이 서방에게 자축자축 다가가 제 가슴에 끌어당기고는 이 불안한 침묵을 벗어나 제 집으로 향했다. 나가기 전에 그녀는 동생의 머리를 가볍게 두 번 치고, 몸을 굽혀 허벅지를 꼬집어줬다.

"어서 너희 집으로 가, 호마. 어서 가."

미리암 하눔이 손을 휘휘 내저으며 말했다.

"아이고, 저것들이 나가니까 이제 좀 조용하네."

그녀는 딸이 나가는 모습을 보고 안도하며 한숨을 쉬었다.

나지아는 플로라가 수박을 탐하게 된 것이 식탐을 부리는 것도, 응석을 피우려는 것도 아니라는 것을 알고 있었다. 나지아는 양탄자 위에 묻은 산딸기와 석류, 토마토 얼룩을 지우느라 몸을 바삐 놀렸다. 플로라의 오라비와 언니가 차례로 나간 것을 확인하고 나지아는 사촌을 껴안고, 양탄자의 과일 얼룩을 지울 때처럼 그녀의 배를 둥글둥글 문질러 주었다. 플로라의 울음소리는 점차 잦아들었다. 흐느낌이 둥글둥글 박자를 타면서 나지아는 자기 손바닥이 천천히 그 울음소리를 제압한 것을 느꼈다. 커다란 덩치가 그 조그만 몸을 파고들자 나지아는 그 무게에 짓눌려 숨이 막힐 지경이었다. 문지르는 게 조금만 느슨해지면 플로라는 제 울음 끝이 풀어졌다는 것을 감지하고 얼른 목청을 높였다. 나지아는 카산 양탄자의 자수 문양을 멍하니 바라보았다. 끝없이 소용돌이치는 형태를 따라가 보려 해도 늘 눈앞에서 더욱 복잡해져서 한 번도 찾아내 본 적이 없는 문양이었다. 울면서 기다리는 게 피곤해졌는지 수박을 갈구하는 플로라의 그 높은 소리는 절망스럽고 낮은 중얼거림으로 사그라졌다.

플로라가 가엾긴 했지만, 사실 나지아는 아기가 더 염려스러웠다. 아비 없는 아기가 이마에 점이 생기고, 잘못될지도 모른다는 걱정이 더욱 컸다. 그녀는 머리를 플로라의 가슴골에 파묻고 사촌의 뱃속에서 아기를 키우고 있는 영들에게 나직하게 용서를 구했다. 어머니들이 잠자는 아기를 돌보는 귀신들에게 아기를 소파에서 침대로 옮겨도 되겠느냐고 묻듯이. 그래서 그 귀신들이 혹시라도 방해를 받아 짜증이 나서 아기의 머릿속에 나쁜 꿈을 불어넣지 않도록 곱게 허락을 구하듯이.

"파르히즈, 파르히즈, 파르히즈……(비나이다, 비나이다, 비나이다……).*"*

마침내 녹색 껍질에 흰 줄이 난 수박이 어느 집 지하실에서 발견되었다. 못생긴 노스라트는 플로라의 울부짖는 소리에 잠에서 깨고 말았다. 노스라트의 따스한 마음속에서 그 소녀의 웃음과 쿵쿵거리는 소리와 따스한 냄새가 자기 집 부엌에 가득했던 그 시절이 떠올랐다. 노스라트는 잠옷차림으로 추운 지하실로 내려가 상하지 않도록 술통들 뒤에서 잘 보관해 둔 수박 한 덩이를 들고 나왔다. 무사가 그 집 부부의 침을 받으려고 문을 두드렸을 때 그녀의 양손에서 임신한 배처럼 불룩한 수박이 그를 기다리고 있었다.

그 수박은 이 나라 중부의 큰 소금 사막으로, 감히 그 곳에 들어간 사람은 다신 나오지 못하는 다슈티 카비르의 경작지 가장자리에서 자란 야생 수박이었다. 그 사막 가장자리에서 자라는 수박들은 오로지 줄기에 떨어지는 아침 이슬로 갈증을 해소해서 과육은 더욱 달고 가격은 높이 치솟았다. 비에 젖고, 침을 구걸하느라 얼굴이 붉어진 무사는 수박을 받아들고는, 못생긴 노스라트에게 내일 닭집으로 꼭 오라고, 수박 무게와 맞먹는 오리 두 마리를 주겠다고 약속했다.

무사가 문간에 서서 채 문도 닫지 않고 손으로 수박을 퍽 치니 줄무늬 껍질이 벌어졌다. 그의 손가락이 틈을 벌리자 빨간 속살이 드러냈다. 그는 섬뜩하게 일그러진 얼굴로 누이에게 수박조각을 던졌다. 마치 하루 일이 끝난 뒤, 팔다 남은 가금류의 지방과 뼈 부스러기를 개에게 던져주는 것처럼.

나지아가 플로라에게서 몸을 떼어냈다. 남편의 입맞춤 대신 수박을 갈구하던 플로라는 과일을 사납게 베어 물고 속살을 씹어댔다. 그 밤, 해바라기 벽지를 바른 바불의 호텔방에서도 끓어오르지 않았던 플로라의 피가 화르르 끓어올랐다. 그녀의 엉덩이는 방석에서 양탄자로 스르르 내려왔다. 움푹한 책상다리 사이로 수박 조각을 그

러모아 제 입으로 쓸어 넣고 와구와구 씹어 붉은 수박물
이 입아귀에 흘러내리는 꼴을 보고 온 식구가 구경했다.
그러나 수박이 보관되었던 지하실의 냉기조차 그녀의 피
를 식히지는 못했다.

미리암 하놈이 맨 먼저 입을 열었다.

"제발 이 수박이 샤힌이 플로라의 피에 불어넣은 모든
독을 깨끗이 씻어줬으면 좋겠구나. 그래서 귀신들이 이
애를 그만 괴롭혔으면 좋겠다."

아비도 보탰다.

"제발."

그러나 플로라는 듣지 못하고 그저 우걱우걱댔다. 빨간
수박물이 손목과 팔꿈치와 치마에 뚝뚝 떨어졌다. 마침
내 수박을 다 먹었다. 다리 사이에는 하얀 껍질만 남았다.

플로라를 달래느라 배를 둥글둥글 만져주던 나지아에
게도 사촌의 수박 타령이 옮아갔다. 무사가 수박을 깨는
순간, 나지아의 눈은 시샘으로 동그래지며 콧구멍이 벌
름벌름해지더니 수박 향기가 목구멍에 스몄다. 플로라는
수박 껍질만 남겨 두고 꺼억 트림했다. 모두들 이젠 그녀
의 기분이 좋아졌다고 생각했다. 그러나 곧 플로라는 배
탈이 나고 말았다. 그녀는 밖으로 뛰쳐나가 악취 나는 아
몬드나무에다 속을 게웠다. 미리암 하놈은 창녀의 그 저
주받은 아기와 사악한 눈 때문에 딸이 배탈 난 거라고 중

얼거렸다. 이번만큼은 파타네과 술타나가 아니라 나지아를 염두에 두고 한 말이었다. 다들 나지아의 눈이 커지고, 혀가 입술을 핥는 것을 보았다. 나지아는 눈을 베일로 가리고, 양탄자 위에 흩어진 줄무늬 껍데기를 주운 뒤 수치스런 얼굴로 부엌으로 물러났다.

쓰레기통에 껍질을 버리기 전에 그녀는 남은 장밋빛 속살 찌꺼기를 손톱으로 긁었다. 손가락을 핥고, 쪽쪽 빨고, 혹시라도 누구에게 들킬까 싶어 어둠 속을 뒤돌아보았다. 그러나 그곳에는 아무도 없었다. 모두들 손으로 아몬드나무에 기대고 있는 플로라에게 몸을 굽히고 있었다. 그들은 플로라를 동정하며 바볼 출신 놈팡이의 배신에 대해 이야기하고 샤힌과 당나귀에게 불면증에나 걸리라고 저주를 퍼부었다.

나지아도 밖으로 나가 가련한 플로라에게 말을 걸고 싶었지만, 이 무슨 창피일까. 그녀는 눈물이 그렁그렁한 채 한 발짝도 움직일 수 없었다. 머릿속에 떠오르는 건 오직 '가여운 나지아', '너무도 수치스러운 가여운 나지아'라는 생각뿐이었다. 플로라는 뱃속에 분홍색 아기와 붉은 수박을 가졌고, 지금 이 순간 나무 밑에서 검은 씨를 게워내고 있었다. 나지아는 새우처럼 등을 구부렸다. 그녀는 수박 껍질로 입을 틀어막았다. 자기도 수박이 너무나 먹고 싶다고, 제철이 아닌 과일을 먹고 싶다고, 자기도 무사가 개를 데리고 밖으로 나가 이웃들에게 복숭아와 자두와 포도를 한 바구니 거둬 왔으면 좋겠다고 외치고 싶었다. 수박 껍질이 손에서 미끄러졌다. 그녀는 마당에서 플로라가 격하게 구역질하다가 토사물을 웩 쏟아내는 소리와 식구들이 플로라의 등을 두드려주며 쯧쯧 혀를 차는 소리를 들었다.

부엌문에 달린 알록달록한 나무 구슬주렴 틈으로 나지아는 페르시아 왕비(유대인 출신으로 페르시아 왕에게 출가하여 유대인들을 구한 에스더를 말함-옮긴이)의 얼굴을 볼 수 있었다. 왕비는 거실이자, 식당이자 무사의 침실이기도 한 현관 안쪽의 제 자리에서 이 소녀를 시들하게 바라보고 있었다. 왕비의 초상화는 검정, 녹색, 흰색의 싸구려 모사도 짜여 있었다. 그 섬세한 둥근 얼굴을 짠 직조공은 왕비에게 얇고 붉은 입술을 만들어줄 빨간 실이 없었다. 그는 그녀의 머리 위에 갈까마귀 날개처럼 검은 머리를 짜 얹고, 후세에 남을 만큼 아름다운 녹색 눈을 매우 근사하게 짜 넣었지만, 입술은 남겨 두었다. 나지아의 눈에는 아이를 못 낳은 그 아름다운 왕비가 여느 때보다 더 슬프고 늙어 보였다.

나지아는 미소 짓지 않는 왕비의 얼굴에서 눈길을 떼고, 질투를 떨쳐내기 위해 물동이의 물로 달아오른 얼굴을 씻었다. 그러고 나서 혹시 소원이 이루어졌나 보려고 잠자리로 갔다. 잠자리의 냉기 때문에 바들바들 떨긴 했지만, 그녀는 희망에 가득 차서 모직 이불 밑에 몸을 웅크리고 손가락으로 제 다리 사이를 뒤졌다. 손가락은 깨끗했다. 피가 전혀 묻어나지 않았다. 그래도 그녀는 손가락을 핥아 보았다. 보통 때와 같은 체취, 뒤이어 수박의 뒷맛만 있을 뿐 이상한 맛은 느껴지지 않았다. 또 다시 눈물이 차올랐다. 머릿속으로 주례담당 랍비 물라 네타넬의 얼굴도 떠올랐다. 그는 늙은 손가락으로 자기를 가리키며 서둘러야 한다고, 시간을 낭비하고 있다고 중얼거렸다. *하맘*에서 빨래거리를 비비며 수상쩍은 눈으로 쳐다보던 여편네들의 모습도 떠올랐다. 마치 나지아의 다리 사이에서 이미 피가 흐르고 있는데도 저만 모르고 있다는 표정이었다. 가느다랗게 뽑은 눈썹을 쌍그랗게 올리며 비웃는 그네들의 목소리가 나지아의 귓전에 울렸다.

9

빨래를 하는 날, 아침마다 나지아는 더러운 옷들을 침대보에 싸서 머리 위에 얹고 끝자락을 묶었다. 무사가 가게에서 집으로 돌아와 그 보따리들을 등에 져주면 나지아는 거지처럼 그의 뒤를 따라가며 떨어진 양말들을 주웠다. 시장에서 *하맘* 쪽으로 조금 더 접어들어 산이 나오는 큰 길에서 무사는 걸음을 멈추고 빨래보따리를 번쩍 올렸다가 털썩 바닥 위에 떨어뜨리곤 했다. 나지아는 *하맘*까지 가는 나머지 길을 혼자 가겠다고 우겼다. 그래야 그곳의 여편네들이 기왕에 했던 입방아보다 더한 것은 찧지 않을 것이라면서.

나지아는 무거운 보따리를 작은 보따리 여러 개로 나눈 뒤, 고부라진 등으로 휙 넘겨 하나씩 날라 *하맘*의 여자 문지기의 발치에 큼직하게 쌓아 놓았다. 그녀는 이마에 흐르는 땀을 팔뚝으로 훔치고, 태양빛을 피하려 눈 그늘을 만들고 무사를 보곤 했다. 그는 양 우리에 숨어 몸을 낮게 구부리고, 보일 듯 말듯 웃어주기를 기다리며 나지이를 지켜보고 있었다. 무사는 메에메에 우는 새끼 양들 틈에 쭈그리고 앉아 나지아가 여자 문지기에게 돈을 내고, 펠트 신발을 벗어 겨드랑이에 끼고 지하 *하맘*으로 사라지는 것을 보았다.

수요일은 마을에 사는 귀신들과 영들이 정기적으로 목욕하는 날이었다. *하맘*은 이들 몫으로 텅 비었다. 그 시간에 우연히 지하로 내려온 사람들은 귀신들이 물속에서 아이들처럼 물방울을 보그르르거리는 소리와 목욕통 안에서 '으허 으허 쯔허' 하며 노래하는 소리를 들었다고 말했다. 그러나 그때를 제외하면 그곳은 사람 천지였다. 주말에는 남자들이 머리를 다듬거나 윤을 내주는 하맘의 이발사에게 제 머리통을 맡기고, 뜨거운 탕에 몸을 푹 담그고 흐뭇하게 "아, 조오타……. 오, 조오타. 흐음, 시원하다……" 하며 읊조리곤 했다. 일요일, 월요일, 화요일은 여자들 몫이었다.

아침에 기다랗고 가는 전등 빛이 하느님의 손가락 끝처럼 생긴 긴 벽 구멍을 통해 스며들었다. 햇살은 공중에서 춤추는 먼지와 탕 안을 비추고, 돌 벽에 옅은 그림자를 던졌다. 여인들은 구석에서 제 몸을 씻었다. 그곳에서 미지근해지고 더러워진 물은 세탁물통으로 흘러들었다.

하맘 일꾼들은 수증기를 계속 올리느라 화로 위의 달궈진 돌무더기에 물동이의 물을 퍼부었다. 나지아는 얼굴을 땀범벅으로 만드는 그 수증기가 좋았다. 다른 여자들처럼 그녀는 딱딱한 돌바닥 때문에 무릎을 짚으로 동였다. "비누요, 비누!"라는 외침이 메아리로 울리는 비누장수에게 그녀는 미끌미끌한 비누를 두 덩어리 사면서 손가락으로 꼭꼭 눌러 잘 마르고 좋은 것인지 확인했다. 만약 비누가 축축하면 입씨름을 해서 값을 깎았다.

무릎을 꿇을 만한 곳을 찾던 나지아는 타미지네 여자들 쪽에 붙어 있으려 했다. 그네들은 마을의 부유한 여인들에게 옷가지와 침대보를 받아 빨아주는 빨래꾼들이었다. 하나같이 말이 없고 부지런했으니, 이게 바로 밥벌이

였기 때문이다. 그 집 여자들은 모두 넷으로, 얼굴은 매끄럽고 반들반들했으나 손은 거칠었다. 허리가 꼬부라진 할망구가 물통에 먼저 빨래거리를 담갔다. 딸이 비누질을 하면, 손녀 딸 하나가 그걸 헹구고, 다른 손녀딸은 깨끗해진 빨래를 꼭 짜서 빨래더미에 쌓았다. 그러나 어느 날, 나지아가 헹구기 담당인 샤흐나즈 타미지가 닭집에서 마치 커다란 거울에 비친 자신의 모습을 찬탄하듯 무사를 바라보는 것을 목격한 뒤로 나지아는 그녀와 그 집 식구들을 피해 홀로 빨래했다.

샤흐나즈는 얽은 볼을 차도르로 감추고, 어머니가 닭 잡은 것들을 담아오라고 준 *카차쿨*(바구니)을 들고 있었다. 어슴푸레한 가게 안에서 그녀의 얼굴은 달걀노른자를 바른 피타(둥글고 납작한 빵-옮긴이)처럼 반짝였고, 검은 머리는 보들보들하고 윤기가 자르르 흘렀다. 갈고리들 밑에 서 있는 무사는 눈길로 그 검은 머리를 어루만졌다. 나지아는 그 머리를 확 낚아채 샤흐나즈가 우거지상을 짓고 비명을 지르게 하고 싶었다.

여인들은 목욕도 하고, 빨래도 하는 이 날을 좋아했다. 빨래거리를 담갔다 벅벅 문지르고 옷과 리넨을 비틀어 짜며 저녁나절까지 고되게 일하긴 했지만, 이 날은 수다 떨고 노래하고 웃음보도 터뜨리는 흐뭇하고 편안한 날이었다. 그네들은 아기들을 얕은 통 속에 넣었다가 저물 무렵 노인이나 신생아처럼 쭈글쭈글해질 때 꺼냈다. 남자들의 눈길이 닿지 않은 곳에서 옷을 다 벗어던져 젖가슴은 이리저리 흔들렸고, 수증기가 마음껏 피부를 어루만지도록 내버려 두었다. 그네들은 검붉은 헤나를 석류 껍질과 달걀노른자를 섞어 머리에 바른 뒤, 그 머리가 찻잎 색깔로 바뀌고 윤기가 흐를 때까지 모슬린 조각으로 묶어 두었다. 아몬드나 견과류 간 것을 올리브 오일에 개서 피부를 감미롭게 하기 위해 서로 문질러 주기도 했다. *하맘*의 하녀가 이들 사이를 오가다가 동전 한 닢에 등을 수세미외로 문질러주고 샐비어 묶음으로 두드려주었다. 그녀는 그네들의 발을 검은 현무암 조각으로 문지르며 말발굽 같은 각질을 벗겨냈다. 때때로 쟁반을 들고 오가며 얼음을 띄운 달콤한 녹말 주스인 파루데를 권하기도 했다.

잠자리 욕심이 무한대인 서방, 흐를 건 흐르고 봉긋 나올 데는 나온 딸, 이유식에 도리질을 쳐서 아비의 부아를 벌컥 돋우는 아들내미 등 여편네들의 수다는 끝이 없었다. 수다를 떨면서 그네들은 소금 뿌린 수박씨와 호박씨를 까먹었다. 그래서 저물녘이면 이들의 샌들 위는 축축한 껍질들로 수북했다. 마을에서 깊숙이 감춰 두었던 비밀들이 뿌연 김 속에 어른어른 드러나고, 치마 속에 힘들게 감추었던 임신이 밝혀지고, 모든 소문의 진위가 환히 밝혀졌다. 처녀들은 델카시트네 공작들처럼 거만하게 걸으며 팽팽한 몸을 과시했고, 젖먹이 엄마들은 김에 데워진 젖을 제 새끼들에게 배불리 먹였고, 애 못 낳는 여인네들은 *하맘* 벽에 꾸민, 성별된 벽감인 열쇠 탕 속에서 배를 씻었다. 그 탕의 바닥에는 물속에서 녹색으로 보이는 구리 열쇠 40개가 놓여 있는데, 하나하나가 이 마을에서 살면서 다산을 했던 여인네들을 뜻했다. 불임인 딸네의 어미는 그 벽감에 물을 큰 컵으로 40잔 붓고, 딸의 봉인된 배를 씻기며 자궁 문이 열려 자식들을 많이 낳기를 경건하게 빌었다.

나지아는 여편네들의 수다에 끼어들지 않았다. 지붕 위에 기어 올라와 유리를 끼운 구멍을 통해 여체에 굶주린 눈을 즐기는 소년들이 발견될 때가 있었다. 그때마다 여자들은 비명을 질러댔지만, 나지아는 가만히 있었다. 그녀는 오전 내내 옷을 벗지 않았다. 잿빛 땀꽃이 겨드랑이에 송골송골 차오르자 결국엔 그녀도 옷을 벗었다. 빨래가 *하맘* 위의 돌에서 거의 말라가고 있을 때였다. 수줍게 그녀는 옷을 벗고, 약한 김 속에서 재빨리 몸을 씻었다.

나지아가 아무 말 없이 빨래에 열중할수록 여인네들은 꼬치꼬치 캐물으며 놀려댔다. 그네들은 그녀를 조롱조로 '나지치', 즉 꼬맹이 나지아라고 불렀다.

"무사는 어디 가셨나? 오늘은 빨래거리 나르는 걸 왜 안 도와주시나 그래?"

"나지치, 넌 아직도 생리통 없니? 잘 살펴봐, 나지치. 잘 살펴보라고……."

파타네와 술타나는 나지아가 숙모, 즉 그들이 혐오하는 미리암 하눔을 위해 몸이 바스라지게 일하는 것을 알았기에 이 고아 소녀를 가엾게 여겼다. 둘은 세상을 떠난 마하스티, 즉 천국에 영혼이 가 있는 나지아의 엄마가 레위파의 후손이기 때문에 딸의 생리가 늦어지는 거라고 말했다. 레위파 여자들의 생리는 신성하며 늦게 나오는데, 결혼할 무렵에 나오는 경우도 있다고 알려져 있었다. 좀 친절한 여인네들은 둘의 의견에 동의했지만, 다른 이들은 나지아는 절대 생리가 안 나올 거라고, 절대 *쿠치크 마다르*(어린 엄마)가 되지 못할 것이라고 떠들어댔다. 나지아가 덜 여물어서 태어났기 때문에 성숙하지 못할 것이라고 우겨대기도 했다.

호마가 아기를 땅에 묻고, 임신한 플로라가 서방에게 버림받은 뒤부터 여편네들은 라토리얀네 여자들 얘기를 할 때 더 이상 손으로 가려가며 귓속말로 속살거리지 않았다. *하맘*의 김 서린 벽에서 메아리치는 그네들의 우렁찬 목소리에 나지아는 안 그래도 자그마한 몸을 더욱 오그라뜨렸다. 마음속을 지배한 그네들의 악의는 숙모의 집으로 가는 내내 눌어붙어 있었다. 부엌에서 홀로 일할 때에만 그 윙윙거리는 소리들이 잦아들었지만, 그렇다고 완전히 가라앉는 법은 없었다.

여편네들은 나지아의 불행을 손가락으로 꼽고 나불거리며 비난하는 눈길을 던졌다. 즉 그녀에겐 부모가 없고, 숙모는 그 애의 지참금을 제멋대로 쓰고, 구멍에서는 피라곤 단 한 방울도 안 나오며, 병든 병아리처럼 비쩍 마르고 납작하다는 것이었다. 부인할 수 없는 말들이라 나지아의 고통은 더욱 오랫동안 쓰라렸다. 그러나 여편네들이 재밌으라고 얘기를 지어내고, 저희가 지은 그 무시무시한 얘기에 즐거워하면 나지아의 고통은 금방 사라졌다. 그네들은 금지된 일들이 미리암 하놈의 집에서 벌어지고 있다고 쑥덕였다. 그녀가 너무 게을러서, 아니 어쩌면 너무 사악해서 그런 일들을 일부러 막지 않는다는 것이다. 비방꾼들은 두려움에 겨워 꽉 쥔 주먹에 더욱 힘을 주었다. 그들은 순결한 저희의 귀가 이런 말을 들을 수밖에 없는 것을 용서해달라고 하느님께 빌었다. 즉 무사 라토리얀이 어미의 묵인 하에 밤마다 어린 고아인 사촌동생에게 모종의 일을 행한다는 둥, 귀신들은 미리암 하놈을 사랑한 나머지 밤마다 양파껍질을 가져다주는데 그게 금팔찌로 변한다는 둥, 그녀가 어렸을 때 저지른 죄악으로 말미암아 고양이들이 이 동네에 복수하는 것을 절대 멈추지 않는다는 따위의 이야기였다.

"*아운다레*(가련해라)."

그네들은 한숨을 쉬며 나지아를 안타까이 바라보곤
했다.

"병아리 수를 셀 나이에 저 애는 아직 달걀 하나 못 낳
아 봤으니, 불쌍하기도 하지."

"플로라의 그 큰 젖통이 없다면, 아이고 망할 년, 예쁘
기도 하지. 무사가 나지아한테 씨 뿌린 아기들은 틀림없
이 굶어죽고 말걸……."

탁한 물속에 오랫동안 담가 둔 탓인지, 나지아의 손은
낡아빠진 침대보만큼이나 파리했다. 건조해져서 껍질이
벗겨지고 있었다. 그녀는 물에 비친 제 모습을 보고, 물
속의 빨래를 뒤적여 소용돌이를 일으켜서 여인네들의 거
짓말을 가라앉혔다. 물을 동그랗게 휘저을 때 나는 작은
울림은 시끌벅적한 수다를 가라앉혔고, 나지아는 혀를
깨물었다.

2부

나지아는 한없이
자고만 싶으니

10

하도 조막만 하게 태어난 나지아를 보고 동네 주술사들은 귀신들이 제 새끼들에게 줄 장난감으로 이 애를 원한다며 치료를 거부했다.

술타나 자파롤라는 나지아에게 이렇게 일러주었다. 술타나는 미리암 하눔이 외출하고 플로라가 이웃집 부엌으로 사라진 것을 지붕 밑 틈으로 확인하고, 제 집 지붕 위의 구구구 소리 나는 비둘기장으로 올라가 장밋빛 주름 장식이 있는 통통한 놈을 골라 나지아에게 갔다. 부엌에서 일하고 있는 아이 옆에 눌어붙어 비둘기목도 비틀고, 깃털도 뽑으면서 그녀는 세상 떠난 나지아의 엄마인 마하스티에 대한 이야기를 들려주었다. 물론 나중에 미리암 하눔은 그걸 몽땅 허튼 소리로 치부했지만.

나지아가 태어난 해, 아이들이 여름 내내 맨발로 깔깔

대며 풍덩거리는 동네 수로에서 천연두 균이 퍼졌다. 신성한 도시인 마시하드에 순례를 다녀오는 시아파들이 알보르즈 산기슭과 해안 평야의 도시까지 그 병을 가져다 주었다. 시아파들은 제 붙이인 정신병자들을 마시하드까지 데려가 정신이 온전히 들게끔 그곳의 모스크나 성자의 무덤에 묶었다. 정신질환자들은 머리가 맑아졌고, 일가붙이들은 신심이 더욱 깊어졌으나 여전히 핏속에 그 병을 지닌 채 돌아왔다. 죽음의 씨앗들이 옴리쟌과 인근 마을들에 퍼지며 무슬림 주민들이 죽어나가더니 이웃으로 산들바람처럼 퍼져나갔다.

그 병은 거리의 쓰레기와 함께 흐르고, 모기의 침과 같이 날아다니고, 들쥐의 잇자국과 더불어 들끓었다. 아르메니아인 동네의 돌 벽을 가뿐히 넘고, 아몬드나무 사이에 사는 유대인들의 피부 위에 끔찍스럽게 만발했다. 초기에 무슬림들은 유대인들이 늘 포도주와 맥주를 들이켜는 덕에 그 병을 피할 수 있는 것이라고 생각했다. 그러나 쥬바레 거리마다 고통스런 울부짖음이 새나오기 시작하자 그들의 시샘 어린 분노는 잠잠해졌다. 그곳에도 역시 사별의 아픔이 집 없는 고양이들처럼 살금거렸기 때문이다.

동네 사람들은 제 집 창문마다 붉은 천을 매달았다. 그들은 포도주와 비트 뿌리(붉은색임-옮긴이)로 담근 술을 가득 채운 통 속에 깊이 넣어 둔 사슴가죽과 담요로 병자들을 감쌌다. 여자들은 머리에 붉은 깃털을 꽂고, 아기들을 감싸는 누더기에 닭 피를 뿌리고, 제 뺨에는 흙과 대추야자와 헤나를 섞어 발랐다. 돈푼 있는 자들은 집을 붉은 보석으로 장식했고, 너나할 것 없이 손목과 목에 주홍색 끈을 둘렀다. 해 질 녘이면 온 동네가 장밋빛과 타오르듯 강렬한 진홍색으로 바뀌었다. 색깔로 피를 자극해 역병에서 사람들을 보호하려는 의도였다. 물라 아바스는 타는 듯한 붉은색 옷을 입고, 흰색 터번 수건인 암머메에는 여성용 빨간 모사 머릿수건을 묶고, 얼굴에는 녹빛 나는 헤나를 발랐지만 입술은 두려움에 바랜 채로 설교단에서 섰다. 그는 불그스름한 회중에게 이 역병은 병자들의 피를 미치게 하는데, 그 까닭은 매장된 자 중 하나가 제 수의를 씹고 있기 때문이라고 알려주었다. 동네 사람들은 산비탈에 있는 무덤들을 파서 죄를 범한 그 시신을 찾아내 수의를 갉작이지 못하게 했지만, 곧 그를 뒤이어 땅속으로 들어가야 했다. 온 사방에 썩은 내가 진동을 하고, 옴리쟌에서 하루거리인 영국 병원은 폭우를 맞고 있는 물방아용 저수지처럼 얼굴이 부글부글 경련하는 환자들로 넘쳐났다.

역병이 휩쓴 그 해에는 애 낳는 것도 힘에 부치고 수선스러웠다. 쪼그라든 여자들의 자궁에서 노리끼리하게 부은 사산아들이 나왔다. 살아서 나와 보겠다며 어미의 배에서 조그맣고 연약한 모습으로 기어나온 아기들은 울 힘조차 없었고, 대개는 하루를 넘기지 못했다. 덜 여문 채 나온 나지아는 종려 잎으로 짠 요람에서 살아남았지만, 여전히 조막만 했다. 미리암 하놈의 충고에 따라 마하스티는 잦은 출산으로 큼직해진 검은 젖꼭지를 맑은 최상급 꿀로 문질렀지만, 나지아가 빨아먹은 젖과 꿀은 달콤하고 토실토실한 살이 되지 못했다. 생후 6개월 때 나지아는 일곱 달짜리 태아 크기였고, 커다란 아몬드 같은 눈은 파리한 얼굴에서 올챙이 눈처럼 툭 튀어나와 있었다. 홀아비인 랍비 물라 네타넬은 아기 엄마에게 자기가 종이에 써준 시편 글귀를 아기에게 먹이고, 아기 귀에 대고 계속 자라라고 속삭여야 한다고 일러주었다. 이웃들은 그녀에게 쌀로 속을 채우고 기름을 잔뜩 바른 양 창자 조각을 아기에게 먹이라고 했다. 그 덕분에 온 동네 사람들은 기대감에 부풀어 손가락을 빨았다. 그러나 아무것도 효험이 없었다. 아기 치료를 거부한 주술사들은 헛되이 질기기만 한 아기의 목숨에 놀랐고, 어서 죽기를 기다렸다.

"*바바일라!*(아이구머니나!) 저 콩알만 한 게 아직도 안 죽었어? 마늘껍질이 차라리 재 피부보다 두껍겠다. 하느님은 어쩌자고 아직도 안 데려가셨을꼬?"

쥬바레의 텃밭마다 모여든 여편녜들이 지껄여댔다. 대다수가 이번 역병으로 자식들을 잃었기에 그녀들의 매서운 눈초리는 마하스티가 딸을 위해 짠 종려 잎 요람과 생명줄을 붙잡은 조그만 젖먹이에게 꽂혀 있었다.

"갓 태어난 박쥐새끼만 하네."

사람들은 입방아를 찧으며 마하스티가 두려워하는 모습을 즐겼다.

"보나마나 저건 귀신들이 빚은 저주받은 아기야. 하느님이 우리 모든 원수들한테 보내시는 것 말이야……. 가련해라. 코로 숨을 들이쉬어 봤자 제 몸에 내보낼 힘도 없네……. 겨울이 온다 한들 추위를 견뎌낼 살도 붙어 있지 않을걸? 요 이쁜 마하스티, 네가 아무리 품속에 아기를 꼭 껴안아도, 산에서 부는 바람이 아기를 거두어 갈 거야, 안 그래? 어서 서방한테나 가서 아들들이나 낳아 주고, 저 불쌍한 어린 것은 죽게 내버려 두지 그래?"

"끔찍한 폭풍우가 몰아닥칠 거야."

여편네들은 눈을 꼭 감고 예언했다.

"얼어붙은 산에서 옴리쟌으로 불어와 땅을 뒤흔들어 놓을 거야. 숲 전체가 작은 순처럼 뿌리 뽑힐 거라던데. 지붕이 모자처럼 날아가고, 아이고 하느님, 옷들은 빨랫줄에 널린 빨래처럼 사람 몸에서 찢겨나가 바람에 날릴 거야……. 올해는 모든 게 폭풍우 때문에 날려갈 거야.

폭풍우가 쓸어가지 않으면 대지가 제 뱃속으로 삼켜버릴 거야. 집으로 돌아오는 배고픈 남편처럼 말이야……."

"*야 호다이아*(오 하느님)……."

퉁방울눈을 한 여편네들은 지진에 대한 두려움에 몸을 떨며 엄지와 검지 사이의 부드러운 살을 깨물었다. 늙은 여편네들은 무릎을 꼭 잡고, 그 무시무시한 한기가 다가오는 것을 노쇠한 뼈로 느낄 수 있다며 울부짖었다.

붉은 염소털 담요 네 장을 덮은 나지아는 마하스티가 요람에 걸어 둔 조로아스터교의 부적들과 은에 물린 미리암 하놈이 목에 걸어준 파란 닭 눈알들에 둘러싸여 있었다. 아기는 그 커다란 눈으로 엄마를 또록또록 바라보며 부적들과 보석들과 옷들을 재미있어했다. 마하스티는 결혼하고 네 번 임신해서 딸을 넷 낳았지만, 아기들은 모두 세상을 등졌다. 담요를 네 장이나 나지아의 목까지 끌어올려 놓고 몸을 굽혀 눈물을 쏟아냈다. 담요가 짭짤해질 지경이었다. 마음속 저 깊숙이에서 그녀도 귀신들은 나지아가 살기를 원치 않으며, 제 새끼들에게 주려 한다고 믿고 있었다.

그러나 겨울은 여느 때와 다를 바 없는 겨울이었고, 대지 또한 예전과 같았다. 땅속에서 컴컴한 아가리를 벌리는 일은 없었다. 그런데 어느 날 아침, 마하스티는 나지아의 작은 몸을 덮고 있던 담요고치와 기저귀를 풀다가 딸의 투명한 목에 음산한 꽃들처럼 피어나 있는, 그 치명적역병의 고름 부스럼을 보았다. 눈앞이 캄캄했다. 그녀는 고개를 숙여 요람 속을 보고 제 머리를 쥐어뜯었다.

"넷도 모자라 그 애도 저세상으로 보낸 거야?"

그녀가 흐느끼는 소리를 듣고 남편이 일어나 말했다. 그는 마누라를 때리려고 했다. 그러나 마하스티는 제 여린 손등을 꼬집고, 뺨을 때리고, 가슴을 치며 자학하고 있었다.

"호다이아(세상에), 이제 어쩌면 좋아, 호다이아?"

"그러니까 이번 것도 네가 죽인 거지? 이 고집불통아."

남편은 화가 치밀어 그녀의 머리를 때렸다.

"언제 아들을 낳아줄 건데, 응? 네년의 약해빠진 배 좀 봐라, 이 더러운 년아. 쓸모없는 계집애들이나 낳을 줄 알지. 아예 네년도 빨리 뒈져라. 네 어미처럼 고집불통이고 귀신처럼 추한 네년도 빨리 뒈지라고. 난 다른 여자가 필요해. 아들을 낳아줄, 피가 뜨거운 여자 말이야. 네년은 그 차디찬 피로 나한테 재앙밖에 준 게 없잖아. 내 씨를 비처럼 차갑게 식히는 년 같으니. 자궁에서 나오는 거라곤 죽은 계집애들뿐이니, 제기랄……."

그는 고함을 치며 마누라의 다리를 찼고, 소스라친 나지아는 제 엄마의 품속에서 오그라들었다.

그 비명 소리를 듣고 이웃 여자들이, 여태 안 자고 시끄럽게 구는 자식새끼들을 떨치고 제 집구석에서 뛰쳐나왔다. 그네들은 베일을 쓰고 마하스티의 집으로 갔다. 무슨 일이 벌어졌는지 짐작하고, 저마다 어두운 부엌에서 서로를 부르며 위로의 말을 지껄여댔다.

"*나 콘*(이러지 말게), 이렇게 자학하면 쓰나……."

그네들은 울어대는 젖먹이 딸을 살펴보고, 피가 날 정도로 제 뺨을 할퀴는 여인에게 다가가 비탄의 고리를 이루었다. 그네들의 손이 그녀 머리 위의 공기를 어루만졌다.

"꺼져, 이 망할 년들아."

마하스티가 그네들에게 고함을 쳤다. 그녀는 알몸인 나지아를 들어 올려 흔들며 부스럼을 보여주었다.

"네년들이 그 사악한 눈으로 해 놓은 짓을 봐. 하늘이 네년들 눈을 멀게 하실 거야! 꺼져, 너희 자식새끼들과 서방한테로 가, 가라고!"

"가만히 좀 있어." 애 아비가 으르렁댔다. "네 아가리나 닥쳐, 이 망할 년아."

그는 딸을 아내의 무릎에서 낚아채고는 아이의 피부에 난 부스럼을 냉랭하게 훑어보았다.

"너희들이 내가 불쌍하다고, 응?"

마하스티는 펄쩍 일어나 아비의 손에서 나지아를 도로 낚아챘다.

"너희는 내 딸이 전혀 불쌍하지 않지? 눈이 오면 애가 죽을 거라고 말했던 거 내가 모를 줄 알아? 난 창문을 꼭꼭 봉했어, 이 뱀 같은 것들아. 그리고 내 딸을 담요로 따뜻하게 감싸고, 따스한 내 젖을 먹였어. 그런데 왜 얘가 죽어야 돼? 왜? 얠 이렇게 만든 건 추위가 아니야. 벽 속의 개미들처럼 담요 틈으로 슬그머니 들어온 너희의 그 사악한 눈이 그런 거야. 나하고 내 딸을 저주한 건 바로 네년들의 못된 말들이야, 이 빌어먹을 년들아! 나가 뒈져라! 너희는 대가를 치러야 돼, 이 가련한 아이한테 이런 짓을 벌이다니……."

그녀가 울음을 터뜨리자 더 이상 아무 말도 들리지 않았다. 공격을 당한 여인들은 차도르를 감고, 깜짝 놀란 새들처럼 그 집 마당에서 날아갔다.

"원, 우세스러워서!"

그네들이 사라지자 나지아의 아비가 고함을 쳤다.

"이 빌어먹을 년아, 네년은 우세스러운 짓밖에 할 줄 모르는구나. 네년 몸속에 악마가 들어있는 게야. 난 네년이 밤에 가랑이를 벌리고 있는 걸 본 적이 있어. 옴리쟌의 귀신들이 몽땅 모여들어 네년한테 악마의 씨를 뿌리게 하려던 거지. 네가 나한테 준 거라곤 악마의 딸년들뿐이야. 죽은 딸들, 다 죽은 것들. 오늘처럼 말이야, 이 개 같은 년아!"

정신을 차린 마하스티는 더 이상 제 몸을 때리지 않았

다. 나지아의 울음소리가 더욱 커졌다. 그녀는 남편의 발치에 몸을 던지고는, 머리에 외투를 뒤집어쓰고 뛰쳐나갔다. 그 길로 아르메니아인 의사와 홀아비인 랍비 물라 네타넬을 데려와 딸을 살려달라고 간절히 애원했다.

남자는 누그러져서 집을 나섰다. 아내가 걱정한 대로 그는 체념한 채로 느릿느릿 걸어갔다. 인사를 건네던 행인은 그에게서 아픈 딸 때문에 급히 의사를 찾아가는 근심에 젖은 아비의 모습을 보지 못했다. 그의 굽은 등은 급할 것 없이 무덤 팔 일꾼을 찾는 것 같은 분위기를 풍겼다. 쓰라림에 겨웠던 마음이 점차 닫히는 듯 싶더니 무감각해져 발걸음마저 꾸물거렸다.

집에 남은 마하스티는 나직이 흐느꼈다. 무정한 남편과 삭자의 집 창문 뒤에 숨어 있는 사악한 여편네들과 어두운 하늘 때문에 큰 소리로 울 수도 없었다. 나지아의 훌쩍거림이 점차 약해지자 그녀의 참을성이 툭 끊겼다. 마하스티는 길을 건너 미리암 하놈의 품에 엎어져 온갖 아부를 다 쏟아내며 남편을 뒤쫓아 달라고 애걸했다.

"*아지잠*, 만약 제 남편을 못 찾으면, 저를 불쌍히 여겨 가게에 계신 아주버님한테 부탁 좀 해주세요. 쟌쟌 사브지 푸루쉬의 아들인 의사를 이리로 데려와달라고요. 형님, 가세요. 하느님이 형님의 다리를 축복해주실 거예요. 제발, 지금 얼른 가 주세요."

"그 애는 죽게 놔 둬."

미리암 하놈이 그녀를 밀쳤다.

"자네 딸 명줄이 그렇게 짧고 불행한 걸 어쩌겠나, 마하스티. 그리고 그 애가 설사 살아난다 해도, 누가 그 애를 데려가겠어? 절름발이나 천치 정도 되어야 자네 딸을 거두겠지. 그런 걸 생각하면 차라리 지금 죽는 게 낫지, 안 그래?"

"그 애는 살 거예요, 두고 보세요. 살 거라고요……."

뺨에 할퀸 자국이 펑펑 쏟는 눈물에 뜨거워졌다.

미리암 하놈은 빨간 모자를 쓴 머리를 거리로 쏙 내놓고 하늘을 가늠해 보았다. 세찬 바람이 눈을 휘감고, 검은 구름들이 신의 화난 얼굴을 마주 보며 삐죽삐죽한 마을 담 위에 걸려 있었다.

"만약 그 애 명줄이 붙어 있다면……."

그녀는 머리를 다시 들여놓고 언짢은 눈으로 마하스티를 바라보았다.

"명줄이 붙어 있다면 내 아들 무사를 그 애의 남편으로 주지. 약속하겠네, 마하스티. 하지만 나지아는 살지 못할 거야. 걔는 죽기를 원해. 내 눈에는 벌써 보인다네. 젖조차 빨려 하지 않는 저 불쌍한 입술에 평화를 찾았다는 미소가 살짝 어려 있는 게 말이야. 다 자네 때문이야, 마하스티. 숨길을 틔워 보겠다고 아이 가슴을 주무르는 자네의 지칠 줄 모르는 손 때문에 여태 살아 있는 거야. 폐는 태어나지 않은 아기처럼 닫혀 있는데도 말이야. 그 애가 덜 여문 게 안 보이나? 가시가 드문드문 난 가지처럼 말이야……."

"가세요. 제발 부탁이에요. 얼른 쟌쟌의 아들을 데려오세요. 애가 곧 죽게 생겼잖아요, 가세요…….."

마하스티가 애원했다.

마침내 미리암 하놈은 거리로 나섰다. 그녀는 플로라와 무사를 집에 놔 두고, 일곱 살짜리 호마를 껴안고 추위 속으로 나섰다. 눈과 진창에 푹푹 빠져가며 부지런히 움직였건만, 그녀는 나지아의 아비를 따라잡지 못했다. 그녀 또한 갓난아기가 그날을 넘길 거라고 믿지 않았기에 나지아 몫으로 무사를 약속하는 데 전혀 망설이지 않았던 것이다.

그들은 방앗간 주인인 유대인 핀하스의 집에서 그 아르메니아인 의사를 찾아냈다. 핀하스는 여러 날 동안 입을 벌리고 혀는 퉁퉁 부은 채 누워서 죽음을 기다리고 있었다. 마침내 그의 집에서 요란한 곡성이 터져 나왔다. 마당은 한숨을 쉬거나 고인에 대해 웅얼웅얼 칭송하는 사람들로 그득했다. 나지아의 아비와 그의 쌍둥이 형, 호마를 품에 안고 있는 미리암 하놈은 조문객들을 밀치고 음울한 집으로 들어섰다.

핀하스의 아내와 딸들은 옷을 찢고, 고인을 위해 곡을 쏟아냈다. 며느리들은 물을 그득 채운 구리냄비들을 화덕마다 얹었다. 아들들과 사위들은 천으로 가린 시신 주위에 얼어붙은 듯 침묵하며 앉아, 랍비 물라 네타넬이 매장 절차에 관해 뒤숭숭한 마음으로 일러주는 것을 듣고 있었다.

라토리얀네 붙이가 진흙과 얼음을 집 안으로 끌고 들어왔다. 이들은 유족에게 나직하게 위로를 건네고, 쟌쟌 사브지 푸루쉬의 아들에게 다가가서 죽어가는 갓난아이를 봐달라고 부탁했다.

"알았네, 알았어. 밖에 나가 있게. 곧 갈 테니……."

그는 인상을 쓰고 손을 저으며 이들을 쫓았다. 환자를 봐 달라는 요청을 받을 때마다 그는 환자들의 과장이 못마땅했다. 기침했다 하면 폐결핵이요, 가려웠다 하면 나병이라고 읊어대는 행태들이라니. 그는 제 어머니의 머리처럼 약초 향기가 풀풀 나는 머리를 가지런히 손가락으로 빗고, 털외투를 입고, 가죽 가방을 챙겼다. 쟌쟌은 박하와 나륵풀을 판 돈을 고스란히 모아 아들을 수도에 있는 의사학교에 보냈다. 레자 샤의 군대에서 군의관으로 오랫동안 복무한 후 고향으로 돌아온 그는 자부심이 하늘을 찔렀다. 마땅히 그는 고향에서 가장 알아주는 총각이었다. 부득이 아내를 둘 취해야 했으니, 하나는 낮일을 잘하는 유대인 여자고, 또 하나는 밤일을 잘하는 무슬림 여자였다. 그는 번갈아가며 잠자리를 했다.

의사는 장뇌화유로 손을 닦고, 나지아에게 냄새가 톡 쏘는 식초를 뿌렸다. 그는 몸을 굽혀 아기의 부어오른 목을 만져보더니 곧바로 희망이 없다고, 이 아기는 곧 숨이 끊어질 거라고 단언했다. 무서움에 벌벌 떨며 그를 지켜보던 마하스티는 또 다시 울음을 터뜨렸다. 미리암 하놈은 다가오는 죽ㄴ음을 보지 못하게 하려고 호마의 머리를 제 가슴에 꼭 눌렀다. 의사는 나지아를 기저귀에 둘둘 말고, 어쩔 수 없는 운명에 복종하듯 양가죽 외투를 입었다. 다른 동네 사람들처럼, 그도 이 콩알만 한 연약한 목숨이 그 끔찍스런 질병에 맞설 수 있다고 믿지 않았다. 아기가 이만큼이라도 견딘 세 놀라웠다. 나지아는 목이 막힐 정도로 울어댔지만 그의 마음은 변함이 없었다. 마하스티가 딸을 껴안으려고 다가오자 윙윙거리는 귀찮은 파리라도 된다는 듯 애 엄마를 밀어냈다.

모두가 그 음울한 낮빛을 한 의사를 바라보고 있는 가운데, 그는 나지아의 아비와 나직하게 몇 마디 주고받았다. 침묵이 방에 흘렀다. 모두 가만히 서서 나지아와 아기 엄마의 울음소리와 귀신 새끼들이 손을 비비며 잔뜩 기대하면서 낄낄거리는 소리를 들으려고 귀를 쫑긋 세웠다. 멀리서 방앗간 주인 핀하스의 떠들썩한 장례행렬이 아몬드나무 거리로 다가오는 소리가 들렸다. 장례마차를 끄는 말들의 히히힝 소리가 여인들의 통곡 소리와 뒤섞여 있었다. 마하스티는 의사가 한 손으로 나지아를 움켜쥐고 밖으로 급히 나가는 것을 보고 깜짝 놀랐다.

"나지아!"

그녀는 비명을 지르고 자리에서 일어났다. 뒤따라가려 했지만, 남편이 양팔로 그녀를 붙잡았다.

"꼼짝도 하지 마. 내 목숨을 걸고 맹세컨대, 이 맨손으로 널 죽여 버릴 거야. 목을 졸라버리겠어. 가만히 있어!"

남편은 한 손으로 그녀의 입을 막고, 다른 손으로 버둥대는 목을 붙잡았다.

밖에 나간 의사는 똑바로 서서 한 손을 번쩍 올려 장례 행렬을 멈추게 했다. 여자들의 비탄은 바람이 슬픔에 잠겨 휘잉거리는 소리를 넘어섰다. 쥬바레의 거리들은 비좁았다. 조객들은 차가운 바람에 맞서기 위해 서로 꼭 붙어서 개미 떼처럼 길고 가느다란 줄을 이루고 있었다. 손에는 불꽃이 깜박이는 작은 기름등잔을 들고 있었다. 갈길이 아직 멀었지만, 호기심이 슬픔보다 훨씬 컸기에 그들은 의사의 말을 들어보려고 멈췄다. 관을 실은 마차 주위에 있던, 고인의 아내와 여인들은 멈춰서 저들의 얼굴을 할퀴고 가슴을 쥐어뜯었다. 통곡 소리가 조용해지자 랍비 물라 네타넬은 의사에게 말해보라는 신호를 보냈다. 갈 길이 급했기 때문이다. 의사는 사람들이 입을 다문 채 손에 모자를 들고 자신을 바라볼 때까지 시간을 오래 끌었다. 가죽 가방 안에 요오드와 탄산 암모니아로 만든 약뿐 아니라 하느님의 말씀도 지니고 다녀서 이제 너희들에게 읽어주겠다는 듯한 태도였다.

"친애하는 주민 여러분."

그는 한 손을 크게 휘두르고, 다른 손으로는 울고 있는 나지아를 계속 흔들면서 말문을 열었다. 사람들은 눈을 가느스름하게 뜨고, 윙윙대는 바람 속에서 그의 말을 좀 더 잘 들어보려고 목을 길게 뺐다.

"인정 많은 그대들이여. 이 가련한 어린 것은 푸주한 라토리얀의 외동딸로, 곧 생명이 끊어지려 합니다. 육신에서 영혼이 빠져나가 창조주께 돌아가려는 것이지요. 죽음의 천사가 이미 내려와 계신 까닭에, 퉤……"

의사는 지나치게 열심인 귀신들을 진정시키기 위해 앞니 틈으로 침을 뱉었다. 장례 일행도 뒤따라 침을 뱉었다.

"천사께서 이미 하늘에서 이 마을로 내려오시어 가련한 방앗간 주인의 영혼을 취하셨고, 어둠의 천사 여섯 분이 그곳에서 하느님의 뜻을 이루고자 기다리고 있는 까닭에…… 저는 죽음의 천사가—퉤, 퉤, 퉤—이 갓난아기의 영혼을 육신에서 거두려 애쓰시는 동안, 너무 서둘러 묘지에 가지는 마시옵길 존경하는 랍비께 부탁드리고자

합니다. 모쪼록 기다렸다가 그분께서 하실 일을 하시게 한 뒤 다시 길을 가도록 해주십시오. 여러분께 이렇게 간청 드리는 바입니다.”

그는 눈이 하얗게 내려앉은 머리를 돌려 랍비 뒤에 비굴하게 서 있는 고인의 친척들 쪽을 엄숙하게 바라보았다.

“여러분, 이 죽음의 역병은 우리를 남김없이 지치게 하고 있습니다. 우리는 설사로 고생하는 사람이 급히 뒷간에 가듯 묘지로 다급히 갑니다. 이 불쌍한 것이 죽을 때까지 한 시간만 기다려주시어, 우리가 두 불운한 이들을 매장하게 해주시고, 우리 모두의 하느님께서 두 영혼 모두에게 긍휼을 베푸시기를 바라마지 않습니다. 왜 우리가 스물네 시간 동안 네 번이나 이 길을 가느라고 진을 빼야 합니까? 바로 그 긴장이 질병 대신 우리를 죽일 것입니다. 그러니 죽음의 천사 여섯 분을 기다리게 해주십시오. 그분들은 여러분을 긍휼히 여기실 것입니다……”

조객들은 쓴웃음을 지었다. 의사의 호소는 그들의 마음을 움직였다. 검은 무리는 라토리얀의 집 쪽으로 점점 다가갔다. 마치 뒤집힌 딱정벌레 주위에 몰려든 개미 떼 같았다. 그들은 장례 마차를 그 집 현관 맞은편에 세웠다. 의사는 두 손으로 눈 속에 구덩이를 파고, 그 안에 나지아를 내려놓았다. 열이 펄펄 끓는 어린 몸 주변의 눈이 녹았다. 핀하스의 친척들은 낮은 돌담에 절뚝거리며 몸을 기댔다. 따라오던 조객들은 기름등잔을 옆에 내려놓고, 얼어붙은 표면 위에 카라쿨(중앙아시아산 카라쿨양털로 만든 모직-옮긴이) 외투를 펼치고 앉아 나지아의 줄기찬 울음소리가 멈추기를 기다렸다.

독수리 한 쌍이 머리 위를 빙빙 돌았다. 시신 냄새가 무리 위로 스멀스멀 올라갔다. 어떤 이들은 가볍게 수다를 떨고 미소 지었다. 아몬드나무 거리에 모여 있는 이유가 머릿속에서 슬그머니 바래기 시작했다. 서 있거나 앉아 있는 무리 틈으로 오르락내리락 하거나, 머리를 조아리거나, 진지한 얼굴표정을 하거나, 등 뒤로 손깍지를 낀 이들도 있었다. 반짝이는 녹색 과실파리들이 사람들 사이를 앵앵거렸다. 아이들은 슬금슬금 엄마 손을 빼고는 서로 머리에 쓴 빨간 모자를 벗기고, 눈뭉치를 던져 눈싸움을 하다가 결국엔 떼어져서 다시 제 엄마 손에 꽉 잡혔다. 장례식 때 재채기를 하면 망자의 불운이 옮는다는 것을 모르고 어느 아이가 우연찮게 재채기를 했다. 엄마가 그 아이의 머리에서 머리카락을 다섯 개나 뽑는 바람에 아이가 비명을 질러댔다.

갑자기 마하스티가 집에서 뛰쳐나왔다. 손에는 구름처럼 희고 통통한 거위 두 마리가 움켜잡힌 채 꽥꽥거리고 있었다. 거리로 나온 그녀의 눈은 사납고, 입술은 바들바들 떨렸다. 그녀가 버둥대는 거위들의 목을 따서 손가락

으로 그 통통한 살을 쫙 찢으니 하얀 털들이 사방에 날
렸다. 뿜어져 나오는 피가 그녀의 얼굴과 머리칼에 튀었
다. 거위의 뱃속에서 더러운 달걀들이 떨어져 붉게 물드
는 눈 위에서 허옇게 깨졌다.

"여기 있어, 유대인 놈들아. 가져가! 가져가라고!"

그녀는 고함치며 군중에게 그 뜨듯한 거위 살을 던졌다.

"이걸 희생물로 가져가! 묘지에 가서 매장을 해!"

떨어지는 그 살코기에 정신을 잃은 개들이 으르렁대며
이빨로 찢어댔다.

"누가 죽기를 더 바라는 거야, 이 게으른 유대인 놈들
아? 여기 있다니까, 망할 인간들아! 여기 있어. 이걸 가져
가서 파묻어버려! 갑자기 왜 불쌍한 내 딸을 원하는 거
야? 대체 어떻게 된 거야? 얜 가죽에 뼈만 붙어 있어. 있
는 거라곤 부스럼밖에 없잖아. 기껏해야 2킬로밖에 안
되는 애를, 더구나 열마저 펄펄 끓는 것을. 대신 이 살진
거위들을 가져가. 하나당 10킬로짜리야. 그리고 내 딸은
제발 내버려 둬. 나한테 맡기라고. 평화롭게 눈을 감게
말이야……."

어미의 목소리가 꺾이며 눈물은 얼굴에 튄 피와 뒤섞
였다. 이윽고 그녀는 서로 싸우는 개들 옆, 눈 위에 무너
져 내렸다.

"*아운다레*(가엾기도 해라)."

마하스티는 동네 사람들이 불쌍해하며 웅얼거리는 소리를 들었다.

"아이고, 하느님. 저 여자는 딸들 때문에 미치게 된 거야. 가엾은 여자……."

하지만 떠날 생각을 하는 이는 아무도 없었다. 모두 앉아서 구경만 했다.

남편이 이빨을 사납게 드러내며 우뚝 서 있었다. 눈 속에 얼굴을 파묻고 있던 여인은 갑자기 아기의 울음소리가 그친 것을 깨달았다.

마하스티는 소스라쳐서 벌떡 일어나 딸에게 달려가 다시 울음소리를 들으려고 마구 흔들어댔다. 그러나 나지아는 눈을 꼭 감고, 소리 하나 내지 않았다. 마하스티는 제 귀를 그 작고 녕는 가슴에 눌러대고, 심장이 맹렬히 펄떡이는 소리를 들었다. 마치 흉곽에서부터 펄떡펄떡 그녀의 귓속에 들어가려는 듯이, 자기의 비밀을 어미와 나누려는 듯한 소리였다. 마하스티 또한 눈을 감고, 죽어가는 자그마한 아기를 어깨에 올려놓았다. 그녀는 길거리 안쪽에서 짖어대는 개들을 뒤따라 조문객처럼 살금살금 걸어갔다.

"나지아는 벙어리 세라파트 덕분에 살아난 거야"라고 술타나 자파롤라는 말하면서 꿈꾸듯 눈을 가늘게 떴다. 외로운 지혜와 우울한 권고가 나지아를 역병에서 구해,

살아서 140센티미터까지 자라게 된 거라는 것이다.

벙어리 세라파트는 신비로운 능력이 있었다. 구름 속에서 앞날을 읽어낼 줄 알았지만, 이러한 능력을 보이는 일은 극히 드물었다. 늘 지혜로운 제 영혼 속에 푹 빠져 있어서 동네 사람들과 교류하는 일은 손에 꼽을 정도였다. 처녀 시절에도 말수가 적었지만, 물고기 같은 침묵에 본격적으로 빠진 것은 향기로운 야코브와 결혼한 뒤부터였다. 남편은 향수와 화장품을 팔면서 치유의 돌과 수정도 거래했다. 저녁마다 그는 계집질하는 남정네처럼 콧수염과 가슴 털에 여자 내음을 스민 채 아몬드나무 거리에 있는 집으로 돌아왔다. 잠자리에서 야코브는 아내를 유혹하려 했지만, 향수 냄새에 질투와 의심이 고개를 쳐든 그녀는 남편에게서 돌아누웠다. 결국 그는 포기하고 잠이 들어버렸다. 그제야 세라파트는 남편 쪽으로 돌아누워 그의 꿈에서 살랑거리는 소리를 듣기 위해 자기 귀를 그의 귀에 대고, 이를 갈다 보면 날이 밝았다.

짜증에 겨운 세라파트는 제 분노를 갈아 마실 듯 이를 북북 가는 바람에 이가 바스라지고 말았다. 그녀는 음식 찌꺼기처럼 그것들을 뱉어냈다. 결국 이 없이 잇몸만 남은 입은 노인네들의 입처럼 오므라들었다. 술타나는 세라파트가 이는 물론 분별력까지 잃었다고 말했는데, 그녀는 질투심에 겨워 스스로에게 한 짓을 아무에게도 보이지 않으려고 공허한 입을 꾹 닫고 침묵을 택했다. 오직 부드러운 아기 음식만 먹으면서 그녀는 비척비척 말라가고 추해져갔고, 향기를 풍기는 남편은 아내를 배신했다. 그는 향내 나는 연고를 몸에 바르고, 은반지에 보석들을 물리려고 찾아온 무슬림 여자들과 놀아나기 시작했다.

거위 피가 튄 채 나지아의 엄마가 죽어가는 아기를 안고 집에 나타나자 세라파트는 그 오랜 세월을 지나 처음으로 입을 열었다. 썩고 부패한 냄새가 목에서 피어올랐다. 힘겹고 불분명하게 나왔지만 어쨌든 그녀의 말은 그야말로 평범했다.

"가."

그리고 그녀는 마하스티의 면전에서 문을 쾅 닫았다.

"문 열어줘요! 열어줘! 제발!"

마하스티는 주먹으로 문을 두드려댔다.

아기 엄마가 질기게도 외쳐대는 바람에 세라파트는 나가서 매서운 눈길로 그녀를 침묵시켰다. 남편은 곯아떨어져 있었고, 그녀의 마음은 남편 가게에서 그가 사랑을 나눈 여인들의 이름 사이에서 방황하고 있었다. 남편을 깨우지 않으려고 그녀는 마하스티와 아기를 집 안으로 들였다. 안에는 향수들과 방향제가 뒤범벅된 기묘한 냄새가 가득했다. 먼지가 뿌연 선반 들에는 뿌연 액체 속에 담근 양귀비 구근들과 아편 우린 물, 태아들이 든 병들이 놓여 있었다.

흐릿한 눈으로 입술은 꼭 다문 채, 세라파트는 아기 엄마에게서 나지아를 뺏어 들었다. 말없이 양탄자 위에 자리를 하나 깔고, 아기를 벗겼다. 마하스티는 발가벗은 나지아에게 몸을 구부리고 감염된 피부를 부드럽게 문질러주었다. 세라파트는 우글쭈글한 복숭아씨를 병에서 꺼내, 손을 꽉 쥐어 부순 뒤 뜨거운 불에 볶았다. 그러고는 딱딱한 씨껍질 속에 얌전히 있는 씨앗들을 꺼내 작은 양념절구에 넣어 바쉈다. 방 안은 진한 복숭아 향으로 가득했다. 그녀는 바쉐진 가루를 남편의 병에 든 재스민 오일에 섞어 손바닥으로 투덕투덕 바른 뒤 아기의 여린 몸에 꼼꼼히 문질러서 향유가 피부에 스며들게 했다. 터진 부스럼 위에는 더욱 주의해서 부드럽게 발랐다. 부스럼이 터진 곳을 탈지면으로 닦자 나지아는 입을 삐죽 내밀고 울어대기 시작했다. 아기의 뜨거운 살 위에 바른 반짝이는 기름이 뜨끈뜨끈해지며 복숭아씨 연고가 발효되었다. 마하스티는 뜨거운 눈물을 재스민 오일에 떨어뜨렸고, 세라파트는 그림을 그리듯이 아기 얼굴에 조심스럽게 발랐다. 그녀는 아기 입술을 선홍색 물감으로 발라주고, 아기의 눈에 화장을 하고, 화장먹으로 눈 주위를 그려주었다. 볼에는 심황을 붉게 칠해주었다.

"숫처녀 신부 같구나!"

세라파트는 넋 나간 상태에서 딸을 바라보고 있는 아기 엄마에게 속삭였다. 그 목소리는 잔가지처럼 금방이라도 부러질 것 같았다. 시장의 소녀들과 놀아나는 꿈을 꾸던 남편이 그 목소리에 깨어났다. 남편은 갑자기 입을 다시 연 아내에게 사랑을 느꼈다. 옛 사랑이 활활 불타올랐다. 그는 체크무늬 잠옷 차림으로 방에 들어왔다. 세라파트는 몽유병자처럼 남편에게 침대로 돌아가라는 손짓을 하고, 나지아에게 조그만 하얀색 옷을 입혔다. 긴장한 빛이 얼굴에 가득한 그녀는 엄숙한 표정을 짓고 지극히 조심스럽게 솔기를 따라 그 작은 옷의 옷깃을 찢었다. 마하스티의 마음에 문득 의심이 밀어닥쳤다. 세라파트가 동네 그 누구보다 귀신들과 친하다는 것을 알고 있었기 때문이다. 마하스티는 옷깃을 찢는 행동이 세라파트가 나지아의 영혼에 귀신들의 길을 열어주고 있는 것 같아 두려워졌다.

"이제."

세라파트의 입속에서 말들이 잔불처럼 피시시거렸다.

"아기를 나한테 맡기고, 당신은 남편한테 가서 아들들이나 만들어줘."

"아기를 어떻게 할 건데요, 세라파트, 응? 아기를 데리고 어쩌려고요?"

젊은 엄마는 자기 입 역시 말하는 용도가 아니라는 듯

더듬거리며 자그마한 창녀같이 화장한 딸을 돌아보았다.

숨이 차오를 만큼 말은 많이 하면서도 세라파트는 묵묵하게 설명했다. 만약 귀신의 아이들이 장난감으로 이 아기를 원한다면 전갈들이 이 아기를 물고 고슴도치들이 가시로 찌를 테고, 그럼 아기는 죽을 것이다. 하지만 그들이 아기를 원치 않는다면 나지아의 찢어진 옷은 깔끔하게 꿰매지고, 귀신들의 손끝에서 나온 피 얼룩이 묻은 채 아침에 발견될 것이다. 그러면 이 애는 건강하게 자라 다른 모든 소녀들처럼 건강하고 행복한 *쿠치크 마다르*(어린 엄마)가 될 것이다.

아기가 노란 전갈들과 얼굴이 뾰족한 고슴도치들이 버글대는 석회 수조에 누워 그 밤을 보내게 될 거라는 얘기를 들은 마하스티는 기겁을 했다. 그녀는 딸을 양탄자에서 휙 들어 올려 하얀 옷을 찢어 벗기고, 화장한 얼굴에서 강렬한 색깔들과 그 색깔들이 지닌 사악한 영혼들을 지워버렸다. 엄마의 침은 입술연지와 함께 아이섀도우, 심황, 화장먹과 섞인 뒤 나지아의 피부 발진 속으로 흘러들었다.

세라파트는 말을 하려 했지만 마하스티는 마을의 귀신들과 손잡기를 완강히 거부했다. 그녀는 어린 딸을 등에 업고 길로 나섰다. 그러나 어디로 가야 할지 막막했다. 귀뚜라미의 울음소리만 들릴 뿐 주위는 깜깜했다. 집집

마다 덧문이 닫혀 있었다. 절망 속에서 그녀는 이렇게 외치며 길거리를 뛰었다.

"내 딸! 내 딸! 하느님, 차라리 저를 거두시고, 제 딸은 살려주세요!"

외로움과 눈물에 눈이 감기며 그녀는 비틀거리다가 쓰러지고 말았다.

혀가 허옇게 마르고, 손은 기름으로 끈끈하고, 재스민과 복숭아 꽃 향을 품은 세라파트는 묵묵히 그 비참한 엄마를 뒤따라 나와 아기를 도로 안고 둘을 집 안으로 데려갔다. 마하스티의 피 나는 발을 질긴 리넨조각으로 묶은 뒤 그녀는 아기를 낫게 할 다른 방법을 써보자고 했다. 그렇게 하면 나지아가 낫고, 자라서 결혼하고 자식들을 낳는다는 것이다.

태양이 떠오른 무렵, 탈진한 아기 엄마는 멍든 발을 질질 끌며 세라파트의 벽돌집으로 다시 향했다. 한 손에는 나지아를 안고, 다른 손으로는 낡아빠진 가죽 샌들과 찢어진 펠트 슬리퍼들이 그득한 커다란 생선바구니를 들고 있었다. 지혜로운 그 여인이 일러준 대로 마하스티는 집집마다 돌아다니며 눈을 내리깔고 거지처럼 신발을 계속 모아들였다. 남자들, 여자들, 아이들의 신발. 주로 짝짝이들이나 도저히 제 짝이라 볼 수 없는 것들로. 바구니에 담긴 신발들은 나지아의 뼈 무게와 맞먹었다. 세라파트는 기침하는 나지아를 저울 위에 올려놓았다. 루(향이 강한 상록수 관목-옮긴이) 가지로 아기 피부의 발진을 가볍게 두드려 저울 위에 아기와 함께 쪼그리고 앉아 눈금을 헷갈리게 하려는 귀신들과 영들을 그 진한 향으로 쫓아냈다. 발가벗은 아기가 나뭇잎들로 완전히 가려지자 세라파트는 신발들을 하나씩 생선 바구니에서 꺼내 다른 쪽 저울그릇 위로 던졌다. 양쪽 눈금이 똑같아지자 그녀는 텅 빈 입을 막고 마하스티에게 말했다.

"이제 자네 딸을 데려가서 잠이나 재워. 이 아기는 목숨을 구했네. 하지만 이 아이를 데려가고 싶어 하는 사내는 아무도 없을 거야."

||

일곱 살이 됐을 때 나지아의 몸무게는 옴리쟌의 안주인들이 거한 잔치 때 사들이는 고기의 무게와 얼추 비슷한 15킬로그램이 되었다. 그 무렵 부모가 식중독으로 세상을 떴다. 아비의 쌍둥이 형은 미리암 하놈을 설득해 이 고아를 데려왔다. 아이는 숙모를 *아메 보조르그*(존경하는 숙모님)라고 불러야 했지만, 삼촌에겐 '아빠'라고 불렀으니, 그 얼굴이 바로 제 아비의 얼굴인 까닭이다. 아

이는 엄마를 사무치게 그리워했다. 미리암 하놈의 남편은 나지아의 세모꼴 얼굴이 슬퍼 보일 때마다 아이의 뾰족한 턱을 쥐고 애정을 듬뿍 담아 흔들어 웃게 했다. 뒤이어 역삼각형의 끝을 잡아당기듯이 꼬집어 주었다. 그러고는 제 손가락 끝에 요란스럽게 뽀뽀를 했다.

나지아가 여덟 살 때 플로라가 말했다.

"가, 여긴 너희 집이 아니야. 우리 엄마는 너희 엄마가 아니고, 우리 아빠는 너희 아빠가 아니야. 가!"

무사는 거슬거슬한 사내아이다운 목소리로 누이동생에게 입 닥치라고 소리쳤다.

큰 가뭄이 있던 해에 나지아는 아홉 살이 되었다. 그녀는 자기가 무사와 잠자리를 나눌 사이로 예정되어 있다는 것을 아직 몰랐다. 그 무렵 어느 날 아침, 무사는 무슬림 양계장 주인의 빈 닭장에 숨어들어 단 하나 남은 달걀을 훔쳐 왔다. 그 알은 희끄무레한 타원 모양의 해처럼 그를 향해 밝게 빛났다. 그 해에 물탱크란 물탱크는 죄다 바닥을 드러내고, 호수들은 마르고, 양어장들은 사라져 버렸다. 마을 주변의 시내마다 오랜 세월 동안 어린이들의 손에서 떨어졌던 은전들이 지글지글 끓는 태양 아래에서 반짝였다. 심지어 계곡의 소금기 있는 물웅덩이들조차 눈부시게 새하얀 천연 염전으로 바뀌어 사람들의 갈증과 배고픔을 절망으로 몰아갔다.

떠돌이들도 많아졌다. 그들은 먹을 것과 옷가지와 돈 푼을 얻으려고 기독교와 이슬람, 유대교로 번갈아가며 개종했다가 그럴 만한 종교가 남지 않자 거리를 떠돌았다. 그해에 마을 사람들은 비단 공장 일자리를 알아보려고 샤흐루드와 바볼로 가보기도 했지만, 누에들이 죽자 공장들이 생산 규모를 줄여 면과 리넨만 짜는 바람에 헛품만 팔고 말았다.

기근이 난 그 해에 옴리쟌의 귀신들이 쌍알이나 노른자 세 개짜리 달걀을 선사하여 마을 아낙들을 위로해주는 일 따위는 없었다. 암탉들은 대개 굶주리거나 목말라 죽어버렸고, 물을 애타게 원하며 꼬꼬댁거리다가 볏이 푸르죽죽하게 변해버렸다. 그나마 마을의 노점에 진열된 달걀들은 바다 건너에서 수입된 것으로, 솜 지스러기에 폭 들어 있는 커다란 진주알 같았다. 상인들은 그것들을 어부들에게 팔고, 어부들이 행상인들에게 넘기는 과정을 거쳐 달걀들이 옴리쟌의 닭집 진열대까지 올 무렵에는 대개 상하거나 금이 가 있었지만, 값은 풍년 때의 병아리 값과 맞먹었다. 부자들만이 연례행사인 노 루즈, 즉 머리 위에 세상을 태어나게 한 황소가 세상의 무게를 이 뿔에서 저 뿔로 옮기던 그 날을 기념하는 조로아스터교의 전통 의식을 즐길 수 있었다. 양탄자에 펼쳐진 천의 정중앙에 거울이 놓였고, 그 위에는 참석한 사람들만큼이나 많은 달걀이 놓였다. 새 해가 태어나고, 황소가 세상을 이 뿔에서 저 뿔로 던지는 그 순간, 온 세상과 함께 거울 위에서 잠시 달걀들이 떨리는 것을 볼 수 있는 특권을 누린 부유한 가정에서는 기쁨의 환성이 터져 나왔다.

무사는 절망에 찌들어 흐느적흐느적 걷는 사람들과 부딪혀가며 시장 통을 뛰어 집을 향했다. 제 물건이 으뜸이라고 떠벌릴 기운도 없는 상인들은 그저 시든 나뭇가지로 만든 빗자루를 흔들어 파리들을 쫓고, 배고픈 손님들에게 옷과 차도르 안쪽을 자기네 물건으로 채워달라고 애걸했다. 마을 사람들은 가득 쌓이긴 했으나 상해서 흐물흐물해진 채소들을 쿡쿡 찔러 보고, 입을 헤 벌린 생선무더기를 오만상을 찌푸리며 킁킁거려 보고, 갈고리에 걸린 힘줄투성이 육고기와 새고기를 우두커니 바라보았다.

무사는 초짜 도둑처럼 흥분해서 와들거리며 집에 도착했다. 숨은 헉헉거리고 가래는 거글거글한 채 말도 제대로 안 나왔다. 나지아가 재스민 꽃 우린 물을 갖다 주려고 했지만, 무사가 말렸다. 그러더니 나지아의 양손을 작은 새둥지처럼 오목하게 모았다. 무사는 주위를 둘러보며 아무도 없는 것을 확인하고, 땀에 젖은 거무튀튀한 손가락에서 얇은 껍질이 깨질락 말락 한 달걀을 오목한 손 요람 안으로 굴려주었다. 제 손에 놓여 어슴푸레한 부엌에서 새하얗게 빛나는 그 귀한 달걀을 본 나지아의 눈이 반짝였다. 무사는 제 손으로 나지아의 손을 덮었다. 둘은 말없이 집 뒤로 살금살금 가서 로즈메리와 월계수 덤불 속에 숨었다. 푸른 로즈메리 꽃들이 둘의 머리를 덮고, 월계수 향은 코에 가득 스몄다. 둘의 검은 눈에 담긴 달걀은 하얀 눈동자 같았다.

"한 번만 더 만져보고 싶어."

둘이 말없이 일어나고 나서 나지아가 입을 열었다. 그녀는 가만히 달걀을 바라보았다. 무사는 그것을 나지아의 손요람 속에 다시 굴려주었다. 둘은 계속해서 달걀을 거무튀튀한 무사의 손바닥에서 따스하고 오목한 나지아의 손요람으로 옮기면서 즐거운 비밀을 간직한 형제들처럼 꼭 붙어 있었다. 그러고 나서 둘은 달걀을 석류나무 밑의 모래흙 속에 묻고, 그날 밤 완숙 달걀과 반숙 달걀을 그려보고, 다음 날 그 달걀을 먹겠다고 결심했다. 둘은 아무에게도, 플로라에게조차도 말을 숨겼다.

다음 날 아침, 침대에서 미리암 하놈이 닭집으로 일을 나간 서방 쪽 빈자리로 굴러갔을 때, 호마가 굴러 누웠을 때, 플로라가 옆으로 굴렀을 때, 그리고 마니쥰이 구석에서 코를 골 때 무사와 나지아는 묻어 놓은 달걀을 꺼냈다. 석류나무 흙을 잘 씻어낸 뒤 둘은 그 전리품을 두고 신이 나 팔짝댔다. 나지아는 화덕에 물을 조금 끓이고 달걀을 조심스럽게 그 안에 넣었다. 구리 팬 바닥이 어깨너

머로 엿보는 무사의 여드름투성이 얼굴을 비추었다. 흰
자가 익고, 노른자마저 익자 달걀은 팬 모서리에 부딪혀
가며 춤을 추고, 주위의 물은 크게 보글거렸다.

무사는 달걀껍질을 조심스레 까서 반으로 잘랐다. 한
낮의 태양처럼 샛노란 노른자를 보고 신이 난 그는 숨소
리마저 기운찼다. 그는 침을 꿀떡 삼키고 진지하게 명령
했다.

"소금을 줘, 나지아."

나지아는 반짝이는 소금 그릇을 무사 앞에 놓다가 좋
은 생각을 반짝 떠올렸다.

"달걀에 소금을 한가득 뿌려 봐. 우리 둘이 넉넉히 먹
을 만큼."

나지아가 말했다. 발가락이 펠트 신발 속에서 옴질거
리고, 입 안에는 침이 가득 고였다. 무사가 그 말을 듣고
소금을 한 줌 집어 달걀에 뿌리고, 또 한 줌 더 뿌렸다.
그러다 보니 먹음직한 달걀은 점점 커졌다. 소금을 하도
두텁게 덮어 반으로 나뉜 노른자들은 보름달처럼 새하얗
게 변했지만, 둘의 눈은 해님 네 알처럼 반짝였다.

무사가 제 몫을 통째로 삼켰다. 입에 넣자마자 그는 웩
하며 뱉어버리더니 전날 밤 먹은 것까지 몽땅 게워버렸
다. 나지아는 그의 등을 목뼈부터 꼬리뼈까지 탁탁 두드
려주고, 사모바르에서 차 한 잔을 따라 박하 잎들과 소

화에 좋다는 설탕, 사탕 덩어리들을 넣고 녹을 때까지 저었다. 무사가 그것을 마시고 정신을 차리기를 기다렸다가 둘은 나머지 달걀 반쪽을 석류나무 밑에 도로 묻었다. 가뭄이 나던 그 해부터 지금까지 무사는 점심 오믈렛에 소금은 안 뿌리고 후추와 애기 회향만 살짝 넣는다. 그리고 촉촉한 콩들 위에 반짝이는 소금을 뿌리는 나지아를 보면 그의 가슴은 사랑과 웃음으로 가득 차오른다.

모직 이불 속에서 나지아는 미리암 하눔이 플로라를 위해 박하 잎들과 얼음사탕을 넣어 차를 만드는 소리를 들을 수 있었다. 스푼 젓는 소리가 찻잔 안에서 방울처럼 맑게 달그락거렸다. 미리암 하눔은 뽈잔에 모아 둔, 시샘하는 이웃들의 침을 거기에 넣고 그 허연 거품이 거무스름한 홍차 속에 가라앉을 때까지 저었다. 플로라를 재우기 전에 그녀는 딸에게 '낙원의 마당비'라는 로즈메리 가지를 침대 밑에 놓게 했다. 로즈메리가 몸에서 슬픔을 쓸어내어 마침내 낙원에 사는 영혼들처럼 몸이 정갈해진다고 믿는 할망구들처럼 말이다. 나지아는 플로라에게 중요한 건 머리 밑의 로즈메리 가지가 아니라 비누와 물로 씻는 게 먼저라고 생각했다. 플로라가 수박을 토한 역겨운 냄새를 풍기며, 비를 맞은 것처럼 어둠 속에서 반짝이는 머리로 방에 들어섰기 때문이다. 플로라는 나지아 옆자리에 눕고는 어린아이처럼 나직하게 흐느끼다가 잠이 들었다.

잠을 자면서도 플로라는 바람이 창문으로 들락날락하듯 나지막이 흐느꼈다. 그녀의 볼은 여행을 떠나기 전에 음식으로 잔뜩 채운 것처럼 둥글고 토실토실했고, 푸르스름하게 부은 눈은 꼭 감겨 있었다.

나지아는 얼굴을 벽에서 돌렸다. 식구들의 목소리가 돌 틈에 바른 흙을 통해 울렸다. 그녀는 무던 말소리가 집의 토대를 통해 땅속으로 천천히 가라앉아 우물 속으로 방울방울 흘러들어가 물통 안에서 다시 솟아나 사람들이 차나 국을 마실 때 그 입속을 채우는 모습을 상상했다. 그러나 그 어떤 소리를 들어도 나지아는 마음이 평온해지지 않았다. 그 모든 소리는 마치 닭집 안에서 무사에게 배시시 웃는 샤흐나즈 타미지의 모습을 떠올리게 했다. 그러나 그녀는 플로라의 뱃속 아기를 가지고 못된 장난질을 하는 귀신들이 더 걱정이었다. 그들을 달래기 위해 그녀는 어둠 속에서 뒤집어진 혹 같은 둥근 배를 토닥이고, 그들에게 용서를 빌었다. "*파르히즈, 파르히즈, 파르히즈……*(비나이다, 비나이다, 비나이다……)."

그런 뒤 그녀는 모직 이불 속으로 폭 들어가 엄마가 사무치게 그리운 나머지 몸을 옹송그렸다. 배가 마치 잔가지와 실과 나뭇잎들과 깃털들로 엮은 새둥지처럼 삐죽삐죽한 덩어리가 된 것 같았다. 그녀는 짧은 다리를 가슴까지 끌어올리고 엄지와 검지로 귀고리를 꼭 잡고 한 마디,

한 마디 발음에 신경 쓰면서 마른 입술로 조용조용 기도
했다. 그 금귀고리는 미리암 하놈에게 받은 것으로 거북
이 등딱지로 만든 기다란 물고기 한 쌍이었다. 가슴받이
를 입은 레자 샤를 새긴 동전이 귀고리에 달려 있었다.
플로라의 아비가 좋아하는 겨울철 양고기 요리인 호르메
사브지 요리법을 미리암 하놈에게 배운 바로 그날이었다.
가을비가 추적추적 내리기 시작하면 그는 먹고 싶어 견
딜 수 없다는 듯이 그 요리의 톡 쏘는 향에 대해 말을 꺼
내곤 했다.

　레몬과 사브지와 고기가 화덕 위에서 부글거리고 굴뚝
에서 기막힌 냄새와 연기가 솔솔 피어났다. 미리암 하놈
은 불에다 바늘을 달군 뒤 하얀 리넨 실을 꿰고 매듭을
지었다.

　"자, 이제 눈을 꼭 감아라."

　그녀는 나지아에게 말했다.

　"이 냄비에 넣을 게 하나 더 있다. 하지만 넌 너무 어려
서 보면 안 돼."

　나지아는 순순히 손으로 눈을 가렸다. 손톱 밑에 낀
레몬 껍질 냄새가 났고, 코는 그 신비로운 양념을 알아내
기 위해 킁킁거리고 있었다. 미리암 하놈은 그 요리에 무
엇을 넣었는지는 네 결혼식 날 귀에서 머리카락을 넘기
고 말해주겠다고 부드럽게 속삭였다. 그러더니 두꺼운 천

에 바늘을 꽂듯이 나지아의 귓바퀴를 푹 찔렀다.

나지아가 너무 아파 이를 악무는 사이에 미리암은 다른 쪽 귓바퀴를 찔러 리넨 실을 꿰었다. 양쪽 귀에서 사모바르 뚜껑같이 피가 줄줄 흘렀고, 실이 붉게 물들었다. 돌보지 않은 호르메 사브지는 홀로 끓다가 시어졌고 나지아는 열이 펄펄 끓었다. 꿰매놓은 귓바퀴가 부어올라 고름이 잔뜩 차 껍질을 안 깐 개암 같았다. 먹먹한 아픔 속에서 며칠 동안 얼음물과 박하 잎으로 치료를 받고서야 귀에 꼭 매 놓은 실을 풀 수 있었다. 마른 고름을 단지 안에 잘 넣어 두고 나서 미리암 하눔은 그 구멍 난 귀에 다산의 상징인 물고기 귀고리를 끼워주었다. 그러나 나지치가 아직 첫 생리도 못했다는 것을 아는 동네 여편네들은 그녀의 귀에서 딜랑거리는 금 물고기들을 놀려댔고, 젊은 여자들은 무사의 갈망하는 눈앞에 엉덩이를 휘저으며 까르르 웃었다.

나지아는 쉽사리 잠이 오지 않았다. 자기의 기도소리가 아몬드나무가 바람에 버석거리는 소리와 아기들이 또 태어난 것을 축하하는 귀신들의 기묘한 소리를 뚫고 하느님에게 들릴 수 있기를 바라며 여느 때보다 천천히 또박또박 기도를 되풀이했다. 어두운 닭집에서 빛나던 샤흐나즈 타미지의 하얀 이가 모직 이불을 뒤집어쓴 나지아의 눈앞에서 반짝거렸다. 나지아는 소원을 하느님께 정확히 전하기 위해 엄지와 검지로 귀고리를 눌렀다. 다리 사이에서 피가 넘쳐흘러 자기가 사촌오빠 무사와 결혼할 수 있게 해달라는 소원을.

12

영국 병원에서 근무하는 무슬림 간호사들이 유대인 신생아들을 훔쳐서 빨래바구니 속에 숨겨 밖으로 몰래 갖고 나온다는 말이 동네에 돌자 쥬바레의 여인들은 어미들이 그러했듯 다시 집에서 아이를 낳기 시작했다.

분만의 고통이 시작되고 끊이지 않으면 임산부는 친정집 양탄자 위에 눕혀졌다. 아이 하나에겐 피를 흡수할 고운 모래를 가져오게 하고, 다른 아이에겐 귀머거리 산파 줄레이하를 불러오게 했다. 산파가 도착하면 이웃 여편네들도 따라 들어왔다.

임산부의 발바닥으로 분만용 돌들을 밀어대고, 엉덩이는 하늘 높이 쳐들렸다. 친정 엄마와 언니들이 당사자나 다름없이 땀을 비 오듯 흘리며 기절하지 못하게 붙잡아 주는 가운데, 임산부는 마음껏 제 서방 욕을 해댈 수 있었다. 줄레이하는 아기의 머리가 나오게 하려면 부어 있는 산모의 배, 즉 배꼽 밑의 손바닥 너비만 한 그곳을 언제 무릎으로 눌러야 할지 잘 알고 있었다. 만약 임산부가 오래도록 비릇기만 하고 아기가 나올 기미가 안 보이면 산파는 마치 나가버리겠다는 듯이 앞치마를 벗고, 다른 여인들이 있는 문 뒤로 숨어버렸다. 홀로 남겨진 젊은 임산부는 공포에 질려 더욱 비명을 질러가며 애를 빨리 낳으려 힘을 주었다. 머리통이 보이기 시작하면 줄레이하는 다시 나타나서 아기를 꺼냈다.

갓난 것이 매끈한 머리는 나왔어도 몸은 아직도 골반 근육에 잡혀 있는 그 순간, 산파는 기다렸다가 아기 다리 사이를 보는 일 없이 바로 성별을 선언했다. 아기가 얼굴을 위로 하고 눈을 뜨고 두리번거리면 아들이었다. 조막만 한 고추를 단 몸이 어미 허벅지 사이에 나오기도 전에 산파는 할레 의식을 준비하라고 선언했다.

"시장에 가서."

그녀는 크고 어색한 목소리로 기쁨의 노래를 불렀다.

"소를 잡고, 내장을 바르고, 피에는 소금을 뿌리자. 랄랄랄, 호이. 호이. 호이. 아들이 태어났도다. 쌀과 잣으로 내장을 채워 실과 바늘로 꿰매자. 랄랄랄, 호이. 호이. 호이. 아들이 태어났도다……."

아들 노래를 들은 옆방 여편네들도 따라 부르며 아들이 태어난 것을 알리고 그 아비를 찬양하는 즐거운 노래를 불렀다. 그 노래를 들은 산모가 너무 행복해하다가 후산 열이 느닷없이 폐까지 차올라 숨 막혀 죽는 경우도 있었다. 때문에 줄레이하는 후산을 자연스럽게 천천히 기다리지 않고 찌꺼기가 아직 임산부의 몸속에 있을 때 그 섬세한 얇은 막을 불에 달군 바늘로 콕 찌르곤 했다. 산파는 후산할 때 떨어지는 끈끈하고 검은 액체를 손가락에 슬쩍 적시고, 근처에 불임 여인이 있으면 그것으로 이마와 볼에 동그라미를 그려주었다.

어미의 배에서 나오는 태아가 얼굴은 바닥으로, 머리통 뒤쪽은 산파 쪽으로 향하면 산파는 딸이 또 하나 세상에 나오고 있다는 것을 알았다. 젖은 아기를 받기도 전에, 그녀는 입을 둥글리고 양손을 입가에 갖다 대고는 "후우……. 후우……" 하며 날카롭고 긴 울음소리를 내놓았다. 그러면 문에 바짝 귀를 대고 있던 이웃 여편네들은 산에 출몰하는 자칼의 울음소리 같은 그 소리를 듣고, 자기들도 입과 손을 둥글려 딸을 낳은 가련한 산모를 위한 곡성에 동참했다.

귀머거리 산파인 줄레이하는 나지아의 콩알만 한 머리가 어미의 산도에서 나오는 것을 보고 딸아이용 곡성을 내야 하는 것을 단번에 알았다. 마하스티는 벌써 네 번이나 그 곡성을 들었는데, 매번 울음소리는 짧게 끝났다. 사산인 탓이었다.

그러나 마하스티는 딸을 낳았다는 것을 알리는 줄레이

하의 곡성을 들을 필요도 없었다. 임신한 것을 안 뒤부터 그녀는 뱃속의 것이 아들이 아니라는 사실을 알고 있었다. 뱃속에 그 안 좋은 느낌을 가진 건 네 번이나 되었으니, 이번엔 배가 개밋둑처럼 부풀고 임신 사실이 알려지기 전에 자궁을 비우리라고 그녀는 마음먹었다.

뱃속의 것이 석 달째 될 즘 어미는 교활한 귀신의 꼬리를 쫓기라도 하는 양 옴리쟌 마을을 일곱 바퀴 돌았다. 그리고 지쳐서 집으로 돌아와 사과 식초를 커다란 잔으로 그득 마셨다.

술타나 자파롤라는 나지아의 우울한 얼굴을 토닥이며 너를 향한 어미의 사랑을 행여 의심 말라고, 마하스티의 마음은 남편의 위협에 지칠 대로 지쳐 있었다고 말했다. 그는 죽은 것이든 산 것이는 이번에도 딸이면 마누라를 죽여 버리고, 튼튼하고 말 잘 듣는 새 아내를 얻겠다고 다짐한 바 있었다. 축복받은 튼튼한 배를 가져 자기에게 아들들을 척척 낳아 줄 여자로 말이다.

"넌 좀 다르단다, *아지잠*."

술타나가 나지아에게 말했다.

"넌 플로라하고 달라. 그 애는 반숙 달걀이지만, 넌 완숙 달걀이야. 넌 네 어미의 자궁벽에 단단히 매달려 떨어지지 않았어. 세상에, 네 어미가 *하맘*의 젖은 계단에서 바닥까지 몸을 굴려 떨어졌어도 말이야."

마하스티가 일어나 보니 속옷도 보송보송했고, 뱃속의 것도 떨어져 나오지 않았다. 그것이 하도 질기다 보니 그녀의 결심도 더욱 단단해졌다. 만약 이게 남자애라면 이렇게 버티지 못하고 이미 뒷간에 빠져버렸을 것이다. 시간은 쏜살같이 흘러 그녀의 배는 가린 옷을 뚫고 나올 정도로 부풀었다. 나지아의 아비 눈에 띌 위험에 처했다. 그녀는 파타네 델카시트의 남편에게 가장 큼직한 공작 꼬리에서 가장 긴 털을 뽑아달라고 부탁했다. 파타네의 귀가 쫑긋하더니 마하스티의 속셈을 알아차리고 벌겋게 달아올랐다. 그녀는 즉각 언니에게 그 사실을 알렸다. 마하스티가 나풀나풀한 깃털을 술이 반쯤 찬 아라크 병에 담그니 감청색이 검게 변하고, 은빛 점들이 녹색으로 변했다. 깃털이 아라크 주에 완전히 잠기고, 진한 아니스 열매 냄새가 머리를 어질어질하게 만들자 그녀는 아련한 결혼식 날이 떠올라 조용히 흐느끼기 시작했다.

그녀는 양탄자에 무릎을 꿇었다. 곧이어 무릎을 벌리고 몸을 뒤로 기대어 아기를 질식시키려고 여태까지 배꼽 위에 단단히 묶었던 치마끈을 늦추었다. 얇은 속옷을 치켜 올리고, 빠끔히 알몸을 드러냈다. 창 가리개들은 닫혀 있고, 어스레한 방 안에 갇힌 노란 나비 한 마리가 벽과 벽 사이에서 길 잃은 영혼인 양 팔랑거리며 그녀의 행동을 지켜보았다. 마하스티는 제 다리 사이의 붉은 구멍을 보기 위해 둥근 배를 꾹 눌렀다. 발바닥은 공중에 들리고, 무릎은 두려움으로 벌벌 떨렸다. 그녀는 아라크 병에서 깃털을 꺼내 거꾸로 잡은 깃털 펜처럼 깃가지를 잡고 제 몸속에 밀어 넣었다. 마침내 그녀는 꼴을 갖춰가는 여아의 코와 목을 고운 털들이 간질이는 것을 느꼈다. 한 손으로 깃털을 돌리고, 다른 손으로는 허벅지 위로 흘러 양탄자 위로 붉은 웅덩이 속으로 방울방울 떨어지는 피를 저었다. 그녀는 온몸과 얼굴과 머리를 그 피 묻은 손가락으로 문지르다 마침내 기절하고 말았다.

그녀가 피투성이로 발견되었을 때 미리암 하눔과 이웃 여편네들은 그 피가 어디서 나온 건지 알 수가 없었다. 머리에 상처가 났나 싶어 그들은 찬 물수건으로 얼굴을 닦아주고, 다친 곳을 찾으려고 머리카락까지 헤쳐 보고, 수건을 짜서 등과 봉긋 부풀기 시작한 배를 닦고 몸을 뒤집었다. 드디어 다리 사이에 빨간 깃발처럼 튀어나온 공작 깃털가지가 눈에 띄었다.

그녀의 죄가 훤히 드러났다. 온 동네 사람들은 사악한 그녀를 욕하고, 가련한 남편을 동정했다. 아내가 남편의 자식들을 죽이려 했으니 욕을 먹어도 쌌다. 마하스티는 침묵을 철갑처럼 둘렀다. 그것은 다양하게 해석되었다. 학식 높은 의사인 아르메니아인 쟌쟌의 아들은 날마다 청진기를 그녀의 배 여기저기에 대 보고는 얼굴을 찌푸렸다. 의사는 그녀에게 집에 불이 나지 않는 한 자리보전하고 있으라 일렀다. 그러나 마하스티는 아들들만 쑥쑥 뽑은 옆집 골리 프사르 자이데의 굴뚝에서 피어오르는 연기를 보면 살그머니 일어나 그 복 받은 어미의 창틈을 남몰래 엿보곤 했다.

마하스티가 까치발로 서서 그 집 창틈으로 엿본 이유는 골리의 요리에 입맛을 다셔서도, 식욕을 오락가락하게 하는 임신의 변덕 탓도 아니었다. 골리 프사르 자이데는 산통이 시작되면 바로 문을 잠그고 창문 가리개도 다 내려버리고 집 안에 꼭꼭 숨어 아들 여섯을 낳았다. 조용히, 그리고 극기심을 발휘해 그녀는 산파도, 악담도, 질투심 어린 여인네들의 합창도 없이 아들들을 낳았다. 밖에 나가려면 옷 속에 누더기를 한 아름 채워 넣어 자기가 출산한 사실을 남들에게 감추고, 여전히 임신한 척하면서 배가 무겁다는 듯이 손으로 허리를 붙잡고 한숨 쉬는 것도 잊지 않았다. 창틈으로 엿보는 마하스티에게 머리칼과 볼이 붉은 골리의 아들들은 윤기가 잘잘 흐르는 홍당무와 호박덩이처럼 보였다. 죽은 딸들의 어미 가슴에서 타오르는 질투심은 그 색깔에 더욱 불길이 거세졌다. 골리는 마하스티가 엿보는 것을 모르는 척했지만, 귀신들에게 저년을 해하라며 나직이 웅얼거렸다. 집에 돌아와 마하스티는 마니준이 먹으라고 한 꿀과 대추야자와

버터와 바나나를 먹지 않고, 기름에 굴린 감자와 마른 빵
과 바질과 샐러리로 배를 채웠다. 그 음식들은 바로 창틈
으로 엿본 골리 프사르 자이데의 식사였던 것이다.

나지아는 끔찍하게 더운 한여름, 토요일에 태어났다.
하민 냄비 속에서 익는 안식일 달걀 냄새가 퍼지자 상쾌
한 바람을 찾아 지붕 위로 올라갔던 사람들이 슬금슬금
내려왔다. 유대인 가족은 제 집에서 모여 시원한 벽에서
온화한 위로를 받았다. 남자들은 배가 그득하고 콧수염
이 기름기로 번들거린 채 잠에 못 이겨 몸이 고꾸라졌다.
오직 나지아의 아비만 잠들지 않았다. 자식 없는 집 안에
틀어박혀 그는 제발 아들 하나 점지해 주십사고 하느님
께 빌었다. 이웃 아이들이 창틈으로 기웃거렸고, 여인네
들은 숯 단지들을 들고 아몬드나무 거리로 하나 둘 지나
갔다. 그녀들은 나긋나긋한 목소리로 지나는 이교도들
에게 자기들을 위해 불을 붙여달라고 부탁했다. 어느 거
지가 기꺼이 도와주겠다고 하자 그녀들은 숯 단지를 차
례로 내려놓았다. 그 이교도는 시뻘건 잔불을 단지마다
넣고, 숯에서 불길이 오를 때까지 부지런히 부채질했다.
이교도 거지가 이렇게 애를 쓰는 동안 여편네들의 혀는
산통으로 몸을 뒤채고 있는 마하스티를 놓고 입방아를
찧었다.

무더운 바람에 실려 여자들의 곡성이 들려오자 나지아

의 아비는 집 뒤 외양간으로 가서 짚과 똥 범벅인 바닥에 누워 제 머리를 건초와 밀기울 자루 사이에 쑤셔 박았다. 말이 위에서 꼬리를 살랑거리고 발굽으로 바닥을 쿵쿵 치며 잇새로 허연 거품을 부글거렸다. 이웃 여인네들이 위로 차 그에게 다가와 요리를 내밀자 그는 악담을 퍼부으며 그네들을 쫓아버렸다.

쥬바레에서 시작된 여인네들의 곡성은 이 집 저 집 퍼져나가다 마을 광장에 이르러 지붕이 낮고, 녹색 문에, 창턱에는 검은 까마귀들이 앉아 있는 마무의 집까지 닿았다. 마무는 손질된 눈썹 위에 푸른 헤나를 바르고, 가슴을 철사 줄로 졸라매고 나서 아몬드나무 거리로 갔다. 살랑거리는 엉덩이 뒤로 여자애 둘이 따라오고 있었다. 실망한 아비들에게서 갓 태어난 것을 사들여 그녀가 키우는 아이들이었다. 이 아홉 살짜리 애들은 그녀만큼이나 뚱뚱했고, 눈썹을 손질해서 푸른 헤나를 발랐다. 셋이 마하스티의 집에 이르자 제 집 창문에서 이들을 지켜보던 여자들이 꽥꽥거리며 고개를 가로저었다. 문간에서 나와 그네들은 서로에게 말했다.

"이 갓난쟁이가 마무네서 자라 어린 창녀가 되느니 차라리 죽어서 제 언니들에게 가는 게 백번 낫지, *바바일라* (기막혀라)."

비어져 나온 마무의 가슴이 마구간으로 들어가니 말

이 히히힝거리며 쿵쿵댔다. 화장한 그녀의 얼굴에는 땀이 줄줄 흘렀다. 그녀는 동전으로 그득한 천 가방을 한 구석에 엎어져 있던 아비의 발치로 던졌다. 가방이 바닥에 떨어지는 순간, 동전들은 경쾌한 금속성 소리를 냈다.

"그 가련하고 쬐끄만 댁네 딸애가 1킬로 반 이상 나가면……."

마무가 나지아의 아비에게 외쳤다.

"이만큼이 든 자루를 하나 더 드리지. 산전수전 다 겪은 이 마무와 밀고 당기진 마시고."

그녀는 뚱뚱한 여자답게 호탕하게 웃으며 뜻을 제대로 강조하려고 제 엉덩이를 철썩 때렸다.

"하지만 그 정도도 안 나가면 그 계집아일랑 그냥 댁이 데리고 있는 게 낫지. 나도 비실거리는 꼬맹이 유대인 계집애가 내 집에서 악취를 풍기는 건 싫으니깐. 나중에도 그런 건 쓸모가 없거든."

그녀는 덧붙이고는 제 뒤에 선 아홉 살짜리들을 향해 고개를 끄덕였다. 그 애들이 얼마나 통통하고 건강한지를 보여주려는 심보였다. 혹시나 이 남정네가 하나 또는 둘 다를 데리고 위로받고 싶어 할지도 모르는 일이니까.

그러나 나지아의 아비는 벌떡 일어나 아들을 애도하는 아비같이 쉰 목소리로 그 창녀에게 가라고, 혼자 슬퍼하고 싶다고 말했다. 창녀는 그에게 간특하게 웃어 보이고

는, 분명 몸값 때문에 일부러 이러는 거라고 단정 짓고,
이 여자애들과 즐겨도 된다고 또 넌지시 말을 붙였다. 그
러자 그는 무시무시한 고함을 내질렀다. 그는 마무와 어
린 계집애들에게 덤벼들어 주먹질과 욕설을 퍼부어대고,
거리 끝까지 쫓아버렸다. 셋은 옷이 먼지투성이가 되고,
머리에는 지푸라기가 묻고, 빨간 손톱은 부러진 채 줄달
음질쳤다. 그는 화가 잔뜩 나서 집으로 돌아와 어미인 마
니쥰과 형수인 미리암 하놈을 쫓아내고, 출산을 하고 아
파서 피 흘리며 누워 있는 아내에게서 등을 돌려버렸다.

13

  호마는 플로라보다 뚱뚱했다. 그녀의 가슴은 욕망으로
부풀고, 굵직한 팔은 힘이 장사였다. 아이 때 불쏘시개를
주워 오라고 하면 나뭇가지를 통째로 꺾어올 정도였다.
호마와 플로라가 아직 어렸을 때, 둘은 지붕 위로 올라가
함께 쪼그리고 앉아 오줌을 누었다. 노리끼리한 오줌 두
줄기가 섞여 햇빛에 반짝이며 빗물받이 홈통으로 녹슨
북같이 댕댕거리며 내려가다가 더러운 길거리 도랑으로
흘러들었다. 볼일을 마친 둘은 까치발로 일어나 굴뚝 구
멍에다 대고 아무 소리나 질러댔다. 그래야 부엌에 앉아

콩 껍질을 까는 나지아에게 들릴 것이고, 나지아는 귀신들이 화덕에서 말을 건다고 생각할 테니까.

"나아지아…… 나아지아……."

굴뚝은 기묘한 메아리를 쳤다. 검댕이 덕분에 둘의 손과 올리브색 얼굴은 까매졌다. 이들은 무사가 갈색 포장지와 가느다란 나무채로 만들어준 연의 줄을 풀었다.

줄이 고리에서 풀리자마자 연은 생기로 가득 차 황홀하게 하늘로 날아올랐다. 호마는 까치발로 서서 팔과 손을 활짝 펴고 바람과 싸우며 지붕을 따라 뛰어갔다. 무사가 색색가지 리본을 단 뱀 모양 연꼬리도 햇빛을 놀려대며 햇살 사이에서 몸을 뒤틀고 두 자매처럼 기뻐서 펄쩍거렸다. 황홀경에 빠진 소녀들은 가늘게 뜬 눈에 팔로 그늘을 만들고, 팔꿈치 밑으로 그 연을 바라보았다.

"나지아. 애, 나지아. 이 바보야, 나와 봐. 나와서 보라니까, 나지아!"

플로라가 굴뚝에 대고 소리쳤다. 웃음의 파문에 그 말이 메아리쳤다. 나지아는 까던 콩을 내버려 두고 앞치마를 두른 채 밖으로 나와 집 그늘에 서서 지붕 위의 언니들을 향해 고개를 들었다. 그러나 아무것도 보이지 않았다. 등을 아몬드나무들 쪽에 대고, 얼굴은 하늘을 쳐다보며 한두 발짝씩 뒷걸음치다 보니 드디어 눈앞에 색색가지 종이를 단 뱀이 미친 듯이 날아다니는 것이 보였다.

그 밑으로 얼굴이 까매진 채 이쪽저쪽으로 팔짝팔짝 뛰고 있는 플로라가 보였다. 그 옆에 호마도 보였다. 줄 끝을 잡고, 자기를 내려보다가 지붕에서 땅으로 곤두박질치는 모습이.

다음 날, 무사는 지붕 위로 올라가 톱질하고 대패질한 나무들보로 낮은 난간을 만들었다. 집 안에 누워 있는 호마는 녹슨 못들을 두드려 똑바로 펴 새것처럼 만드는 무사의 망치질 소리를 들었다. 그녀는 노련한 접골사가 발꿈치부터 허리까지 감싸버린 두터운 석고 깁스에 갇힌 채 땀을 뚝뚝 흘리며 미칠 것 같아 소리를 질러댔다. 저물녘까지 하루 종일 그녀는 개미 떼가 살을 쏘는 것을 느꼈다. 머리 위로 망치질하는 소리와 지글지글 끓는 여름에 온몸이 시달렸다. 저녁나절, 무사가 밥 먹으러 내려올 때에야 호마는 비로소 잠을 잘 수 있었다.

여름이 끝날 무렵, 줄레이하의 남편이 호마의 양쪽 다리에서 땀과 기름으로 거무튀튀해진 석고 붕대를 부숴줬다. 그동안 호마의 몸이 뚱뚱해져 석고를 써는 데 애를 먹었다. 날카로운 금속 톱니가 호마의 살을 할퀴었다. 피부는 여름을 거치며 올리브색에서 아몬드색으로 바래버렸다. 석고를 슬근슬근 톱질하던 톱이 조용해지고 새하얀 먼지가루가 바닥에 내려앉았다. 호마는 걸어보려 온 정신을 집중했다. 그녀는 팔을 활짝 벌리고 "이리 와, 호

마. 이리 와 봐"라고 웅얼거리는 미리암 하놈 쪽으로 떨리는 발을 옮겼지만 한쪽 다리가 푹 주저앉는 바람에 아기처럼 얼굴을 찧고 말았다. 속상하고 분해서 울음을 터뜨렸다. 미리암 하놈은 딸 앞에 서서 다리를 바라보았다. 땋은 머리로 틀 지은 얼굴을 미동도 하지 않고, 입을 꾹 다문 채 못처럼 단단한 눈길로 그녀는 울고 있는 딸에게 몸을 굽혀 얼굴을 부드럽게 어루만져주었다. 호마가 어미의 사랑으로 마음이 풀어진 것을 보고, 미리암 하놈은 깊이 숨을 들이마셨다. 그녀는 석고 붕대 안에서 제대로 맞춰지지 않은 호마의 관골들을 두 주먹으로 세게 쳤다. 뼈들이 와드득 부러지면서 호마는 기절해버렸다. 미리암 하놈의 눈에 망치 대신 눈물이 들어앉았다. 그녀는 달걀 노른자와 심황과 애기회향을 딸에게 발라주고, 두 다리를 갈대와 판자로 묶어주었다. 호마는 겨울이 끝날 때까지 자리보전하고 있었다.

그 이후, 호마는 한쪽 다리를 원치 않는다는 듯이 절룩거리며 먼지구름을 일으키게 되었다. 절름발 때문에 결혼하겠다며 나서는 남자들이 없어 호마는 시집을 못 가고 속을 끓이며 부모 집에서 살았다. 그러다 그보다 낮게 살아보려고 열여섯 살 때 마하타브 하놈의 늦된 말라깽이 아들과 약혼하게 되었다. 절름발이가 된 뒤 호마는 매우 다부져진 손으로 피어나는 동생의 풍만한 몸을 때리곤 했다. 누더기를 입은 거지 하임이 집 앞을 지나가면 호마는 그를 가리키며 외쳤다.

"플로라, 플로라. 네 신랑이 온다."

"아니야!"

플로라는 창틈으로 내다보고 입을 비쭉 내밀었다.

"진짜야."

호마는 냉랭하게 말하며 태연하게 손톱을 들여다보았다.

"저 사람이 네 아기들의 아빠야. 가서 저 사람한테 좋은 옷을 입혀!"

호마의 시어머니인 마하타브 하놈은 동네에서 가장 목소리가 좋았다. 그녀는 잔치마다 가서 노래를 했지만, 그녀의 노래를 듣기 위해서는 의례를 갖추어 길게 부탁을 해야만 그랬다. 그녀는 살집이 좋고 윤기가 자르르 흘렀으니, 큰 잔치든 작은 잔치든 주인들은 그녀에게 맛난 음식과 포도주, 그리고 칭찬을 억지로 떠안겼기 때문이다. 하늘의 별까지 높이 올라가는 꾀꼬리 같은 목소리를 투실투실한 몸에서 내어달라는 뜻이었다. 어느 날 저녁 그녀는 라토리얀 집에 와서 마치 오랫동안 못 본 친척을 만난 듯 이 집 식구들과 일일이 입맞춤을 했다. 그녀는 미리암 하놈에게 플로라를 달라고 운을 맞춰 청아하게 읊었다. 아들인 신랑감은 어미의 노래를 플루트로 더듬더듬 반주했다.

어미가 첫 후렴에 이르기도 전에 미리암 하놈은 아들의 입에서 플루트를 빼앗았다. 나른한 곡조는 방 안에 가득한 해시시와 아편 연기 안에서 바랬고, 소년의 입은 벌어져 있었다. 그는 어머니를 바라보았다. 아랫입술은 턱까지 헤 벌리고, 입은 귀까지 수줍게 치켜 올린 어깨만큼이나 휘어 있었다. 플루트 소리가 잠잠해졌지만, 마하타브 하놈은 눈을 감고 감정에 겨워 눈썹을 떨면서 플로라의 아름다움과 제 아들의 매력을 견주며 계속 시를 읊고 있었다.

"됐어요."

미리암 하놈이 머리 위로 손을 올렸다.

"당신 노래가 얼마나 아름다운지 잘 들었어요."

그녀는 가수에게 플로라에게는 더 좋은 신랑감이 어울리니 줄 마음이 없고, 호마라면 생각해 보겠다고 말했다.

"절름발이를?"

마하타브 하놈이 말했다.

그녀는 호마를 머리끝에서 발끝까지 샅샅이 살펴보고, 제 아들의 등신 같은 표정을 보고 나서 동의했다. 그러나 아들 몫으로 점찍은 건 호마도, 호마의 절름발도 아니었기에 그녀는 호마의 속을 뒤집어 놓을 기회만 있으면 절대 놓치지 않았다. 포도주와 식초를 빚으라고 포도를 짜러 보내거나, 호마가 뜨거운 냄비를 들고 있을 때 밀고, 주먹과 회초리로 때리기도 했다. 잔치 때 억지로 춤을 추게 해서 절름뱅이 춤에 손님들을 즐겁게 하기도 했다.

헤나 잔칫날 아침이었다. 그날은 결혼식 전날로, 시어머니 자리가 신부에게 사브지 시험을 보게 해서 신부의 겸손함과 가정주부로서의 자질을 검사하는 날이었다. 그날, 마하타브 하놈의 노래에는 조롱이 잔뜩 담겼고, 시이모들의 눈길이 절름발에 붙박는 바람에 호마는 하마터면 실수를 할 뻔했다.

사브지는 쟌쟌이 바자르에서 파는 향신초였는데, 신부는 그것을 씻고 써는 솜씨를 보여야 했다. 나지아가 열한 살, 플로라가 열다섯 살 때, 릴릴리 하며 즐거운 환성소리가 호마 주변에서 터져 나오자 화장먹을 바른 신부의 눈은 놀라 휘둥그레졌다. 일가붙이 여인네들과 동네 여편네들이 호마를 빙 둘러싸고 가슴을 맞대고 흔들면서 펄쩍펄쩍 춤을 추고, 웃으며 북을 두드려댔다. 맨발이었던 나지아와 플로라는 춤추는 여자들의 다리 틈을 비집고 들어갔다. 모든 여자들은 깔깔거리는 플로라를 보며 즐거워서 크게 웃었고, 나지아에게는 가슴이 봉긋 나오지 않았다며 야단쳤다. 나지아는 가수의 아들과 결혼할 색시가 호마가 아니라 자기인양 잔뜩 긴장했다. 나지아는 놀림을 못 들은 척하고, 모든 것을 꼼꼼히 지켜보면서 배우고 흡수했다. 나중에 자기 차례 때 사브지 시험에 떨어지고 싶지 않았다.

마하타브는 호마의 어깨에서 술에 방울들이 달린 금은사로 짠 훌륭한 차도르를 벗겨냈다. 그녀는 차도르를 네 번 접어 신부의 머리에 씌웠다. 솔에서 머릿수건으로 변신한 그것을 호마의 목 뒤에서 묶어준 뒤, 머리가 눈썹까지 내려와 눈을 찌르지 못하게 검은 곱슬머리를 수건 속으로 잘 넣었다. 바랜 입술을 꼭 다물고 그녀는 호마의 양 볼에 입을 맞추고, 윤기 흐르는 목소리로 잘할 거라고 격려했다. 여자들은 마하타브가 신부 앞에 샐러리, 개사철쑥, 샐비어, 로즈메리, 박하, 파, 파슬리가 담긴 은쟁반을 놓자 즐거워하며 까르르댔다. 호마는 바닥에 책상다리로 앉았다. 향신초가 산을 이룬 사브지는 가슴께까지 닿았다.

미리암 하놈은 호마 옆에 앉아 등을 쓰다듬어주며 등과 다리가 휜 것만으로도 점수가 깎이는데, 걱정스럽다면서 얼굴까지 찌푸리면 안 된다고 속삭였다. 그녀는 녹색 더미가 어느 정도인지 가늠해 보았다. 너무 높으면 시어머니가 며느리를 달가워하지 않는다는 뜻이었기 때문이다. 그러나 마하타브 하놈은 공정했다. 미리암 하놈은 호마에게 시작하라는 신호를 보냈다. 호마는 샐러리 줄기와 잎과 뿌리를 민첩하게 다듬고, 파의 알뿌리와 대를 나누고, 샐비어에서 향기로운 싹을 떼어낸 뒤 커다란 물그릇에 이 모든 것을 담갔다. 다음에는 박하 잎과 개사철쑥과 파슬리를 씻었다. 모래가 그릇 밑바닥에 가라앉고 사브지는 파릇파릇하게 반짝였다. 호마는 누렇거나 시든 잎을 떼어버렸다. 그동안 여자들은 그녀를 응원하면서 격려와 경쟁을 담은 노래를 지저귀었다. 호마는 씻은 향신초들을 종류 별로 묶어 나란히 늘어놓았다. 나지아는 두려워서 바르르 떨었다. 그녀는 호마의 손톱에서 눈을 떼지 못했다. 마치 무언가가 떨어지지 못하게 꽉 잡고 있는 것처럼 속이 조여들었다. 플로라마저 웃음이 터져 나오면 호마가 실수할까봐 웃음을 삼켰다.

호마는 싹싹 갈아놓은 칼을 집었다. 날은 반짝였고, 여자들은 서로를 조용히 시켰다. 나지아는 시험받는 신부들이 가끔 신경이 곤두선 나머지 제 손가락을 베거나, 때론 잘라버려서 친정엄마에게 그 부분을 넘겨주고 시간을 맞추느라 피를 흘려가며 계속 시험을 치르는 일도 있다는 것을 알고 있었다. 그러나 시험 내내 피 한 방울 안 흘리고 향신초들을 잘게 다져놓으면 여자들은 친정 부엌에서 그토록 솜씨를 잘 배운 신부를 둘러싸고 노래하며 춤을 추었다.

여자들이 호마를 축하하려고 막 춤을 추려는데, 호마는 향신초에서 눈을 들었다가 친정엄마가 격려해주는 미소를 보았다. 그 순간 칼이 손등을 스쳤다. 고통에 익숙한 그녀는 꾹 참고 피를 짙은 녹색 향신초 사이로 휘저었다. 마하타브 하놈은 손가락 벤 것을 눈치 채지 못했다. 나지아를 비롯해 몇은 보았으나 감히 혀를 놀리지 않았다. 집 안은 시끌벅적한 즐거움과 싱싱한 향신초 향이 가득했다. 냄비 안에 향신초를 던져 넣고 송아지 고기와 밀과 비트뿌리를 넣고 기름에 둘러 음식을 만들어 헤나 잔치의 저녁 손님들에게 대접할 때 비트뿌리는 호마에게서 수치스러운 피를 감춰주었다.(비트에서는 붉은 물이 나옴-옮긴이)

다음 날 호마는 마하타브 하놈의 아들과 결혼했다. 폐병쟁이 시아버지는 마지막 숨을 몰아쉬고 있었다. 그는 아들보다도 훨씬 비리비리했고, 결혼식 날 저녁에 몸에서 마늘과 식초와 오줌 냄새를 풍겼다. 잔치가 끝나고 손님들이 다 간 뒤, 그는 의자에서 죽은 채 발견되었다. 손가락은 북치는 동작으로 굳어 있었다. 기쁨은 통곡으로 바뀌었고, 집에 갔던 피곤한 손님들은 도로 와서 과부가 된 가수 마하타브 하놈과 새 신랑을 위로했다. 미리암 하놈은 딸을 찾아 온 사방을 헤맸고, 마침내 길거리 어딘가에서 다리를 질질 끌고 있는 딸을 발견하고는, 그날 밤 신랑과 합방하지 말라고 엄중히 말했다. 함께 애통해야 하는 게 당연하며, 정욕을 잘못 다스리면 임신에, 특히 첫 임신에 나쁘다고 했다.

"그 아이는 네 서방이니, 앞으로 일생 동안 함께 즐길 수 있을 거야. 그러니 자제해라, 호마. 자제해야 해……."

딸이 얼마나 뜨거운지 알기에 그녀는 신신당부했다.

그러나 자정에 야자껍질 섬유로 만든 매트리스에 눕자마자 호마는 친정어미의 금령을 잊었고, 새신랑은 제 아비의 식어가는 시신을 잊어버렸다. 말라깽이 몸은 각시의 단단한 팔 안에서 점차 달아올랐다. 다음 날 아침 호마가 말씀대로 했노라고, 신랑과 자기는 서로 털끝하나 건드리지 않았다고 친정어미를 안심시키자, 미리암 하놈은 장차 자식들이 건강하라고 딸에게 샐러리를 먹이고, 아름다우라고 월계꽃 우린 물을 먹였다. 아이들의 피부가 맑고 달콤한 향이 나라고 시트론 조각까지 주었다. 고인이 매장되자마자 새신랑의 뾰족한 골반뼈가 호마의 두터운 살집을 파고들었고, 호마는 임신했다.

호마는 이레를 꼬박 비롯었고, 시누이들은 출산이 지체되는 것이 안사돈이 오냐오냐 하며 키웠기 때문이라고 쑥덕거렸다. 호마의 비명이 들린 지 이레가 되어서야 귀머거리 산파인 줄레이하는 색시의 버릇이 잘못 들어서도, 아기가 거꾸로 들어서서 그런 것도 아니라는 사실을 깨달았다. 그녀는 호마의 가랑이 사이로 머리를 들이밀고는 빙그레 웃었다. 호마는 처녀였던 것이다. 전에 연 때문에 떨어졌을 때 관골이 부러지며 처녀막이 자궁 쪽으로 치올라갔다. 말라깽이 서방의 남근은 그것을 찢은 적이 없었다. 따라서 아기는 일주일 내내 나오려 애썼지만 헛수고였던 것이다. 줄레이하는 호마의 벌린 허벅지 사이에서 도로 나왔다가 작은 가위를 들고 다시 머리를 들이밀었다. 얇은 막이 잘리고 피가 자리를 물들이자 그녀는 환하게 웃으며 걸쭉한 목소리로 말했다.

"자, 호마 처자. 내 덕분에 이제 제대로 여인이 되시었네. 이제 힘을 줘 보시게. 그래야 *쿠치크 마다르*(어린 엄마)가 되지."

아기의 머리통이 제 어미의 몸에서 나왔다. 모두의 눈에는 그 젖은 얼굴이 죽은 할아버지와 붕어빵처럼 닮아 보였다. 할아버지와 마찬가지로 아기는 동그란 부엉이 얼굴이었고, 머리칼은 이마 한가운데 툭 튀어나온 곳에서 세모꼴 모양으로 자라 있었다. 눈은 양쪽이 가까이 붙어 있었는데, 엷은 색 솜털이 빙 둘러 나 있었다. 미리암 하놈은 슬픔과 분노로 창백해졌다. 그녀는 귀신들이 죽은 할아버지와 아기를 헷갈리지 않게 하려고 아기 머리에서 머리카락 다섯 개를 뽑고 딸에게 몸을 돌렸다.

"엄마, 아니야. 난 아니에요. 진짜에요. 그이에요. 그이가 결혼식 날 밤에 날 건드렸다고요."

호마가 탈진한 채 흐느꼈다.

"알았다. 다리 오므려라."

미리암 하놈이 말하며 이불을 덮어주었다. 그녀는 새끼 부엉이를 어미에게서 빼앗고 온 가족을 불러 작별인사를 하게 했다.

"엄마, 젖 한 번만 먹이게 해주세요. 젖이 흘러 넘쳐요."

호마가 부푼 젖가슴을 부여잡고 애원했다.

"아파서 미칠 것 같다고요."

"안 돼. 할아버지의 영혼이 이 아이 안에 들어 있어."

미리암 하놈이 말했다.

"애는 몇 시간 후면 죽어서 제 어미, 애비를 벌할 거다."

그러고 나서 그녀는 아기의 분홍색 등에 거머리를 붙였다. 거머리가 부풀자 그녀는 그것을 떼어내고, 통통한 아기 살 위를 면도칼로 그은 뒤 다시 그 위에 거머리를 붙여 저주가 담긴 피를 빨게 했다. 아기는 이른 아침이 되어서야 죽었다. 미리암 하놈도 울고, 마하타브 하놈도 통곡하고 마니준과 플로라와 나지아도 슬피 흐느꼈다. 호마는 아픈 젖꼭지를 짜고, 제 코를 아기에 대고 냄새를 계속 맡았다. 아기에게 마늘 냄새가 나는 것 같았다.

그 뒤 호마에겐 두 번 다시 아기가 들어서지 않았다. 미리암 하놈은 동네 유리창에서 도마뱀붙이들을 붙잡아 호마 부부의 집에 풀어놓았다. 그러나 행운의 꼬리를 단 그놈들은 이웃집으로 도망가 엉뚱한 부부들에게 자식들을 그득 안겨 주었다. 아기가 칭얼거릴 때마다 아낙네들은 가슴을 열어젖히고 아기 입 속에 젖꼭지를 물렸다. 달착지근하고 따스한 젖 내음은 호마의 질투심에 활활 불을 붙였다.

"호마는 더 이상 머리로 생각하지 않아."

미리암 하놈이 슬피 말했다.

"이젠 비탄으로 끓어오르는 구멍으로 생각할 뿐이지."

봄마다 무사는 하얀 사냥개를 데리고 맨드레이크를 찾아 옴리쟌의 들판을 쏘다녔다. 그는 팔, 다리, 머리가 있는 사람 모양의 뿌리를 캐서 누이에게 가져다주었다. 노란 암술이 달린 보라색 꽃들의 진한 향기가 집 안을 채우고 호마를 취하게 했다. 그러니 맨드레이크도 소용없었다. 홀아비인 랍비 물라 네타넬이 쓴 시편의 구절을 식사 때 삼켜보기도 했지만, 효과가 없었다. 죽은 새끼 부엉이를 너무도 그리워하며 그녀는 서방에게 호로파(양념으로 쓰이는 콩과식물-옮긴이) 씨를 먹이고 그의 등을 반지로 긁고, 서방의 여린 남근을 밤새 자기 몸속에 가두었다. 그녀의 집에서 교성이 울려 퍼지면 온 동네 사람들의 얼굴에는 그렇고 그런 미소가 번졌다.

3부

소녀들은 모두
결혼을 꿈꾸었으니

14

그날 밤, 나지아는 꿈을 꾸었다. 꿈속에서 미리암 하놈이 오래되어 누렇게 시들어 마른 줄기만 그득한 사브지한 더미를 그녀 앞에 내밀었다. 새벽에 일어난 나지아는 플로라의 침대가 비어 있는 것을 보고 이게 웬일인가 싶었다. 수박 토사물 악취가 여전히 방 안에 진동했고, 치마는 양탄자 위에 던져져 있었지만, 이불만큼은 단정하게 개켜져 있었고, 침대보도 깔끔하게 펴진 상태였다.

나지아는 맨발로 뒷간에 뛰어갔다. 오줌도 누고 싶었고, 간밤에 혹시 어른이 되었는지 알고 싶었다. 뒷간까지 가는 길에도 집 안에서 플로라는 눈에 띄지 않았다. 벗은 속옷에도 피의 흔적은 보이지 않았다. 더운 오줌 방울이 팔꿈치처럼 뾰족한 발목과 뒤집힌 신발로 튀었다. 그녀는 속삭였다.

"파르히즈, 파르히즈, 파르히즈……(비나이다, 비나이다, 비나이다……)."

뜨거운 소변줄기에 맞지 않게 보드라운 아기들을 치우라고 귀신들한테 알리는 말이었다.

풀이 죽어 집 안으로 돌아오며 나지아는 거실 한 켠의 카산 양탄자 위에 웅크린, 매트리스처럼 널찍한 무사의 등을 보았다. 방으로 돌아가며 나지아는 자기는 성장이 더딘데 무사는 날이 갈수록 성장해서 자기를 기다려주지 않을지도 모른다는 생각에 슬퍼졌다. 그녀는 플로라가 펴놓은 침대보와 단정하게 갠 이불을 만져보고, 손가락으로 시원한 이부자리를 쓸어보았다. 나지아는 매트리스들을 포개 놓으며 나간 지 오래된 것을 감지했다.

니지아는 화로의 석반에 불을 붙였다. 겨울날 아침이면 항상 맨 먼저 하는 일이었다. 그다음 화덕에서 재를 긁어내고 솔방울과 긁어먹은 수박 껍질을 그 속에 넣었다. 화롯가에서 몸을 데운 뒤 그녀는 물탱크로 내려갔다. 물은 얼어 있었다. 부엌으로 돌아와 사모바르를 채우고, 달걀과 강낭콩과 죽을 끓이고, 납작한 빵을 구웠다. 옥수수 속대로 소스 팬에서 곤디 기름 찌꺼기를 긁어내고, 재투성이 부엌은 내버려 두고 방바닥을 쓸었다. 죽은 나방들과 플로라가 슬퍼하며 뽑아낸 방 구석구석과 양탄자 위에서 먼지덩어리로 뭉쳐 있는 머리카락을 길거리로 쓸어냈다.

그녀는 쥐가 거리로 살그머니 도망치는 소리를 듣고, 까치발로 서서 제 머리보다 높은 창문을 열었다. 답답한 집 안으로 찬바람이 휘이잉 들어왔다. 숨을 후우 들이마시고 그녀는 아몬드나무 꼭대기에서 지저귀는 외로운 새 한 마리와 자기처럼 일찍 일어난 사람들이 삽을 들고 지붕에서 눈을 쓸어내는 모습을 바라보았다.

부모가 세상을 뜬 이후, 나지아는 날마다 새벽부터 집 안일을 해야 했다. 잠든 플로라를 깨워 침대에서 끌어내는 것은 느지막한 아침에 나지아가 굽는 호밀 빵 냄새였다. 큰 빗물 통에서 세수를 하기도 전에 플로라는 반쯤 감긴 눈에 꿈을 대롱대롱 매단 채 뜨거운 우유를 홀짝거리고 나지아가 준 빵을 씹곤 했다. 샤힌을 애타게 그리워할 때도 여전히 늦잠을 잤지만, 절망은 그녀의 잠을 보다 얕게 해주었다. 플로라는 나지아의 프라이팬이 달각댈 때마다 짜증스런 신음 소리를 내며 돌아누웠다. 또한 양념이 자극적이라며 불평하면서 냄새가 끔찍하다며 짜증을 내고, 에스판드 씨앗의 효과를 없애고 자기를 뒤숭숭하게 한다고 투덜거렸다.

간밤에, 숙모에게 들킨 이래, 나지아의 혀에 눌어붙어 있는 그 기이하고 불유쾌한 질투의 맛은 갓난쟁이 귀신의 살갗을 데게 하는 오줌만큼이나 목구멍을 뜨겁게 했다. 그녀는 그 쓰디쓴 맛을 침으로 삼켜버리고 수상쩍게 플로라가 없어진 것을 제 마음속에서 몰아내려 애썼다. 무사와 숙부의 어깨를 살살 흔들어 깨울 때도 그녀는 플로라의 침대가 빈 것을 이야기하지 않았다. 나중에 그들이 세수하고 옷 입고, 따라준 홍차를 홀짝거릴 때도 입 밖에 내지 않았다. 아침마다 그녀는 무사에게 홍차를 건네주기 전에 찻잔에 제 얼굴을 비춰 보았고, 술타나의 충고에 따라 둘의 사랑을 유지하기 위해 모든 모습을 잘 살펴보았다. 식구들과 함께 앉아 있을 때도, 그들이 찻잔에서 향기로운 솔잎을 건져내고 나머지 차를 마시는 동안에도 나지아는 자기의 긴 머리를 땋아 늘이며 플로라를 생각하지 않았고, 그녀가 사라진 것을 말하지 않았다.

무사는 문 옆에 서서 카스피 해 너머 이국 땅의 최신 유행이라는 챙 넓은 펠트 모자를 들고 나지아의 작은 얼굴과 뾰족한 턱, 거꾸로 된 물방울처럼 그 위로 퍼진 광대뼈를 바라보았다. 나지아는 눈길을 아래로 깔고, 그에게 자기 다리 사이에서 새로운 소식이 없다고 넌지시 이야기했다. 레몬 색 여드름이 그의 얼굴에서 퍼지고 있는 걸 보고 그녀는 깜짝 놀랐다. 혹시 오늘 시장에 나올 거냐고, 닭집에 들를 거냐고 묻는 그에게 그녀는 정오에 갈 거라고 대답하며 샤흐나즈 타미지를 떠올렸다.

나지아는 무사가 아비와 거리로 나가는 모습을 창틈으

로 엿보며 그의 튼튼한 어깨가 오늘 아침에 얼마나 굽었
는지 눈여겨보며 슬퍼졌다. 식구들이 힘을 모아 정직하고
바지런하게 닭집을 꾸려나가고 있지만, 이웃 닭집인 로홀
라네 가게에 비하면 상당히 어려웠다. 무사의 아비는 닭
집 중 네 번째 가게를 운영하는데, 그들의 이상한 성씨—
라토리얀은 우유배달부의 아들이란 뜻이다—때문에 많
은 손님들이 발길을 멀리 했다. 시큼한 우유로 이름이 얼
룩진 유대인 닭집에서 가금류를 사느니 차라리 이방인
닭집에서 사겠다는 것이다.

이들이 파는 가금류 가격은 대를 이을수록 낮아졌고,
가난한 마을 사람들만이 2주일에 한 번씩 늙은 닭고기
를 샀다. 그들의 아내들은 일주일에 한 번, 그 살진 고기
로 국을 끓이고 나머지는 모슬린에 잘 싸서 빈약한 식사
를 풍요롭게 하는 용도로 썼다. 그들은 돔베와 깃털도 안
뽑은 껍질을 사서 그 기름 덩어리에 애기회향과 후추를
뿌려 숯에 구워 빵 위에 얹어 자식들의 입을 채워주기도
했다.

플로라의 아비와 오라비 앞에서만 그들은 자존심을 버
리고 가난을 인정했다. 그들은 이웃들에게 배고픔을 감추
었고, 달랑 차와 빵밖에 없을 때도 너무 배가 불러 아무
거나 먹을 마음은 없는 척했다. 여자들은 물 냄비에 딜을
넣어 진한 호레시트 국을 끓이고 있는 것으로 이웃들을

착각하게 했고, 자식들이 배고프다고 울면 빈 절구를 찧어 점심으로 먹을 고기를 다지는 것처럼 생각하게 했다. 대기근의 해에 모든 쥬바레 여자들은 허공을 찧었고, 온 동네의 부엌에서 있지도 않은 호레시트 냄새가 풍겼다.

무사와 그의 아비가 쥬바레의 집들 너머로 사라지자 나지아는 얼른 땋은 머리를 풀어 어깨까지 풀어헤쳤다. 그녀는 플로라의 화장품 상자를 욕심 사납게 열어젖히고 분을 발랐다. 목에는 향긋한 장미향유를 세 방울 문지르고 얼굴에도 세 방울 더 발랐다. 생선을 절이고 치즈를 누르는 데는 선수지만, 그녀는 몸치장에는 젬병이었다. 어색한 손길로 그녀는 눈 화장을 하며 미리암 하놈이 잠에서 깨어 자기가 하는 짓을 보기 전에, 재빨리 화장을 끝냈다. 창으로 스며드는 어렴풋한 빛 속에서 거울은 흐릿하고 파리한 얼굴을 비추어 주었지만, 불이 타오르는 화롯가에 가서 보니 얼굴 화장이 마무의 갈보집 입구에 서서 엉덩이를 쳐 가며 남정네들에게 제 몸을 자랑하는 여자들 같았다. 그녀는 엄지손가락에 침을 묻혀 화장을 지워 보았다. 그러나 화장이 번지면서 얼굴은 더 추해졌다. 거울에 비치는 모습에 겁이 났지만, 나지아는 되도록 성숙해 보여야 한다고 마음을 다졌다.

나지아는 플로라의 꽃무늬 옷 두 벌을 걸쳐봤다가 벗었다. 알몸인데도 땀이 흘렀다. 마침내 그녀는 샤힌이 결혼식 전날 밤 신부에게 지어 주었던 치렁치렁한 비단 드레스를 입기로 마음먹었다. 나지아는 걸을 때 땅에 끌리지 않도록 그 옷의 널찍한 주름을 묶고, 플로라의 에나멜 하이힐을 신었다. 그러나 발에 맞을 리 없는데다 걸을 때마다 딱딱거리는 바람에 나지아는 하이힐을 벗고 자기가 신는 천 신발을 신었다. 신발은 치맛자락 속으로 사라져버렸다. 집을 나가기 전에 그녀는 여왕의 슬픈 초록색 눈에 마지막으로 눈길을 보냈다. 실로 짠 양 볼에는 밤새 미묘한 미소가 생겨난 듯했다. 나지아는 머릿수건을 싸매고, 바구니 안에서 코를 고는 할머니를 힐끗 살펴본 뒤 밖으로 나가 흰 꼬리를 질질 끌며 웅덩이들을 지났다.

플로라가 아름다운 봄날 저녁 샤힌과 결혼했을 때 웨딩드레스는 폭이 넓긴 해도 가볍고 섬세했다. 이제 초겨울 거센 바람이 드레스를 때리고 흔들고 부풀어 올려 나지아는 하마터면 길에 내동댕이쳐질 뻔했다. 길에 줄이라도 그어놓은 듯이 언제나 똑바로 조심스럽게 걷는 나지아였지만, 지금은 비틀거리며 술 취한 사람처럼 휘청거렸다. 그녀는 양팔로 허리께를 눌렀다. 추워서가 아니라 치맛자락이 휘익 올라가 속에 감춰진 평범한 천 신발이 드러나는 게 싫었다. 이른 시간이었고 일부러 샛길을 골랐는데도, 그녀 뒤에는 깜짝 놀란 표정과 너털웃음과 조롱이 뒤따랐다.

어린 일꾼들은 못 보던 소녀가 나타났나 싶어 그 이상하고 요염한 여자에게 시시덕거리며 벌처럼 윙윙 다가왔다. 그러나 그게 집시처럼 차려입은 나지치 라토리얀인 것을 알고는 왁자지껄하게 뒤를 쫓아오며 각다귀 떼처럼 귀찮게 굴었다. 나지아는 그들을 찰싹 때려주고 싶었지만, 각다귀들은 금세 말벌 떼로 불어났다. 미로처럼 얽힌 길에서 아이들은 드레스 꼬리를 잡으려 했고, 그녀는 자꾸만 비틀거렸다. 마침내 그녀는 진흙더께가 앉은 주름장식을 감싸 쥐고 몸을 수그려 잔걸음으로 뛰기 시작했다. 그렇게 쥬바레를 빠져나가려니 천 신발이 모두에게 훤히 보였다. 바람에 날려 다니는 빨래들은 마치 몸체 없는 사람들이 뒤를 쫓아오는 것처럼 보였다.

그녀기 몰라 하산의 십에 이르자 하인들이 이 우스꽝스런 아이를 재미있게 바라보았다. 그중 이빨이 몽땅 빠진 합죽이가 호물호물 웃으며 물었다.

"무슨 일이냐, 나지치. 넌 이교도 고아가 될 작정이냐?"

그녀가 몰라를 급히 좀 뵙고 싶다고 했다. 그들은 그분이 일주일 전에 성스런 도시 쿰에 가셨으며, 내일이나 오실 거라고 말했다.

담벼락에 가까이 붙어 집들을 지나치며 나지아는 *카드호다*(마을 촌장)의 집으로 발걸음을 향했다. 그의 집은 옴리쟌의 반대쪽 끝에 있었다. 임신했을 때의 제 어미처럼 그녀는 마을을 한 바퀴 돌았다. 두려워 심장이 발발 떨렸다. *카드호다*의 아내 둘이 눈살을 찌푸리고 콧구멍을 벌름대며 문간에 서 있었다. 한 명은 크고, 한 명은 작았는데, 둘 다 임신 중이었다. 나지아가 그네들의 남편을 만나도 되겠느냐고 물으면서도 막상 찾아온 이유를 말하려 하지 않자 몸집이 작은 여자가 삐죽삐죽한 가지로 만든 빗자루로 그녀를 문간에서 쓸어내고, 커다란 여자가 그녀를 대문까지 쫓아내며 어린 유대인 갈보 년처럼 그따위 옷차림으로 존경하는 무슬림의 집에 감히 한 발짝도 들여놓을 생각도 말라고 소리를 질렀다.

시장 근처의 모스크에 이를 즈음, 그녀는 속이 상해 울었다. 발마저 욱신거렸다. 귀신들이 나지치 라토리얀을 하얀 비둘기로 둔갑시켰지만, 그녀는 날 수 없는 비둘기라는 소문이 이미 온 마을에 파다하게 퍼져 있었다.

바자르는 바구니를 든 사람들과 채소와 과일을 실은 노새들에게 소리 지르는 농부들, 고요한 눈망울로 도살업자에게 끌려가는 양들, 뼛조각 하나를 두고 다투는 개들과 쓰레기 더미를 뒤지는 고양이들로 북적거렸다. 가판대는 어마어마하게 큰 호박들과 사람 두개골처럼 생긴 허연 컬리 플라워들과 푸주한의 칼들만큼이나 기다란 오이와 홍당무들로 그득했다. 온 밤 내내 통에서 요리된 쌀과 보리 냄새에 일꾼들은 아침밥 생각이 절로 났다. 죽

속에 들어 있는 삶은 달걀들이 얼룩덜룩한 갈색 반점을 드러내며 떠올랐다. 값을 치른 마른 치즈들과 숯불구이 비트뿌리들이 광장 구석에서 게걸스럽게 입으로 들어가고 있었다. 모든 이들은 생식기를 두 개 달고 태어난 마무의 새끼 귀신에 대해 두려워하며 떠들어댔다가 그 귀신이 죽은 것에 감사했다. 그들의 입에서 나온 허연 김이 차가운 공기와 뒤섞였다.

모스크의 돔은 배꼽에 단검이 박힌 아기의 배처럼 더할 나위 없이 동그랬다. 하늘에는 새하얀 깃털 구름들이 바람에 날렸다. 대추야자나무들이 나지아를 입구로 안내했다. 안마당에서 남자 둘에게 제지당하자 그녀는 물라 자아파르만이 자기를 구해줄 수 있다며 꼭 만나야 한다고 울부짖었다. 가여운 마음이 든 그들은 들여보내주는 조건으로 낡은 낙타털로 짠 커다란 차도르를 어깨에 뒤집어쓰게 했다. 나지아는 처음으로 모스크 내부와 그 멋진 아치들, 바닥의 양탄자들, 벽을 장식한 푸른색 타일들을 보았다. 그녀는 조그만 곁방에서 기다렸다. 들어오라는 말을 듣고 그녀는 온몸을 바들바들 떨었다.

방에 들어선 나지아는 물라가 책 속에 파묻혀 있는 것을 눈치 챘다. 그는 은자가 입는 검은색 옷을 입고, 머리에는 달걀 반쪽같이 생긴 하얀 모자인 암마메를 쓰고 있었다. 플로라의 결혼 드레스는 젖은 데다 진흙투성이고,

나지아의 얼굴은 화장으로 얼룩덜룩했다. 그녀가 두르고 있는 먼지 낀 차도르에는 이상한 늙은 여인들의 진한 땀 냄새가 잔뜩 배어 있어 장미 오일의 향이 덮였다. 그녀는 고개를 조아리고 노인에게 공손히 인사한 뒤 머릿수건을 벗었다. 그러자 머리카락과 부끄러워 빨갛게 된 귀가 드러났다. 어깨는 비둘기 떼가 올라앉은 듯 잔뜩 힘이 들어 있었다.

물라는 책에서 얼굴을 들고 제 앞에 서 있는, 솜털이 보송보송한 유대인 여자아이를 놀란 눈으로 응시했다. 주저하면서도 한편으로 호기심이 발동한 그는 기도의 돌과 호박구슬로 된 묵주를 내려놓고 성긴 허연 턱수염을 만지작거렸다. 그러고는 한 마디도 하지 않고 구리그릇에 물을 따라 손을 닦고, 손가락과 이마, 코, 맨발에 물을 뿌렸다.

나지아는 그를 본 적이 없었다. 그러나 자기가 코를 팔 때마다 계속 그렇게 파댔다간 코가 물라 자아파르처럼 어마어마하게 커질 거라고 미리암 하놈이 말하던 게 생각났다. 그가 정화의 그릇에서 고개를 들자 무시무시한 코가 모습을 드러냈다. 그 위에는 알이 두터운 안경이 얹혀 있었는데, 알 너머로 영어를 읽을 수 있고, 귀신들이 쓴 글자를 해독해낼 수 있다는 친절한 눈이 그녀를 쳐다보았다.

"그래, 얘야. 어떻게 왔지?"

노인이 물었다. 나지아는 상냥한 그의 목소리에 놀랐다.

"도움을 받고 싶어서 왔습니다, 어르신. 저는 나지치라고 하는 고아……."

그녀는 속삭이며 젖은 천 신발코를 내려다보았다.

"뭐라고?"

그가 큰 소리로 말했다.

"그렇게 말하면 들리지 않지. 가까이 와서 좀 더 크게 말해 보렴. 겁내지 말고, 어서."

좀 더 가까이 다가간 그녀는 하이힐을 신지 않은 것을 후회했다. 여느 때보다 자기가 훨씬 더 조그맣게 느껴졌다. 그의 발치에 꿇어앉으니 무릎이 양탄자 털 속으로 쑥 들어갔다. 양탄자에는 사슴을 갈기살기 찢는 사자들의 그림이 짜여 있었다. 그의 큰 코가 들리더니 그녀 위로 내려왔다. 코는 거무튀튀하고 우툴두툴했다.

"자, *베파르마이*(뭐 좀 먹어보렴)."

그는 그녀에게 석류가 돋을새김된 구리 접시에 담긴 아몬드와 피스타치오를 권했다. 그의 앞에 앉아 있는 아이는 바들바들 떨며 창문과 문을 번갈아 쳐다보았다. 겁에 질린 새처럼 아이는 목을 도독톡톡 돌렸다. 여윈 얼굴에는 푸르스름한 눈물이 흘러내렸다.

"어르신만이 저를 도울 수 있습니다."

나지아는 가늘고 높은 소리로 말했다. 그러다가 그녀는 등을 꼿꼿이 하고 목을 빼야 한다는 게 기억났다. 실제보다 더 나이 먹은 것처럼 이 노인을 속이고 싶었던 것이다.

"더 크게 말하렴, 얘야. 더 크게. 들리지가 않는구나. 남들 말마따나 나는 늙은 노새란다. 귀는 예전처럼 잘 들리지가 않지. 게다가 넌 어린 유대인 아이이고, 입도 작구나. 몇 살이나 먹었느냐?"

그는 친근하게 턱을 내밀었다. 수염 속에서 상냥하게 미소를 지었다.

"맹세코 저는 열네 살입니다. 절대 거짓말이 아닙니다, 어르신."

그녀는 재빨리 말하며 맹세라도 하듯이 납작한 제 가슴을 찰싹 쳤다.

노인은 한숨을 쉬었다. 이맛살을 찌푸리고, 코를 더 길게 내밀고, 친절한 눈은 가느스름해졌다. 호박묵주가 달그락대는 소리가 창문을 때리는 빗소리에 섞여들었다. 한동안 둘 다 말없이 있다가 나지아가 입을 열고 부모와 무사와 미리암 하눔과 숙모가 죽은 제 어미에게 했던 맹세에 대해 더듬더듬 말했다. 그녀는 또한 자기와 무사에 대해 수군거리는 사람들에 대해 이야기하다가 말끝을 삼키고 새로운 이야기를 꺼냈다. 노인의 눈은 의심스러운 듯 깜짝였다. 나지아가 오는 길에 속으로 계속 되풀이했던 말은 입속에서 뒤죽박죽이 되었다. 그의 눈동자들이 속눈썹이 긴 눈꺼풀 뒤로 사라지자 나지아는 노인이 잠이 들어버렸다고 생각했다. 호박묵주 또한 아무 소리도 내지 않았다. 그녀는 그의 어깨를 흔들고, 코를 잡아당기고, 일어나라고 귀에 소리 지르고 싶었다. 그의 도움이 절실했다. 만약 그가 자기 말을 들어주지 않으면 샤흐나즈 타미지와 왕의 새 법령이 자기에게서 무사를 떼어낼 것 같았다. 그럼 자기는 홀로 외로이 남게 될 것이었다.

레자 샤가 새 법령을 선포하기 전에는, 제 어미의 뱃속에서부터 정혼되고 첫 생리 전에 임신하는 여자가 *쿠치크 마다르*(어린 엄마)라고 나지아는 알고 있었다.(첫 생리 2주 전에 관계를 가지면 임신이 가능하다-옮긴이) 묘지마다 출산하다 죽은 소녀들로 넘쳐났고, 그 작은 무덤 옆에 있는 더 작은 무덤에는 그네들의 아기들이 누워 있었다. 첫 번째 법령 반포 때, 보건부 장관은 *쿠치크 마다르*는 오직 성숙기가 되었다는 징후를 보일 때만 결혼할 수 있다고 발표했다. 그러나 그렇다고 왕의 관리들과 군인들이 모든 소녀의 다리 사이를 샅샅이 조사할 수 없을 거라는 것을 샤의 고문관들이 깨닫고는, 수정법령이 발표되었다. 해당 소녀가 성숙기에 이미 이르렀다면 결혼은 열네 살 때부터 허가되었다. 나지아는 아직 열네 살이 안 되었고, 아직 생리를 시작하지 않았다는 것은 온 동네가 알고 있었다. 그 법을 어기고 결혼하려면 물라 하산과 *카드호다*를 금은보화로 매수할 수도 있다고 들었다. 하지만 물라 자아파르는 정직하고 엄정하며 유혹하기 어려운 사람으로 평판이 자자했다. 그의 말 한 마디라면 모두에게서 인정을 받을 수도 있었다.

"그럼 너는 이미, 이른바 여인이 되었느냐?"

물라가 눈을 뜨고 광채를 보이는 바람에 나지아는 깜짝 놀라고 말았다. 그녀는 눈을 깜짝거리며 가만히 있었다. 어떻게 대답할까 궁리하는 것 같았다. 그녀의 침묵은 길어졌고, 노인은 수염을 쓰다듬었다. 마치 그것도 길어지기를 바라는 것 같았다.

그 법이 처음 시행되었을 때 많은 이들이 법을 어기면서까지 딸을 몰래 결혼시켰다. 관리들의 눈을 피해 임신한 *쿠치크 마다르*는 9개월 동안 집에 숨어 있다가 결국 닫힌 문틈으로 산고의 비명을 터뜨렸다. 페르시아의 산파들은, 진통을 햇살에 훤히 보이지 않으면 남편 밑에 눕는 대신 위에서 타고 있다가 임신한 여자들과 마찬가지로 출산이 힘들어지고 고집불통에 변덕스러운 자식들을 낳는다고 예부터 믿고 있었다. 그래도 이제는 임산부들을 안마당으로 데리고 나오지 않았다. 어떤 산파들은 임산부의 엉덩이 밑에 햇살 대신 뜨거운 물통을 놓아주기도 했다. 잡힌 아비들은 100일 구류형에 처해졌지만 이 결혼은 계속 이어졌다. 혈연관계가 없는 여자 둘이, 두 눈으로 똑똑히 그 소녀의 생리혈을 보았다고 맹세해야만 소녀의 아비를 풀어낼 수 있었다.

"알겠구나."

물라는 그녀의 침묵을 해석했다.

"그럼 너는, 그러니까, 그 무사라는 아이를 사랑하느냐?"

"그 사람은 제 뼈 속에 새겨져 있어요. 어르신. 다른 여자와 결혼해서는 안 됩니다. 맹세를 한걸요. 그 사람은 제 영혼 안에 있는 쐐기풀이나 다름없어요, 어르신. 그 사람은 제 뼈 속에……."

"그럼 네 삶은 대체 무엇이냐? 네 뼈가 얼마나 잘디잔지 봐라. 그토록 잔뼈로 어떻게 아이를 낳을 수 있단 말이냐? 그리고 네 몸은 피죽 한 그릇 못 얻어먹은 것처럼 너무 연약하구나. 남들이 너를 나지아라고 한다지? 정말이지 너는 새처럼 연약하구나. 나라면, 만약 나라면 말이다, 애야. 어린 시절로 단 하루만 살 수 있어도 내 여생을 몽땅 건네겠다. 그런데 너는 어린 시절을 포기하고 싶어하는구나. 무엇을 위해 그러느냐? 잿빛 머리를 위해 말이냐? 잿빛 머리와 눈에 담긴 슬픔은 시장에서 사는 게 아니란다, 애야. 그건 어린 시절과 맞바꾼 대가란다. 어린 시절과 말이야. 그러니 이제 우리가 뭘 해야 하겠니? 사람들이 말하듯 시간은 너를 여인으로 만들어줄 거다. 1, 2년 기다려 보아라. 조금 더 자라겠지. 그리고 알라의 뜻으로……."

"제 말 뜻을 모르시는군요, 어르신. 저는 지금 해야만 합니다. 저는 뼈 속에……."

그녀는 말을 이어나가려 했지만, 말은 타오르는 숯불처럼 입을 지글지글 태웠다.

"그러나 법은 법이다, 애야."

물라는 목소리를 높이며 단호하게 말했다.

"게다가 나는 그야말로 법을 어기게 할 수는 없다."

그는 계속 눈을 감고 말했다. 더 이상 들을 마음이 없다는 것 같았다. 그렇기로는 나지아도 마찬가지였다. 그녀가 말 틈에 끼어들었다. 목소리에서 짙은 절망이 배어나왔다.

"하지만 그 사람은 제 뼈 속에 새겨져 있어요, 쐐기풀처럼요, 어르신. 그리고 시간은 자꾸 흐르고 사람들은 끔찍한 이야기들만 합니다……."

그녀는 울기 시작했다. 자기를 보는 노인의 상냥한 미소와 반짝이는 눈은 사라졌고, 이미 얼굴이 굳어버린 것 같았다. 그녀는 더 이상 그를 바라보지 않고 천장을 응시하며 명예와 수치에 대해 소리를 높여댔다. 그녀의 외침은 밖에까지 들려 모스크 안마당에 있던 신이 난 남자들을 불러들였다. 그들은 유대인 여자애가 문제를 일으키고 있는 내실에서 물라 자아파르를 구하기 위해 뛰어 들어왔다. 나지아는 계속 소리를 지르며 일어났다. 차도르가 어깨에서 스르르 흘러내렸다. 구리 접시가 뒤집어져 아몬드와 피스타치오가 쿵쿵거리는 그녀의 발밑에서 부서졌다.

나지아가 조금만 더 자제하고, 눈에서 눈물을 닦고 노인의 얼굴을 다시 보았다면 그의 늙은 심장이 말랑말랑해져서 그녀에게 향한 것을 보았을지도 모른다. 그러나 방은 성난 남자들로 가득했고, 나지아의 인내심은 말라버렸다. 태양이 모습을 드러내긴 했지만, 비는 아직도 창을 두드리고 있었다. 빗속으로 나가기 전에 나지아는 머리를 수건으로 가리고, 손가락으로 귀에 달랑거리는 금물고기들을 만졌다. 동전들이 달강거렸다. 나지아는 그 물고기들을 홱 잡아당겼다.

미리암 하눔이 몇 년 전에 구멍 속에 밀어 넣었던 귀고리가 귓바퀴를 반으로 갈랐다. 마치 이 순간을 기다렸다는 듯이 살에서 즐겁게 피가 솟구쳤다. 양쪽 귀는 서로 경쟁하며 커다란 웨딩드레스 위에 많은 피를 뿜었다. 나지아의 얼굴은 아파서 일그러졌다. 그녀는 양탄자 위로 엄청난 핏방울들이 떨어져 사자들이 이빨로 찢어발기고 있는 사슴의 몸 위를 물들이는 것을 보았다. 팔을 잡고 밖으로 끌어내리려던 사람들은 깜작 놀라 그녀를 풀어주었다. 나지아는 경악하며 다가온 물라의 손에 젖은 귀고리들을 놓고 손을 오므려 주었다. 놀란 나머지 그는 입을 어 벌리고 눈이 휘둥그레졌다. 나지아는 마지막으로 그들을 똑바로 쳐다보고, 그 귀고리를 가진 대가로 자기의 소원을 들어달라고, 사촌인 무사와 결혼하게 해달라고 부탁했다.

15

잠이 들 때까지 "*파르히즈, 파르히즈……*(비나이다, 비나이다……)"를 되풀이하는 나지아의 속삭임은 별 소용없었다. 깔깔거리는 귀신들이 플로라의 뱃속으로 몰래 들어가, 아기의 엉덩이를 꼬집고 귀를 잡아당겼다. 딸의 임신을 알고 미리암 하놈이 플로라의 베개 밑에 넣은 날카로운 칼날도 악한 영들을 막아내지 못했다. 낙원의 빗자루도 도움이 되지 않기는 마찬가지였다. 태아는 자는 어미를 깨웠다. 플로라가 누워서 눈을 뜨고 계속 바라봐주면 태아는 잠잠해져서 잠시나마 어미를 재워주었다.

잔 하품들이 입술에서 파득거렸다. 그녀는 뺨을 베개

에 대고 누워 열린 방문 틈으로 화로를 응시했다. 검은 재 속에서 잔불들이 아직도 타고 있다가 가끔 발갛게 떨리기도 했다. 로즈메리 향이 수박 토사물의 시큼한 냄새에 섞여 있었다. 플로라는 아직도 그 옷을 벗지 않았지만, 더러운 수박 물 자국은 말라버린 지 오래였다.

침대 옆에는 태어날 아기를 위해 줄레이하의 서방이 소나무로 만들어준 아기침대가 놓여 있었다. 플로라가 흔들자 새 침대는 부드럽게 끼이익거렸다. 마치 새근거리며 잠든 아기 같았다. 양말에 달린 솜 방울들과 개어놓은 기저귀들과 조그만 모직 윗도리가 이리저리 함께 흔들렸다. 어둠 속에서 플로라는 나지아를 지켜보았다. 숨 쉴 때마다 나지아가 덮은 모직 담요의 무더기가 오르락내리락했다. 나지아가 조금만 더 몸을 응송그린다면 바구니에 딱 맞는 마니준처럼 요람 속에 쏙 들어갈 수 있을 것만 같았다. 플로라는 자기가 가볍게 흔들어주며 아무렇게나 자장가를 불러주면 나지아가 곤한 잠에 들 거라고 생각했다.

"나지아."

플로라가 속삭이며 팔꿈치를 대고 몸을 일으켰다.

"나지아?"

그녀는 아침이 올 때까지 재미난 이야기들을 들려줘서 나지아가 손으로 입을 막고 깔깔거리는 모습을 보고 싶었다. 플로라는 배나 겨드랑이 목울대를 간질이지 않고

서도 나지아가 눈물이 날 정도로 웃게 만들 수 있었다. 한번은 둘이 거지 새끼들처럼 맨발로 시장에서 유대인 거주 지역까지 걸어온 적이 있었는데, 나지아는 눈을 내리깔고 앞서서 걸었고, 플로라는 눈을 들어 새들을 보며 뒤에서 꾸물거렸다. 공회당에 이르렀을 때 나지아는 걸음을 멈추고 뒤를 돌아보며 플로라에게 구름 좀 그만 보라고 소리쳤다. 땅바닥을 보고 가면 남들이 떨어뜨린 은화나 보석 반지, 목에서 스르르 달아난 금목걸이를 발견할 수 있으니까.

플로라의 눈에서 뭔가 반짝였다. 그녀는 땅을 내려다보고 작은 돌을 줍더니 무심히 공회당의 색 유리창에 던졌다. 채색 유리에 검은 구멍이 뽕 뚫렸다.

"플로라 언니, 이게 무슨 짓이야?"

나지아가 비명을 질렀다.

"빨리 가자!"

그러나 플로라는 까치발로 공회당 벽으로 조심조심 다가가더니 햇살에 반짝이는 빨강, 파랑, 노랑 유리 조각을 주웠다. 나지아는 까르르 웃으면서도 겁이 나서 주위를 돌아보고는 플로라의 맨발을 따라갔다. 그 발은 시장으로 다시 돌아가서 창녀 마무의 집으로 당당히 걸어 나갔다. 안마당에는 소변 냄새가 코를 찔렀고, 마무가 오냐오냐 하며 키운 고아들이 고리버들 바구니로 통신 비둘기들을 잡는 놀이를 하고 있었다.

"걱정 마, 이 바보야."

유리 조각을 손에 한 움큼 쥐어든 플로라가 뒤에 바짝 붙어오는 나지아에게 속삭였다.

"마무네 고아들은 지나가는 사람한테는 무조건 가랑이를 벌리고, '해주세요'라는 말까지 하는 애들이야."

그녀는 마무가 새끼 창녀가 원하는 것은 뭐든 들어준다는 것을 알고 있었다. 마무는 고아들이 손님을 받는 덕에 돈을 벌며, 자기 말을 잘 듣고 귀찮게는 안 하도록 아이들의 뜻을 잘 받아주었다.

플로라는 창녀의 집 울타리 말뚝 사이로 코를 들이밀고, 마당에서 놀고 있는 소녀들에게 혀를 쏙 내밀고는 자기의 보물을 보여주며 유치하게 뽐냈다. 주워온 아이들은 울타리에 바짝 몸을 붙이고, 색채 유리 조각들을 통해 보이는 세상을 깜짝 놀란 눈으로 바라보았다. 고아들은 북적이는 시장이 빨간색, 파란색, 노란색으로 반짝이는 것을 보았다. 플로라는 이렇게 노래를 부르기 시작했다.

"어쩜 이리 예쁠까, 이건 또 무슨 색깔일까, 외국처럼 아름다운 도시구나!"

나지아와 플로라는 작은 동전을 손에 쥐고 집으로 걸어오면서 웃음으로 길을 갈랐다. 나지아는 플로라에게 그만 좀 웃으라고 애원했다. 나지아는 몸을 오그리더니 쪼르르 새어나오려는 오줌을 억누르려고 손으로 다리 사이를 막았지만, 플로라는 점점 거칠 것 없이 웃다가 나지아의 물고기 귀고리 쪽으로 몸을 굽히더니 콧김 소리를 내며 속삭였다.

"쉬이……. 쉬……."

나지아는 바닥에 털퍼덕 주저앉았다. 깔깔거리며 쉬이 하는 소리와 함께 오줌이 쫙 흘러나와 손과 맨발을 적셨다. 그녀는 할 말을 잃고, 제 옷을 꽃처럼 수놓은 창피한 오줌 자국을 바라보았다. 옆에서 플로라가 정신없이 웃어댔다.

플로라는 속삭였다.

"쉬이……."

그리고 빙그레 웃었다. 나지아가 잠들지 않으면 둘은 껴안고, 머리를 풀어헤치고 천장에서 잠이 내려앉을 때까지 속삭이곤 했다. 머리를 꼭꼭 땋은 나지아의 삼각형 얼굴이 담요 위로 삐죽 나오며 작은 부채같이 펼쳐졌다. 잠은 나지아가 페이스트리 반죽을 민 것처럼 그녀의 이마주름들을 밀어버렸다. 입술은 벌어져 있었고, 금 물고기들의 꼬리 안에 있는 작은 동전들이 어둠 속에서 플로라에게 윙크했다. 플로라는 다리 사이로 이불을 끼우고 나지아에 대해 생각했다. 낮이고 밤이고 언제나 벌리고 있는 입술, 생각의 꽁무니를 질질 따라가는 눈에 어린 표정, 늘 물고기 귀고리를 만지작거리다가 순식간에 귀를 감싸는 손. 누군가 그 귀고리를 귀에서 떼어내려는 것을 방어하려는 듯이 말이다. 어느 날 밤, 플로라는 엄마가 손가락을 자기 다리 사이에 넣지 않고 어린 나지아의 다리 사이에 넣는다면 어떻게 되었을까 궁금해졌다. 거기서 엄마는 뭘 발견했을까? 어쩌면 파타네가 옳을지도 모른다. 거기에는 아무것도 없는 게 아닐까? 어쩌면 구멍이 너무 작아서 엄마는 손가락을 하나도 넣지 못한 게 아니었을까?

플로라는 멀리서 우는 이상한 새의 울음소리를 듣고 소스라치게 놀라 제 배를 만졌다. 지난 몇 주 동안 배는 나지아가 이스트를 넣어 만든 빵처럼 부풀었다. 화덕에서 빵들이 통통하게 부풀어 노릇노릇해지면 나지아는 납작한 쇠 삽으로 그것들을 꺼내 녹은 설탕을 뿌렸다. 그럴 때마다 고소한 냄새가 풍겼다. 뱃속에서 부푸는 아기를 밀가루와 오일과 이스트와 설탕으로 바꿀 수 있다면 정말 재미있지 않을까? 그때 그 시간과 샤힌과 아기를 식료품 저장실에 있는 자루와 상자 속에 부어버릴 수 없다니 안타까워라.

그 기묘한 생각에 플로라는 즐거워졌다. 그녀는 어둠 속에서 빙긋 웃으며 몸을 옆으로 돌려 다시금 화로를 바라보았다. 화로는 이미 시꺼메져 있었다. 그녀는 달아나

려는 잠을 더 이상 잡으려 하지 않고, 빠져나가려 버둥대
는 잠 꼬리를 내버려 두었다.

　비가 동네 지붕들을 사납게 내리치고, 바람에 창문이
덜커덕거렸다. 창문 틈새로 먼지가 나풀거렸다. 플로라
는 침대에서 일어났다. 통통한 발이 양탄자 털 속으로 푹
들어갔다. 안마당의 빗물 통 옆에 서 보니 밤의 한기가
두 발에 스며드는 것이 느껴졌다. 물이 그득한 빗물 통에
는 깃털들이 떠다녔다. 그녀는 그 물로 세수를 했다. 문
이 여닫히는 소리가 울렸지만 식구들은 여전히 코를 골
았고, 마니쥰은 쉬지 않고 중얼거렸다. 방에 다시 돌아온
그녀는 이부자리를 단정하게 개고, 더러운 옷을 벗고, 팔
과 목에 장미 향유를 발랐다. 그러고 나서 두꺼운 스타
킹을 두 겹이나 신고는 소매가 넓은 푸른색 퀼트 드레스
를 허리에 꼭 조아 맸다. 그 위에 주황색 암컷 낙타 모로
짠 주름옷을 입고 색색 허리띠가 달린 바지를 입었다. 거
울을 보니 제 모습이 둥덩산만 했다. 그녀는 널찍한 어깨
위에 올라앉은 부루퉁한 얼굴을 쳐다보고, 삼각형으로
접은 흰 머릿수건으로 얼굴을 가렸다. 한쪽 끝은 등까지
내리고, 다른 두 쪽은 턱에서 굵게 접어 매듭을 지었다.
달랑거리는 끝자락이 그녀의 가슴 위에서 오르락내리락
했다. 마지막으로 그녀는 다리까지 내려오는 기다란 차도
르로 온몸을 감싸고 귀 쪽에서 단단히 여민 뒤 잃어버린

잠을 찾아 거리로 나섰다.

"자다 말고 어디 가니, 이 못된 것아?"

마니쥰이 바구니에서 몸을 일으켰다. 늙어 짜부라진 눈이 다시 감겼지만 입은 여전히 벌어져 있었다.

"쉬잇……."

머리는 집 안에 있지만, 몸은 밖으로 기울어진 플로라가 손가락을 입술에 갖다 대며 속삭였다.

"주무세요, 할머니. 주무세요."

"지금 나가면 안 돼, 이 못된 것아. 다시 가서 자. 나가면 안 돼."

플로라는 늙은이가 중얼거리는 소리를 들으면서 살며시 문을 닫았다.

그 시간과 어두움은 기묘하게 느껴졌다. 손금 보듯 훤하던 동네는 완전히 깜깜하게 바뀌어 있었다. 지붕들과 나무 꼭대기의 선은 흐릿했고, 동네는 노인의 얼굴처럼 잠겨 있었다. 차도르가 바람에 펄럭이는 바람에 머리가 흐트러졌다. 머리카락은 깃발처럼 퍼드득거렸다. 그녀가 쥬바레의 거리에 나타나자 낯선 개들이 짖어댔다. 개들은 플로라가 멀어지는 모습을 바라보며 짖기를 멈추고, 그녀의 발걸음소리와 자기들이 짖은 소리의 메아리에 귀를 기울였다. 시장통에 이르자 그녀는 불빛이 휘황하고 북적북적한 갈보집의 울타리 옆에 서서 남자들의 딸꾹질과 여자들의 웃음소리에 귀를 기울였다. 문득 플로라는 목이 말라 견딜 수 없었다. 몽유병자처럼 그녀는 마무의 갈보집 바로 옆에 있는 *카웨 후네*(커피 하우스)에 들어갔다. 그곳은 온통 밝은 푸른색으로 칠해져 있었다.

평소에 그녀는 그 안은 어떤 곳일까 궁금해서 자주 엿보았다. 벌건 눈을 한 남자들이 체스와 주사위 게임을 즐기고, 한쪽에선 욕설을 내뱉거나 음탕한 노래를 불렀다. 나무판 위에 장기 말들을 딱딱 소리가 나게 내려놓기도 했다. 마무의 손님들은 갈보집에서 나와 마당에 오줌을 갈기고, 바지를 여미고, 구석에 침을 뱉고, 시장에 장을 보러 온 여자들에게 지분거리기도 했다. 휘둥그레진 눈으로 자기들을 구경하는 플로라를 발견한 그들이 함께 *카웨 후네*로 들어가자고 잡아끌기도 했다. 그러나 함께 있던 나지아가 겁에 질려 얼른 여기를 떠나자고 언니의 옷자락을 잡아끌곤 했다.

플로라는 불빛에 일렁이는 담배 연기 속으로 들어갔다. 몽유병자처럼 눈을 반쯤 감고, 기름등잔들 사이를 지나갔다. 거친 웃음과 야한 농지거리 속에서 마약에 취한 남자들의 눈길이 그녀의 풍만한 가슴과 엉덩이와 배에 쏠렸다. 그들은 꼬부라진 콧수염 밑으로 감탄사 대신 삐익 휘파람을 불었다. 하지만 플로라는 출입문으로 몸을 돌리지 않았다. 뒤에서 머릿수건을 잡아당기며 눈물을 가득 담고 "그만해, 플로라 언니. 나가자"라고 애원하는 착한 꼬마 나지아가 없었기 때문이다. 그녀는 두렵지 않았다. 무사와 그의 개는 아직 잠들어 있어서 자기를 찾지 못할 것이다. 샤힌도 가버렸으니 자기의 잠옷 속에 손을 넣고 살랑거리는 그 감촉을 느끼고, 젖가슴 사이에 머리를 대줄 남자는 없었다.

저 안쪽에서 남자들이 플로라를 향해 슬금슬금 다가왔다. 그들은 기다란 팔을 뒤틀며 내밀고, 눈은 천장으로 굴리고, 해시시와 아편과 썩은 냄새가 진동하는 입을 모아 속삭였다.

"플로라 아가씨."

그들은 앵앵 지저귀었다.

"밤이 하도 깜깜해서 잠이 인 오지?"

"오늘밤에는 너무 더워서 자기 힘들겠지, 플로라 아가씨. 즐겨야지……."

"추워, 플로라 아가씨? 우리가 안아서 토닥여 주고, 예쁜 몸을 달아오르게 해줄까?"

"육체란 건 자라고 있는 게 아니야. 즐기자고 있는 거지……. 왜 그래, 뭘 두려워하는 거지?"

북슬북슬한 손들이 늘어나며 멍한 그녀의 가슴과 엉덩이와 배를 쓰다듬었다. 누렇게 찌든 손가락들이 그녀의 피부를 긁고, 욕망에 찬 손들이 그녀의 살을 찰싹 때리고, 겹겹이 입은 치마는 버석거렸다. 남자들은 점점 즐거워졌다.

"내 이가……."

플로라가 무덤덤하게 중얼거렸다.

"이가 아파요."

그녀는 손으로 동그란 볼을 누르며 자기가 아프다는 것을 알렸다.

남자들은 마치 그녀의 이가 하늘의 선물이나 된다는 듯이 기뻐하며 모여들었다. 그들은 더러운 바닥에 침을 뱉고, 손톱 때가 잔뜩 낀 엄지손가락들을 아라크 술병에 담갔다가 그녀의 입속에 넣었다. 그것을 빨아 기분을 달래라는 의도였다. 손가락들을 빨고 나서도 그녀가 아직도 아프다고 하자 그들은 *카웨 후네* 바닥에 있는 아편 항아리의 돌 뚜껑을 벗겼다.

플로라는 어느 남자가 작은 항아리 위로 몸을 굽혀 자기를 위해 검은 덩어리에 불을 붙이는 것을 보았다. 그가 플로라에게 무릎을 꿇리고 그 연기를 마시라고 강요했다. 그녀는 반항하지 않았다. 팔이 옆구리 아래로 흐느적거리고 무릎은 벌어졌다. 그녀는 머리를 누르는 그 무거운 손에 굴복하고, 그 거친 목소리가 연기를 깊이 들이마시라는 명령에 복종했다. 그녀는 그 동굴 속에서 자기와 아기가 잃어버렸던 잠을 찾기를 바랐다. 눈까풀이 점차 무거워졌다. 뜨끈한 열이 퍼지며 파도가 되어 자궁에서 온몸으로 퍼져나갔다. 마치 자기가 태양과 짝짓기를 하고, 동그랗게 졸여진 조그만 태양이 몸속에서 빛을 내는 것 같았다. 그녀는 땀을 흘리며 한숨을 쉬었다. 잠시 후 플로라는 몸속에서 부드러운 불꽃을 퍼뜨리고 있는 그 열이 연기에서 발산되는 것이 아니라 아편에 불을 댕겨 주고, 뒤에서 자기를 누르고 있는 그 남자의 남근에서 나온다는 것을 깨달았다.

그녀의 치마는 허리 위로 들어 올려진 채 맨 엉덩이가 *카쉐 후네*의 흐릿한 불빛에서 반짝이고 있었다. 그 남자는 플로라의 허벅지 사이로 무릎을 밀어 넣고 그녀의 허리를 단단히 잡고, 힘차고 율동적으로 그녀의 자궁을 향해 찌르고 또 찔렀다. 정신을 차린 플로라는 기겁을 하고 펄쩍 일어나 그 남자를 남근째 확 밀어버렸다. 그는 저항도 못하고 미끄러져 바닥을 굴렀다. 그녀는 흐느적거리는 팔다리를 붙들어 매고 어둠 속으로 도망쳤다. 온몸이 기진맥진했다.

플로라는 뒤돌아보지 않고 쥬바레 쪽으로 달음질쳐 아몬드나무 숲을 지나 유대인들의 문을 통과해 마을에서 벗어났다. 옴리쟌의 밤의 소리들이 그녀 뒤에 처졌다. 사방 모든 것이 깜깜하고 공허해질 때에야 그녀는 걸음을 늦추고 그 자리에 서서 헐떡거리며 부들부들 떨었다.

하늘은 별들로 빛났다. 은빛 달조차 별빛을 넘어서지 못했고, 구름들조차 별들의 반짝임을 가릴 수 없었다. 플로라는 계속 가 보기로 마음먹었다. 머리에 차도르를 고쳐 매고, 고개를 돌려 잠든 마을을 볼 생각도 하지 않고, 앞으로 걸어 나갔다. 바람이 그녀 뒤에 꼬리를 남겼다. 힘들게, 조용히, 그녀는 널찍한 당나귀 길을 따라 걸었다. 걷다 보니 기분이 한결 나아졌다. 뒤에 불던 바람이 잦아들며 중간 중간 살을 에는 소나기가 내렸다. 은빛 안개가 연기처럼 일어나 나무 둥치 주위를 떠돌았다. 진흙탕 물줄기가 산비탈에서 흘러내리며 이슬이 송알송알 풀잎에서 반짝였다. 수박 토사물 냄새와 장미 향유 내음은 증발해버렸다. 오직 달콤한 땀 냄새만이 그녀와 동행하고 있었다.

송알송알 샘물이 솟아나는 어느 동굴의 거무스레한 입구에서 그녀는 물을 마시기 위해 무릎을 꿇었다. 새벽빛이 동굴의 바위들을 푸르게, 샘물을 초록으로 물들였다. 새들이 산에서 바다 쪽으로 날아갔다. 플로라는 하품을 하고, 떠오르는 줄파 읍과 주변 마을들의 실루엣을 바라보았다. 이른 아침밥을 짓는 연기가 굴뚝에서 모락모락 새어 나왔다. 저 멀리 양귀비, 벼, 콩, 밀, 수박 밭들이 작고 노란 점들로 나타났다. 향기롭고 새하얀 물고기들이 살아 펄떡이는 푸른 연못들도 보였다.

16

북적이는 줄파의 시장통에 도착했던 그날 느지막한 아침, 플로라는 추위에 떨었다. 피부는 시푸르둥둥했다. 무릎이 벌벌 떨리고 쑤셔댔다. 진흙더께가 묻은 신발은 더러웠고, 물에 젖은 치마는 몸에 찰싹 달라붙어 남산처럼 부푼 배를 드러냈다. 그러나 그 누구도 그녀에게 눈길을 주지 않았다.

낯선 이들이 그녀를 지나치고, 원숭이들은 조련사의 북소리에 맞춰 춤을 추고, 뱀들은 피리 소리에 바구니에서 흔들흔들 모습을 드러냈다. 플로라는 노란 과일을 향해 손을 내밀다가 돈이 한 푼도 없다는 걸 깨달았다. 치과의사가 그녀에게 치료 의자에 앉으라고 권했다. 그 옆의 작은 탁자에는 분홍색 잇몸을 단 가짜 이들이 진열되어 있었다. 앞니 세 개를 갓 뽑은 손님이 의자에서 일어나 궁금해 하는 구경꾼들에게 입을 크게 벌려 보였다. 다들 감탄하며 그 안에 손가락을 쑤셔 넣었다. 플로라는 의자에 앉기를 거절하고 흩어지는 사람들 틈에 섞여 다른 곳으로 걸어갔다. 치과의사는 지독한 치통을 앓다가 치료 의자에서 비로소 안도하게 된 어느 왕자에 대한 슬픈 노래를 떨리는 목소리로 불렀다.

플로라는 삐거덕거리는 손수레들에게 길을 비켜주다

가 해 지는 광장 가장자리에 서 있는 마차 쪽으로 길을 잡았다. 마부가 "바볼-사르! 바볼-사르!"라고 외치는 소리에 끌린 것이다. 그는 두 손을 입가에 나팔처럼 오므렸다. 손을 내리면 연필 선처럼 가느다란 콧수염이 보였다. 눈썹은 세탁 솔처럼 보였다.

플로라는 마부의 발치에 푹 쓰러졌다. 그녀의 눈과 머리에 진흙이 튀었다. 사람들이 주위에 몰려들었다. 플로라가 다가오는 것을 보고 있었던 마부는 다시 손나팔을 만들어 외쳤다.

"산파 없소? 산파요!"

남자 셋이 플로라를 커다란 고리버들 바구니에 실어 광장 한 쪽으로 날랐다. 힘을 준 이마와 목에 두터운 핏줄들이 울뚝불뚝 솟아올랐다.

"산파 둘이 아기를 받으면 아기의 머리가 갈라질 것이다"라는, 산파를 한 명 이상 부르는 것을 경계하는 속담이 있는데도, 산파 두 명이 줄파 시장에 득달같이 달려와 가장자리에서 마주쳤다. 둘은 누가 먼저냐를 두고 다투기 시작했다. 옷자락을 휘어잡으려 손을 올리고, 이를 드러내며 물려고도 했다. 플로라는 바구니에서 소리 높이 웃고는 둘 다 너무 일찍 왔다고 말해주었다. 마부는 그녀를 마차에 앉히고, 말에게서 벗겨낸 격자무늬 담요를 덮어주었다. 뜨거운 차와 검은 올리브를 넣은 둥근 빵인 바르바리도 주었다.

"*바바일라*(세상에)! 그 남산만 한 배를 안고 어떻게 이 빗속을 돌아다니나 그래!"

실망한 산파들은 낯선 임산부의 얼굴에 손가락을 까닥대고 야단을 쳤다. 아기는 일생 동안 몸이 약해서 감기를 달고 살 거란 경고도 날렸다. 깜짝 놀란 플로라는 올리브 씨를 삼키고, 불길한 예언으로부터 샤힌의 아들을 지키기 위해 두 손을 배에 얹었다. 산파들은 집으로 돌아갔고, 군중도 제각기 발길을 돌렸다. 바볼-사르행 승객들만이 꾸역꾸역 플로라 옆에 탔다.

"내릴 겁니까, 부인?"

채찍을 든 마부가 솔 같은 눈썹을 이마 꼭대기까지 치뜨며 물었다.

"저도 가도 되나요?"

플로라가 물었다.

그는 가여운 듯 그녀를 바라보고 머리를 긁적이더니 어깨를 으쓱했다. 그러고는 말을 채찍질했다. 해변 마을인 바볼-사르까지 가는 동안 플로라는 승객들 틈에서 이리저리 엄청나게 흔들리며 웃어댔다.

플로라와 샤힌도 이 길을 따라 신혼여행을 다녀왔다. 옴리쟌에서 줄파로, 줄파에서 바볼, 그리고 바볼-사르로 갔다. 플로라는 포도밭과 담배 농장을 바라보다가 새

신랑의 입맞춤과 애무하던 손길을 떠올렸다. 신혼여행을 떠나기 직전, 무사는 그녀에게 깔깔거린다고 이렇게 야단 쳤다.

"또 웃냐? 뭐가 그렇게 재미있어? 집 떠날 땐 웃는 게 아니라 울어야 하는 거야. 남들이 네가 친정에서 불행하게 살았다고, 그래서 지금 웃는 거라고 말할 거다. 이 바보야."

그러나 플로라는 새신랑의 작은 몸에 달라붙어서 오랫동안 깔깔거렸다. 그러고는 쿵쿵대더니 잠잠해졌다.

샤힌은 그녀를 해바라기 벽지를 바른 호텔로 데려갔다. 그는 바다가 보이는 방에 그녀를 홀로 두고, 밤늦게 돌아와서 아르메니아 말로 욕지거리를 쏟아내며 투덜댔다. 플로라는 나지아가 자기를 위해 벌새들을 수놓아준 침대보를 깔고 싶었지만, 샤힌은 그녀를 눕히자마자 관계를 맺어버렸다. 밑에는 고작 깔깔한 모직 담요만 깔려 있었다. 그러고 나서 그들은 포도주와 여주인이 호텔 지하실에서 증류한 아라크 주를 마셨다. 플로라는 밤새 깔깔거렸다. 동트기 직전 샤힌은 그녀에게 옷을 입으라 하고, 바닷가로 데리고 갔다.

하늘에 걸린 은빛 달은 그들의 얼굴들만큼이나 둥글었다.

"어머나. 저기 좀 봐요, 샤힌!"

플로라는 남편 품속에서 외쳤다. 검은 그림자가 달을 가리자 달은 부풀어 올라 불그스름하게 빛났다.

둘은 근사한 식당에서 점심을 먹었다. 그 식당에는 바닷물이 들어오는 물길이 나 있고, 셀 수 없을 정도로 많은 장미꽃 속에 매트리스들이 놓여 있었다. 샤힌은 피와 기름으로 얼룩진 매트리스 위에 철퍼덕 누웠고, 플로라는 옆에서 쿠션 위에 몸을 기댔다. 주인은 그들에게 달콤한 장미수를 가져다주었고, 눈앞에서 어린 양을 도살했다. 어둠이 내릴 때까지 그 식당에 머물며 구운 양고기를 먹고, 산들거리는 상큼한 바닷바람 속에서 설핏 잠도 자고, 향기로운 장미향을 맡기도 했다. 해가 지자 주인은 부엌에서 나와 고기가 다 떨어지고 뼈밖에 안 남았다고 알렸다. 샤힌은 그것으로 수프를 만들어달라고 했다.

어둑어둑해지자 둘은 호텔 방으로 돌아왔다. 플로라는 나지아와 호마와 엄마에게 이야기를 하고 싶어 견딜 수가 없었다. 그날 밤 그녀는 신랑이 손가락으로 천을 어루만져 사각사각 소리를 내야 잠이 든다는 것을 알았다. 그는 그녀의 고운 잠옷을 어루만졌다. 그 사각사각 소리는 그가 까뻑 잠이 들 때까지 끊이지 않았다. 그날 밤 그는 간을 쉬게 하기 위해 왼쪽으로, 다음에는 내장을 쉬게 하려고 오른쪽으로 번갈아 돌아누워 잤다.

마차를 타고 가면서 플로라는 예전에 옴리쟌에 살다가

부모와 바볼-사르로 이사한 대머리 모르테자 카찰루를 떠올렸다. 결혼을 했다면 그는 분명 숱 많고, 머리카락이 길고 부드러운 여자를 아내로 맞았을 것이다.

플로라가 첫 생리를 하던 날, 통신 비둘기 열 마리가 하늘로 날아올랐다. 출혈은 한낮에 시작됐지만, 밤이 되어서야 플로라는 다리 사이를 타고 내려가다 발목에서 말라버린 거무튀튀한 핏줄기를 발견했다. 그녀는 달팽이의 발자취를 따라가듯 그 흔적을 따라가다가 끈끈한 구멍에 이르렀다. 그녀는 좋아서 나지아에게 그 비밀을 알렸다. 나지아는 무사에게, 무사는 호마에게, 호마는 아비에게, 아비는 미리암 하놈에게 알렸고, 미리암 하놈은 으쓱거리며 온 동네에 광고했다. 다음 날, 그녀는 딸에게 올리브 오일이 가득 담긴 우묵한 그릇을 주며 여자가 된 얼굴을 비춰보게 했고, 나지아에게 이제부터 플로라의 혼례용 침대보를 수놓으라고 일렀다.

나지아는 꼬박 2년 동안 수를 놓았다. 저녁마다 레몬을 반으로 잘라 집안일로 더러워진 손을 문질러 거무스레한 기름을 닦아냈다. 레몬이 잿빛으로 변하고 맑은 피부가 되살아나면 그녀는 면 시트를 잡아 간밤에 끝난 자리에서 다시 이어가며 꼼꼼하게 수를 놓았다. 가장자리에 그녀는 날개를 활짝 펴고 기뻐서 부리를 벌린, 사랑을 찾는 벌새들을 수놓았다. 수컷들은 푸른색, 암컷들은 보라색이었다. 나지아는 참을성 있고 세심하게 수놓았고, 눈은 늘 날카로운 바늘 끝을 지켜보았다. 혹시라도 손가락을 찔러 처녀인 자신의 피가 자수에 얼룩을 남기게 될까 조심스러웠다. 플로라는 그녀의 발치에 있는 양탄자 위에 누워 거위 깃털로 발을 간질이며 자기와 사랑을 나누게 될 남자와 푸른색, 보라색 벌새들에 대해 꿈을 꾸었다.

그들이 신혼여행에서 돌아왔을 때 미리암 하눔이 깔깔거리는 딸에게 수놓은 침대보에 피어난 피 꽃을 보여 달라고 하자 플로라는 제 이마를 탁 쳤다. 바볼-사르에 있는 호텔에 혼례용 침대보를 두고 왔던 것이다.

플로라가 열세 살이었을 때 마음이 뿌듯해진 아비는 술타나 자파롤라의 지붕 위에 올라가 딸이 혼기가 되었다는 소식을 통신 비둘기 열 마리의 발목에 달아 인근 마을들의 중매쟁이들에게 알렸다. 지친 비둘기들이 돌아온 지 얼마 안 되어 젊은 총각들이 늙은 어미들과 들이닥치기 시작했다. 필사적인 홀아비들과 둘째 아내를 구하는 남자들 역시 그 대열에 합류했다. 그들은 모두 아비가 "아름답기는 레몬 꽃 같고, 미소는 새끼 낙타 같으며, 상당한 지참금을 가진, 모든 것이 남자의 행복을 보증하는"이라고 단언한 그 플로라 라토리얀을 보려고 왔다. 아비는 또한 플로라가 제 엄마와 언니만큼 튼튼하며 기껏

해야 가을감기 정도밖에 앓은 적이 없지만, 유아기의 모든 질병도 다 털어냈다는 사실을 밝혔다.

"저는 확신합니다."

아비는 유려한 페르시아어를 먹에 담근 까마귀 깃털로 써서 이렇게 알렸다.

"제 어미와 마찬가지로 플로라는 비명을 지르지 않고 차분하게 건강한 자식들을 낳을 것입니다."

그리고 그 편지를 붉은 봉인용 밀랍으로 봉했다.

옴리쟌으로 가는 순례여행은 수도 많고 끝도 없었다. 그 집은 애타는 신랑감들로 붐볐다. 마니준의 바구니는 헛간으로 치워졌고, 나지아는 부엌에서 허리가 휘어져라 일을 했다. 가장 좋은 옷을 떨쳐입은 미리암 하눔은 신랑감들을 안으로 들여 식사를 대접했다. 장인자리는 차를 따르고, 해시시와 아편을 피우려 수연통에 불을 댕겼다.

신랑감이 자기 지위를 나타내는 물건들과 재산을 보여주면 무사는 개를 데리고 호마네 집이나 이웃들의 부엌으로 플로라를 찾아 나섰다. 무사가 누이를 찾아오는 시간이 길어지면 구애자들은 나지아의 요리에 반하고 바지런함에 끌려 미리암 하눔에게 언니 대신 동생을 데려가면 안 되겠느냐고 묻곤 했다. 미리암 하눔은 나지아가 중매를 방해하지 못하도록 헛간에 가두겠다고 작정했다. 어느 날 저녁, 미리암 하눔은 깜빡 잊고 나지아를 꺼내주지 않았다. 다음 날 소변을 참지 못한 나지아는 온몸이 푹 젖고, 손은 쥐와 싸우느라 피투성이가 된 채 헛간에서 발견됐다.

미리암 하눔과 그녀의 남편은 사윗감으로 가장 부유한 구애자인 대머리 모르테자 카찰루를 택했다. 플로라는 어린 시절부터 그를 잘 알고 있었다. 그는 열 살 때 대머리가 되었다. 그가 백선으로 괴로워하자 어미는 아들을 백선 치료사에게 데려갔다. 엄격한 그 여인은 소년의 머리를 면도칼로 싹 밀고, 태운 소똥과 따뜻한 타르를 섞어 알머리에 발라주고 리넨으로 꼭 묶었다. 3주 동안 이 무거운 모자를 쓰고 있던 모르테자는 머리가죽이 타고 골이 빙빙 돌 지경이었다. 치료사를 다시 만나기로 한 날, 어미는 아들을 *하맘*에 네려가 뜨끈한 물속에서 마음껏 놀게 하고, 시원한 파루데 한 잔과 대추 죽 한 그릇을 사주었다.

"이제 끝내주세요."

어미는 그날 저녁, 치료사에게 말했다.

"계속 이런 꼴을 볼 순 없어요. 더 이상 못 보겠어요."

그녀는 무릎으로 소년을 꽉 잡고 한 손으로는 제 눈을 가리고, 한 손은 꼭 쥐고 아들의 입속에 밀어 넣었다. 모르테자는 비명을 지르며 어미의 손가락을 물어뜯었지만, 그녀는 까딱도 하지 않았다. 치료사가 *하맘*의 수증기

로 말랑말랑해진 그 모자를 잡고 홱 벗기자 감염된 살가
죽과 함께 머리카락이 죄다 빠져버렸다. 모르테자가 열네
살 때, 윗입술에 가녀린 콧수염이 났다. 우울한 소년은
기쁜 마음에 뻣뻣한 털이 잘 나오게끔 매일 면도를 했다.
그의 부모는 아들이 대머리가 된 후, 옴리쟌을 떠나 바볼
로 가서 유리 공장을 차렸다. 모르테자는 플로라와 결혼
하기 위해 그 동네를 다시 찾아왔다. 검은 콧수염이 왕자
의 수염만큼이나 짙고 뻣뻣했지만, 이마 위에서는 여전
히 대머리가 반짝이고 있었다. 플로라는 부엌으로 뛰어가
열린 문틈으로 그의 모습을 엿보고 까르르 웃으며 킁킁
거렸다. 그녀의 웃음을 듣고 모르테자는 함께 놀았던 어
린 시절을 반추했다. 그는 그리운 눈길을 그녀에게 던지
며 고리 모양으로 연기를 내보내고 콧수염을 도르르 말
았다.

미리암 하놈은 부엌으로 들어와 플로라를 몰아붙이며
거칠게 속삭였다.

"플로라! *베테르키!*(웃어야지!) 안에 신랑이 와 있어. 신
랑이 신부를 대체 얼마나 기다려야 하니?"

"엄마."

엄마의 손가락에 귀를 꼬집힌 채 플로라는 징징거렸다.

"난 저런 남자랑 결혼하기 싫어. 머리카락이 없잖아."

"*나 콘!*(말하는 꼬라지하고는!) 저 사람이 가버리겠다, 이

바보야……. 나는 네 아버지하고 결혼하고 싶어서 한 줄 아니?"

미리암 하놈은 딸을 야단치다가 갑자기 킥킥거렸다.

"머리카락 따윈 문제도 아니야, 이 멍청아. 그거야 네 머리에서 자라면 돼. 그러면 신랑이 네 머리를 예쁘게 말고, 꽃과 나비와 포도가 달린 모자를 씌어줄 수 있게 돈을 벌어다 줄 거야. 알겠니? 어서 안으로 들어가."

"하지만 엄마……."

"입 다물어, 플로라. 난 신부어머니답게 안에 들어갈 테니까 넌 조신하게 쟁반을 들고 내 뒤를 따라와. 바지런한 신부답게 말이야. 레모네이드 쏟지 말고. 주전부리할 것들도 좀 가져와. 그리고 너무 웃지 마라, 플로라. 알겠니? 알아들어?"

미리암 하놈은 손님들에게 돌아가 미안해하는 안주인의 미소를 지었다. 그 뒤를 플로라가 웃음을 억누르며 뒤따랐다. 그녀는 양탄자 위에 무릎을 꿇고, 주스 병과 레몬 조각들과 금테 두른 잔들이 달그락거리는 구리 쟁반을 내려놓았다. 플로라는 모르테자 앞에 서서 허리에 손을 대고, 그의 열망하는 눈길에 자신을 선보인 뒤 상냥한 목소리로 말했다.

"이제 씨를 좀 가져올게요."

그의 눈이 반짝였다. 그녀는 구슬주렴 쪽으로 가볍고

경쾌하게 걸어갔다. 부엌에서 그녀는 나지아가 접시에 쌓아 둔 해바라기 씨를 한 움큼 집은 뒤 차도르를 챙겨 집에서 빠져나가기 전에 말했다.

"카찰루는 *할바*(단 주전부리)를 꾸역꾸역 먹을 거야. 그래서 머리카락이 하나도 없는 거라고. 저런 남자가 뭐가 좋다고."

무사는 길거리에서 씨껍질을 뱉는 플로라를 발견하고 곧바로 끌고 왔다. 분노가 치민 미리암 하놈은 레모네이드 병을 박살내고, 딸을 구슬주렴 뒤로 질질 끌고 갔다. 차마 매질하는 소리를 손님들의 귀에 들리게 할 수 없어 그녀는 플로라의 손가락 열 개를 하나하나 지그시 깨물었다. 그러고는 씨앗이 담긴 접시와 딸을 응접실로 데려갔다.

저녁 때, 모르테자와 플로라는 마을로 산책을 나갔다. 플로라는 어미에게 물린 잇자국이 노랗게 변할 정도로 피가 안 통하게, 손가락에 꼭 묶은 꽃무늬 손수건을 말없이 만지작거리기만 했다. 모르테자는 걸음을 멈추더니 그녀에게 어렸을 때 그랬던 것처럼 머릿수건을 벗고 머리를 풀어보라고 애원했다. 부엉이처럼 눈을 깜짝이고 입술을 살짝 물고 있던 플로라는 머리를 풀어 어깨까지 늘어뜨렸다. 그녀의 양손에 수건이 하나씩 들리게 됐다. 하나는 꽃무늬 손수건, 다른 하나는 금실로 짠 머릿수건.

모르테자는 손을 들어 그녀의 머리를 부드럽게 어루만지고 풍성한 머리채 속에 제 손가락을 넣었다. 그는 오랫동안 플로라를 빙빙 돌며, 말없이 머리카락을 어루만지고 뱅뱅 꼬았다. 부드럽게 머리를 긁기도 했다. 그러는 내내 그의 콧수염이 그녀의 귀와 볼을 간질였다. 마침내 그는 휴우 한숨을 쉬고, 그녀를 부모의 집에 데려다 주었다.

지글거리는 여름날이 뒤이었다.

"플로라 언니, 일어나. 이리 와봐."

나지아가 신이 나서 그녀를 흔들어댔다.

"지금 아니면 놓쳐. 누가 죽었나봐. 성대한 장례식이 열리고 있어."

플로라는 졸음을 깨물며 일어나 신발을 신었다. 머리를 열린 뮤튭으로 밀어 넣자 그때끼지 손을 흔들어대던 나지아가 동작을 멈추었다. 남자들과 바구니들을 실은 당나귀들의 긴 행렬이 길에 뻗어 있었다. 그 행렬을 인도하는 것은 음악가 셋이었다. 북치는 이, 종을 울리는 이, 그리고 피리 부는 이였다. 그 행렬 뒤에는 이웃들과 아이들과 굶주린 동네 거지들이 따라오면서 큰 소리로 라토리얀네 집을 가리키고 있었다. 짐꾼들은 그 집 문 앞에 수많은 바구니를 차례차례 내려놓고, 긴 나무 쟁반들을 들었다. 쟁반에는 도금 종이에 싸인 노란 사과들이 놓여 있는가 하면, 다른 쟁반에는 은빛 끈으로 묶은 노란 사과

들이, 또 다른 쟁반에는 오이, 멜론, 대추야자, 말린 살구, 대추 등이 담겨 있었다. 바구니들은 설탕을 절여 만든 피스타치오, 아몬드, 견과류, 땅콩, 그리고 꿀벌집, 잼 병, 포도주 병, 갓 구운 다양한 페이스트리들, 마른 비스킷들과 바삭바삭한 빵으로 그득했다. 가난한 동네 사람들과 아이들은 이 풍성하고 달콤한 먹을거리에 눈길을 꽂았지만, 하나라도 낚아챌 마음은 감히 먹지 못했다.

종을 울리던 자그마한 남자가 모두들 조용히 해달라는 부탁을 했다. 나지아와 플로라도 생전 처음 보는 낯선 사람이었다. 그는 다른 음악가들에게도 연주를 멈추라는 신호를 보내고 둘 중에 누가 존경하는 플로라 라토리얀 아가씨냐고 물었다. 플로라는 까르르거리며 나지아를 가리켰다. 놀란 군중이 웅얼거렸다.

"뭐하는 거야?"

나지아가 겁에 질려 속삭였다.

"바보처럼 굴지 마, 플로라 언니."

플로라가 큰 소리로 말했다.

"넌 머리에 꽃과 나비를 꽂고 싶지 않니?"

그는 마침내 소녀를 찾게 된 것을 기뻐하며 둘에게 미소 지었다. 그도 그럴 것이, 이 집까지 오는 길은 멀고 험난했다. 그는 나지아의 겁에 질린 표정을 알아채지도, 그녀가 웅얼거리며 부정하는 소리를 듣지도 못했다. 그는 장식 허리띠에 종을 꽂고, 이마의 땀을 닦은 뒤 말했다.

"저는 바볼의 모르테자 카찰루 씨께서 보낸 사람입니다. 그분은 어릴 때부터 이 댁 아가씨가 설탕절임과 과일을 좋아하는 것을 잘 알고 있다는 말씀을 드리고자 하며, 자기가 오늘 저녁 이곳으로 오기 전까지 아가씨께서 달콤한 시간을 즐기시기를 바라며, 아가씨의 부모님께 이번 주말에 결혼식을 열자고 부탁드리는 바이니, 사랑하는 마음이 그만큼 다급하기 때문입니다."

"어디다 이 선물을 둘까요, 플로라 아가씨?"

연설을 마친 그가 나지아에게 말했다. 플로라는 웃음을 멈추고, 미안해하며 계속 쿵쿵거리던 코에 손을 대고 말했다.

"저, 어르신. 플로라 언니는 모르테자 키칠루 씨가 보낸 이 아름다운 선물에 매우 즐거워하고 있습니다. 언니는 그분의 달콤한 선물들을 배고픈 자와 아이들에게 나누어주십사고 당신께 부탁하는 바입니다."

군중은 환성을 지르며 햇살 아래 줄지어 서 있던 짐꾼들과 당나귀들을 밀치고, 메뚜기들처럼 덤벼들었다. 바구니가 헤쳐지고, 나무 쟁반이 뒤집히고, 포석 위에 산해진미가 흩어졌다. 자그마한 남자는 종을 꺼내 사정없이 울렸지만, 짐꾼들은 기뻐 날뛰는 군중을 몰아낼 수도, 선물들을 지킬 수도 없었다. 사람들의 얼굴은 잼으로 뒤범

벅되고, 아이들은 단것들을 옷 속에 우겨 넣었다. 플로라는 미친 듯이 깔깔거렸다. 그다음 날, 종잡이가 되돌아왔다. 이번에는 행렬도, 악기도 없었다. 그는 플로라의 아비에게 모르테자가 따님과 결혼하지 않겠으니, 그의 명예가 훼손되었기 때문이라고 알렸다. 그 후, 모르테자의 콧수염과 대머리는 두 번 다시 고향에 모습을 보이지 않았다.

17

플로라가 바볼-사르 해변에 내리자 저녁도 함께 내렸다. 축축하고 톡 쏘는 냄새가 났다. 플로라는 기진맥진했고, 마부 역시 지쳤다. 피곤한 그는 참을성이 사라졌고, 손나팔을 콧수염에 갖다 대고 줄파행 승객 없느냐고 소리 높여 외쳤다.

플로라가 입에서 새어나오는 상아색 하품 사이로 그에게 혹시 바다가 내려다보이고, 지하실에 아라크 주가 많고, 해바라기 무늬 벽지를 바른 호텔을 아느냐고 물었다. 그는 또 다시 그녀를 가여운 듯 바라보고 어깨를 으쓱했다. 그녀를 줄파의 시장으로 다시 데려가야 하는 건가 하는 생각을 하고 있는데, 플로라는 격자무늬 말 담요를 두른 채 발길 닿는 대로 걸어가 버렸다.

그 일대 사람들은 그녀에게 해변에 줄지어 있는 호텔
들을 가르쳐주면서 도둑과 소매치기를 조심해야 한다고
당부했다. 그녀는 그들이 가리키는 손가락을 따라 바다
바람을 맞아가며 잔뜩 웅크리고 걸었다. 바람은 얼굴을
정면에서 때리며 마른 입술을 가르고, 눈을 할퀴어댔다.
눈을 반쯤 감고, 플로라가 두터운 속눈썹 사이로 본 것
은 고작 어린아이들과 고양이들과 거지들뿐이었다.

그녀는 친절한 모르테자 카찰루의 대머리를 자꾸만 떠
올리고 있었다. 그녀에게 아낌없이 과일과 단것들을 주
고, 그 대가로 겨우 머리카락만 어루만지고 싶어 했던 그
남자. 플로라는 풍성한 머리카락을 가진 그의 행복한 아
내를 생각했다. 뱃속에는 아기를, 머리에는 이를 옮겨 놓
고 떠날 일이 없는 대머리 남편의 아내를. 힌 걸음, 한
걸음 걸을 때마다 배와 양쪽 가슴이 출렁였다. 그 둥그
런 살덩어리 세 개가 땀을 흘리며 서로 싸우는 꼴을 보
고 있노라니 진절머리가 났다. 쉬고 싶었지만, 배가 재촉
했다. 플로라는 머뭇거렸으나 아기는 제 아비 쪽으로 통
통 튀었다. 바볼-사르까지 오는 동안 줄곧 함께한 용기
는 사라지고 수치심이 그녀를 휘감았다. 수치심만 홀로
온 게 아니었다. 희번덕거리는 눈으로 욕설과 악담을 퍼
붓는 엄마와 콧수염을 밀어버린 이상한 모습의 아버지,
바구니에 마니줌을 들고 뒤에는 노예 같은 하얀 사냥개

가 따르는 무사, 눈을 내리깔고 걸어오는 나지아, 뒤에 서
방을 달고 퉁퉁한 팔을 흔드는 호마, 호마의 시어머니 마
하타브 하눔, 사비야 만수르, 파타네 델카시트 그리고 그
녀의 언니인 술타나 자파롤라, 못생긴 얼굴에 더러운 옷
을 입고 맨발인 애새끼들까지 주렁주렁 단 동네 사람들
모두 함께 왔다. 그들은 모두 그녀를 뒤쫓으며 막대기를
흔들고 명예와 수치를 들먹였다. 플로라는 옷자락을 감싸
쥐고 달아날 자세를 취한 채 몸을 홱 돌렸다. 그러나 뒤
에서 쫓아오는 것은 어린아이들과 고양이들, 거지들뿐이
었다.

헉헉거리면서 플로라는 요동치는 배를 다독이며 제 나
이 또래인 소년들 무리를 보았다. 그녀는 자기도 그 떼거
리에 속한 듯이 그들 사이에 섞여들었다. 그리고 무리 속
에서 창백하고 조그만 소년을 보았다. 마른 그 애가 입고
있는 커다란 여자 옷을 아이들이 들추자 다리 사이에 아
기 기저귀를 차고 있는 것이 드러났다. 소년들은 아랫부
분을 가리키며 놀려댔다.

"깎였대요! 깎였대요! 거시기가 깎였대요!"

플로라는 그 무리에서 빠져 나와 계속 걸었다. 지칠 대
로 지쳐 꼴이 말이 아니었다. 잠깐 동안 소년들이 "플로
라는 갈보래요……"라고 노래하는 것 같은 환청이 들렸
다. 그녀는 그 무리에 갇힌 소년처럼 울고만 싶었다. 벽에

다 오줌을 갈기던 남자가 그녀를 보고 썩은 이로 히죽거리며 성기를 흔들어댔다.

플로라는 오줌을 누는 남자를 지나치고 가로등지기 옆을 스쳐 지나갔다. 그 사람은 가로등마다 기름을 채우고 불을 붙여 줄지어 서 있는 호텔 쪽으로 가는 길을 밝혀주고 있었다. 가는 길에 캐러브 나무들이 줄느런했다. 나무에서는 샤힌의 정액처럼 톡 쏘는 냄새가 났다.

과연 해변 앞에 호텔이 있었다. 플로라가 기억하는 그대로였다. 부드러운 벨벳 같은 녹색 이끼가 덮인 돌들을 거품의 짠 혀들이 핥았다. 문 옆에는 서로 얽힌 어망들이 한 무더기 놓여 있고, 바다갈매기 한 마리가 끼룩거리며 머리 위를 맴돌았다. 하늘은 그때와 똑같았지만, 달은 보이지 않았다.

여주인이 문을 열었다. 성질머리 급하고 몸집이 작은 여자였다. 손에 든 질그릇 램프가 얼굴에 도드라진 검은 사마귀를 비췄다. 신혼여행을 왔을 때 지치고 찌푸린 눈길로 플로라의 몸을 배부터 가슴까지, 턱에서 눈까지 훑었던 여자였지만, 플로라는 오랜만에 만난 친척처럼 그녀의 품속에 퍽 쓰러질 뻔했다. 그 여자는 불편한 기색을 드러내며 뒤로 물러나 사마귀를 만지작거렸다. 그러더니 조심스럽게 앞으로 다가와 둥덩산만 한 여자애의 얼굴을 등불에 비췄다. 바닷바람에 불이 꺼져버렸다. 플로라는 키득거렸다.

여자는 다시 어두운 집 안으로 들어가 심지에 불을 붙이고, 해바라기 무늬 벽에 그림자를 드리웠다. 등불은 사마귀에서 자라는 털뿐 아니라 눈의 푸른 테를 보여주었다.

"들어와요, 들어와."

그녀가 소리쳤다.

"바람이 불잖아. 우리 집 화로마저 꺼지겠네. 무슨 일이에요? 왜 거기 서서 그렇게 웃고 있지?"

"고맙습니다, 정말 고맙습니다."

플로라가 속삭였다. 해바라기 벽지들이 그녀를 뒤돌아보았고, 노란 왕관에 박힌 검은 눈들이 윙크를 던졌다.

"왜 그렇게 뻣뻣하게 서 있지? 돈이 없는 건가?"

여주인은 계속 소리 지르며 플로라가 귀머거리인지 취한 건지 살펴보았다.

"우리 집엔 빈 방이 두 개뿐이에요. 난방이 안 돼요. 괜찮으면 거기서 자요. 잘 마음이 없으면 늙은 쿠르드 사람한테 가 보고. 그 사람이 마구간에 잠자리를 마련해줄 거니까."

"아니에요. 제 말을 제발 들어주세요. 제발……."

플로라는 벌벌 떨리는 이를 악물고 속삭였다.

"저는 남편을 찾고 있어요……."

여주인은 얼굴을 찌푸리고, 의심스럽다는 듯이 눈썹을 치켜올렸다.

"우린 얼마 전에 여기서 잤어요. 정확히 말하면 초봄에……."

플로라가 미안해하며 배시시 웃고, 손을 배에 얹었다.

"모바라케트 바시(축하해요). 그런데 여긴 왜 또 온 거죠?"

봄에 이곳으로 신혼여행을 왔을 때 이 여주인은 친절하고 너그럽게 맞아주었다. 그녀는 샤힌을 친척처럼 대하며 아르메니아어로 야한 농담을 했고, 아라크 주를 잔에 가득 담아 갖다 주었다. 지겨워하는 그녀의 얼굴 표정을 보고 플로라는 당황했다. 플로라는 더듬거리며 혀를 깨물었다. 이 집에 자기가 왜 온 건지 설명할 수기 없었다.

"무슨 술을 마신 거지, 응? 돈이나 있어? 아니면 밤새 여기 서서 나한테 주절거릴 거야? 난 이럴 시간이 없어. 돈 없으면 나가. 가라고. 늙은 쿠르드 사람한테 가봐. 그 사람은 너같이 가난한 아이를 조금이나마 동정할지도 모르니까."

그녀는 투덜거리며 플로라를 밖으로 밀어냈다.

플로라는 주먹으로 문을 흔들고, 마구 소리를 질렀다.

"열어줘요! 이봐요! 들려요? 문 좀 열어줘요, 네? 제발 좀 열어줘요, 네? 네?"

눈물이 차올랐다. 서서히 무릎이 꺾였지만, 그녀는 손톱으로 나무문을 계속 긁어댔다. 날카로운 나무가시들이 살에 박혔고, 목소리는 비명처럼 높아져갔다.

"그 사람이 어디 있는지 말해줘요, 제발요! 문 열어요. 깜깜하잖아요. 난 샤힌을…… 내 남편을 찾을 수가 없어요. 그 사람은 다시 온다고 했다고요. 정말이에요. 맹세해요. 그렇게 말했다고요, 내 남편 샤힌이요. 당신은 어쩌면 그렇게 금방 잊을 수가 있어요? 어떻게 기억조차 못해요? 우린 여기에 신혼여행을 왔어요. 샤힌은 비단을 팔아요. 눈가에 얼룩이 있는 당나귀도 한 마리 있어요. 그리고 내 남편 샤힌은, 왼쪽 눈이 잘 안 보여요, 잊었어요? 어떻게 그걸 기억 못해요? 제발 좀 열어줘요, 네? 네?"

잠시 침묵이 흐르더니 여주인이 문을 빠끔히 열었다. 그 바람에 나무문에 달라붙어 애원하던 플로라가 밀려났다. 두 여자는 문틈으로 서로를 자세히 살폈다. 여주인은 한쪽 눈을 실눈 뜨고 의심스럽게 깜빡이더니 느릿느릿 물었다.

"왼쪽 눈이 잘 안 보인다고 했어? 잘 안 보인다고?"

플로라는 긴장하며 침을 삼켰다.

"어…… 그쪽 눈이 사팔이에요. 남편의 왼쪽 눈이요. 어…… 그냥 잘 안 보이는 게 아니라 사팔이요."

"난 몰라." 여자는 단호하게 눈을 꼭 감았다.

"사실 샤힌이란 남잘 한 명 알긴 아는데……. 성도 모르고 어디 출신인지도 몰라. 어쩌면 산동네 사람인지도 모르지. 그런데 그 남자는 비단이 아니라 리넨을 팔아. 여기서 머잖은 곳에 살지. 바하이(19세기에 바하올라가 창시한 세계 종교인 바하이교를 믿고 따르는 사람들-옮긴이)와 함께. 하지만 다른 사람일 거야. 그 사람은 명태 눈이니까. 왼쪽 눈이……."

"명태 눈! 맞아요, 맞아요. 그 사람은 명태 눈이에요!"

플로라는 고함을 치며 배가 남산만 하다는 것도 잊고 펄쩍 뛰었다.

"왼쪽 눈이 명태 눈이라고요, 그럼 그 사람이에요. 맞아요. 지금 어디 산다고요? 바로 여기, 비볼-사드에요? 멀지 않다고요?"

"그래, 그래. 그 사람 바볼 사람이지, 그렇지? 당신이 그 사람 아내라고? 그건 또 무슨 말인지…… 배 속엔 뭘 넣고 온 거야, 이 가엾은 아가씨야."

불길한 징조를 알리듯이 여주인의 눈이 흔들렸다. 목소리에서 의심의 흔적이 묻어났지만, 플로라는 알아채지 못했다. 플로라는 제 몸에서 젖은 치마를 벗기고, 떨리는 살을 애무하고, 매끄러운 가슴을 살짝 안고, 진하고 달콤한 우유로 몸을 달래주고, 그 몸에서 모든 슬픔과 그리움을 비워주어, 자기를 다시 한 번 예전처럼 발랄하고 행복하게 해주는 샤힌의 손길을 느꼈다. 그녀는 바다에서 불어와 캐러브 나무들을 흔드는 혹독한 바람을 느끼지 못했다. 갑작스럽게 그 도시에 퍼붓는 소나기에도 발길이 느려지지 않았다. 귀찮아하던 여주인이 왜 갑자기 불쌍하다는 듯이 플로라에게 안으로 들어와서 뭘 좀 먹고 쉬다가 내일 샤힌을 찾아보라고 했는지 궁금해 하지도 않았다. 플로라는 울면서 오직 제 심장소리만 들으며, 남편이 어디 사는지 말해달라고 애원했다. 그리고 그를 향해 뛰어갔다.

18

바하이의 집에 가까이 갈수록 플로라의 가슴속에서 북소리가 점점 빨라졌다. 피스타치오 과수원 안에 지어진 멋들어진 2층집에 도착했을 때 북소리는 미친 듯이 울려댔다.

두려움이 등을 쓸고 척추를 따라 스멀스멀 목덜미 위로 날름거리더니 미끄러운 혀를 플로라의 귓속에 넣었다. 그녀는 두려움을 쫓아내기 위해 눈을 감고 샤힌을 떠올려 보았지만, 바볼-사르까지 그녀를 쫓아온 옴리쟌의 교활한 귀신들은 그의 생김새에 대한 기억은 지우고 털이 북슬북슬하고 교활한 팔들만 남겨 두었다. 몸은 기진맥진했다. 그녀는 투실한 볼을 꼬집어 발그레하게 만들고, 젖은 머리를 털었다.

낮은 돌담이 과수원을 두르고, 새로 난 물길이 주변에 흘렀다. 흐르는 물에는 바람에 떨어져 거무스름해진 피스타치오 열매가 떠다니고 있었다. 플로라가 조심스레 문을 열자 샤힌의 당나귀가 히히힝거리며 반겨 주었다. 나무에 묶인 그놈은 비에 젖어 털이 반짝거렸다. 그녀는 반원형 창문들을 올려다보았다. 창문마다 과수원이 내려다보이는, 지붕 없는 작은 발코니가 있었다. 그녀는 두 눈으로 현관 양쪽에 있는 조개껍질로 만든 화려한 모자이크를 애무하고, 문간 위의 박제된 물고기 한 쌍을 응시했다. 번들거리는 눈에 아가리를 벌려 톱니 모양의 이빨을 드러낸 놈들이었다.

플로라는 문을 두드렸다. 대답이 없었다. 주먹으로 문을 세게 두드리자 안에서 나막신이 달각거리는 소리가 들렸다. 하얀 비단옷을 입은 호리호리한 여자가 문을 열었다. 기름등잔을 든 손은 가녀렸다. 청록색 뱀들이 손뿐 아니라 창백한 손톱에까지 문신되어 있었다. 플로라의 눈은 뱀 문신에서, 바람에 펄럭이는 비단 옷을 감은 그 바하이 여자의 배까지 내려갔다. 호리호리한 여자는 임신

중이었다. 머리카락은 우윳빛이고, 작고 하얀 이는 그녀
의 연약한 목에 걸린 진주 목걸이처럼 가지런했다.

"무슨 일이죠?"

여자는 제 몸처럼 가느다란 목소리로 물으며 뱀으로
장식한 손으로 눈가를 가렸다. 플로라는 경탄하며 말없
이 바라보기만 했다. 바람이 두려웠던 여자는 플로라를
안으로 들어오게 한 뒤 문을 닫았다.

현관 홀은 높직하고 바닥은 대리석이었다. 중앙에는
빈 분수가 자리를 잡고 있었다. 난로 옆에는 대리석으로
조각한 외다리 둥근 테이블이 놓여 있었다. 그 위에 아로
새겨진 흑백의 체스 판 위에는 체스 말들이 모여 있었다.
테이블 주위에는 묵직한 벨벳 안락의자들이 제 일을 보
러 나간 놀이꾼들을 기다리고 있었다. 플로라는 계단을
바라보았다. 발판에 놓인 작은 기름등잔들이 계단 위의
발코니 딸린 2층을 비추었다. 아기는 아비 냄새를 맡고
뱃속에서 플로라를 차댔다.

"어, *베바흐시드*(죄송해요). 저는 샤힌을 보러 왔어요.
샤힌을 찾아온 거라고요. 그이의 당나귀가 밖에 있으니
까 그이가 여기 있는 거 맞지요? 전 밖에서 그이의 당나
귀를 봤어요. 그래서 들어온 거예요. 이렇게 들어와서 죄
송해요……. 당신은 그이를 알지요, 네?"

"그래요, 물론 난 그 사람을 알아요. 내가 아내니까요.

당신은 누구죠?”

그 순간, 플로라는 열심히 발로 차대는 아기가 알아본 것은 아비가 아니라 형제라는 것을 깨달았다. 아기들 모두 제 아비처럼 다리가 짧다는 것도 느꼈다. 옷이 몸에서 터져나가려 했다.

“당신은 누구죠?”

여자가 되풀이해서 물었다. 플로라의 입속에서 말들이 돌처럼 딱딱하게 굳어버렸다. 그녀는 울퉁불퉁한 길 위를 걷듯이 그 말들 위로 걷다가 갑자기 비틀거리며 계단을 향해 비명을 질렀다.

“샤힌! 샤힌! 이리 와요, 샤힌! 당장 내려와요! 나예요, 플로라……! 나한테 대체 무슨 짓을 한 거예요, 샤힌? 나한테 무슨 짓을 한 거냐고요? 이 여자는 누구예요? 이 여자가 지금 무슨 말을 하는 거죠? 샤힌!”

그녀는 계단을 오르려고 했지만, 호리호리한 여자가 따라잡고는 앞을 막았다.

“어머나, 세상에. 이게 무슨 일이야, 대체 당신은 누구예요? 미친 거 아니야? 여긴 내 집이야! 대체 어디서 나타난 여자야? 지옥에서 온 건가?”

뱀 여인은 구불구불한 뱀처럼 팔을 휘저으며 나막신으로 대리석 바닥을 쿵쿵댔다.

“감히 나한테 그 따위로 말하다니, *셸리테*(이 갈보 년아)! 입 닥쳐!”

바하이 여자의 고함에 허를 찔린 플로라는 비단옷으로 감싼 그녀의 배에 침을 뱉었다.

키 크고 팔이 긴 하인이 다가와 플로라의 머리채를 휘어잡아 밖으로 내쫓아버렸다. 플로라는 발코니 쪽으로 목을 늘이고, 남편이 창으로 나오게끔 소리를 고래고래 질렀다.

“샤힌! 이 여자는 누구예요, 샤힌! 이리와봐요. 이 여자한테 내가 당신 아내 플로라라고 말해요. 이리 와서 집에 같이 가요, 샤힌! 오, 하느님, 이제 어떻게 하지? 샤힌, 불쌍한 당신의 플로라한테 좀 와봐요. 당신 아내라고 주장하는 이 *셀리테*는 대체 누구예요? 이 여자 몸은 고름으로 꽉 차 있어. 온몸이 고름으로, 노란 고름, 노란…….”

그녀는 박제된 물고기를 향해 돌과 모래를 던지고 닫힌 문에다 대고 고함을 질렀다.

“누구야, 대체? 내 남편을 가지고 어쩌자는 거야? 어디서 그이를 알게 된 거야? 그이가 널 임신시켰다고 해서 네가 그일 안다고 생각하는 건 아니지? 난 그 사람 아내야, 알아듣겠어? 넌 그저 *셀리테*야! 그이가 날 사랑한다고 했어. 엉덩이를 흔들며 걷는 걸 사랑한다고…….”

플로라는 울음을 터뜨렸다.

“그이는 내가 거위처럼 달콤하고 촉촉하다고 했어. 그

이가 우리 아기를 나한테 주면서 날 사랑한다고, 내가 자기를 달아오르게 한다고 했다고 했어, 알아? 달아오르게 한다고!"

플로라는 말을 잃고 땅바닥에 주저앉아 계단에 머리를 기댔다. 당나귀마저 히히힝거리는 소리를 멈췄다. 그놈은 그녀를 구슬프게 바라보았다. 눈가의 하얀 얼룩이 어둠 속에서 등불처럼 빛났다. 그녀는 나직하게 흐느끼면서 문 밑의 틈으로 작은 돌들과 어미에게서 배운 저주를 밀어 넣었다.

"넌 이 세상의 별의별 병에 다 걸리게 될 거다……. 차라리 죽게 해달라고 애원해도 죽지도 못할 거다, 이 더러운 년아……. 하도 배고파서 잠도 못 자게 될 거다……. 다리는 다섯 개나 달리고 곱사등이인 분홍색 괴물을 낳게 될 거다, 꼭 그렇게 될 거야, *셀리테*……."

"플로라? 플로라? 당신 맞아?"

뒤에서 샤힌의 목소리가 들렸다. 놀란 그가 그녀를 냄새 맡았다.

그녀의 온몸은 금세 버터가 되어 녹아내렸다. 얼굴은 긴장이 풀리고, 손에 든 돌은 떨어지고, 굵고 풍성한 눈물이 볼 위에 주르르 흘러내렸다. 달콤한 콧소리로 그녀가 물었다.

"샤힌, 내 사랑. 어디 갔다 온 거예요?"

그가 모습을 감춘 것이 어제의 일인 것처럼 그녀는 물었다. 불안스럽게 씰룩대는 그의 명태눈을 플로라는 사랑의 눈물로 받아들였다. 그녀는 일어나 제 몸과 아기와 격자무늬 말 담요를 그의 긴장된 품속으로 날렸다. 열심히 그의 이름을 웅얼거렸고, 코로 그의 살을 쪼았다. 그녀는 온통 헝클어졌고, 따스했고, 풀어헤친 제 머리를 그가 희롱하고, 매듭을 풀어주고, 이를 잡아주고, 머리를 어루만져주고, 귀에 달콤한 말을 속삭여주기를 원했다. 그러면 머리칼은 결혼식 날처럼 다시금 윤기가 흐르며 풍성해질 것이다. 그녀는 그가 물고기의 아가리 밑에 있는 바닥에 자기와 함께 누워 기분 좋게 사각사각 소리를 내며 옷을 만지작거리고, 손을 허벅지 위로 슬그머니 올리기를 바랐다.

그러나 조개껍질 집 밖으로 차도르를 쓴 여인이 나타났다. 곁에 팔이 긴 하인을 거느린 채로. 그녀의 입술은 허여무리했다. 그녀는 샤힌의 등에 손을 얹고 선웃음을 치며 나무랐다.

"이 미친 여자는 누구예요? 왜 자기가 당신 아내라고 부르짖는 거예요? 세상에! 샤힌, *토레 호다*(이 여자가 대체 누구예요)?"

플로라는 샤힌이 그 이상한 여자의 아름다운 머리를 아비의 커다란 도축용 칼로 푹푹 자르고, 한 움큼 뿌리째 뽑아버리고, 목을 길게 찢어버리고, 진주목걸이들이 알알이 다 떨어져 흩어지게 해주었으면 싶었다. 바다바람이 플로라의 귓전을 맴돌고, 가위는 공중에서 날을 빠르게 쟁그랑거렸다. 플로라는 마니쥰의 웅얼거림과 미리암 하놈의 고함을 들었다.

"플로라! 가위를 놔 둬! 넌 지금 작은 악마들을 만들고 있는 거야. 너도 알잖니, 악마들이 아이들을 어떻게 만드는지? 집은 작은 악마들로 가득할 거야! 플로라, 됐어. 당장 그만해!"

"됐어, 플로라! 당장 그만해!"

눈을 떠 보니 물고기와 샤힌, 둘 다 자기를 향해 입을 딱 벌리고 있었다. 자기의 손은 뱀 여인의 노란 머리채를 잡고 양쪽으로 찢고 있는 게 아닌가. 그 여자는 너무 아파 비명을 질렀다.

"됐어, 플로라. *벨레시콘*(내버려 둬), 이 여자 좀 제발 내버려 둬⋯⋯."

샤힌이 외쳤다.

플로라는 다리를 벌리고, 눈을 희번덕거리고, 손가락 사이에는 노란 머리칼을 한 움큼 쥔 채 멈춰 섰다. 수박 토사물의 씁쓸한 맛이 목구멍에 치밀고, 입속을 채웠다. 바람이 두 뺨에서 흐르는 눈물을 말리고 있는 것을 느꼈다. 샤힌은 새 아내의 머리를 부드러운 손길로 어루만지고, 다른 손으로는 비단옷을 펴주었다. 플로라는 샤힌의 당황스런 얼굴이 얼마나 추한지, 그가 얼마나 땅딸막한지, 그의 머리가 얼마나 듬성듬성한지, 대머리가 진행 중인 머리에 난 동전만 한 버짐 흉터들이 얼마나 희끗희끗한지를 알아보았다. 그녀는 뱀 여인이 뒤에서 지르는 비명 소리를 들었다.

"샤힌, 돌아와요, 내 말 들어요? 샤힌, 당장 돌아와요!"

플로라는 발이 꺾여 넘어졌다가 비틀거리며 일어나 멍든 무릎으로 도망쳤다. 말 담요가 땅바닥에 끌리며 먼지가 일었다.

"플로라, 기다려."

그녀는 샤힌이 뒤에서 말하는 소리를 들었다.

"기다려, 할 말이 있어……."

그러나 그녀는 제멋대로 뛰어가는 다리와 휘두르는 팔과 솟구치는 턱을 내버려 두었다.

"아기를 조심해야지, 플로라!"

그녀는 걸음을 늦추고 모래 위에 주저앉았다. 샤힌이 옆에 주저앉았다. 그는 머리에서 담요를 벗겨 몸에 둘러주고, 빨갛게 상기된 얼굴을 다독이며 손가락으로 어루만져주었다. 그녀가 좋아하는 방식으로 달래주며 그는 속삭였다.

"내 사랑, 그대는 내 사랑이야."

그는 윗도리를 벗어 그녀의 상처 난 무릎에 묶어주었다. 그의 땀이 천 틈으로 발그스름하게 피어난 상처를 톡 쏘았다. 플로라는 그의 엉덩이에 문신된 메뚜기가 몸을 떨며 예쁜 날개를 파르르 떠는 것을 알고 있었다. 샤힌은 솟구치는 파도와 바람을 손으로 막아가며 들뜨고 부드러운 목소리로 그녀의 귓속에 거짓말을 속삭였다.

샤힌은 바하이 여자, 릴리를 바볼-사르의 바자르에 있는 그녀의 가게에서 만났다. 그녀는 천 마개를 낀 병에 든 귀중한 뱀 기름을 팔고 있었다. 류머티즘과 약한 뼈와 관절 염증에 특효약이었다. 그녀가 직접 조제해서 만든다고 하기에, 샤힌은 그럼 어느 남자가 당신을 위해 독뱀의 머리통을 으깨주느냐고 물었다. 그러자 그녀는 눈길을 돌려 길거리를 막연히 바라보며 흐릿한 입술에 미소를 머금었다. 가늘가늘하고 연약한 몸은 샤힌의 의심과 호기심을 동시에 자아냈다. 그녀는 자기만이 아는 비밀, 즉 뱀 무리가 자기 집 벽 속에 산다고 털어놓았다. 샤힌은 곧바로 충직한 제자놈과 작별하고, 당나귀를 그 집 마당에 묶고 그녀와 결혼했다.

2층짜리 큰 집에 들어와 며칠 밤을 보내는 동안 샤힌은 자는 것이 두려웠다. 꿈속에서 기다란 은빛 뱀들이 지하실에서 스멀스멀 기어 올라와 갈래진 혀로 자기를 물어 죽였다. 바하이 여자의 팔과 손에 얽혀 있는 청록색 뱀들 또한 끔찍스러웠다. 그가 눈을 꽉 감으면 뱀들은 그녀의 기다란 손가락을 기어 내려가 손톱 사이로 샤힌을 엿보며 그의 목을 서리서리 감쌌다. 샤힌은 잠들지 못하고 누운 채로 밤새 뱀이 그 큰 집의 벽 속과 대리석 바닥 아래를 꿈틀꿈틀 돌아다니며 서로 비늘을 부비는 소리를 들었다. 비늘이 사각거리는 소리는 천천히 책장을 넘기는 소리 같아서 그는 정말 누가 책을 읽고 있는 건 아닌지 의심에 휩싸이기도 했다.

릴리는 천둥 번개가 치는 밤마다 그를 꼭 껴안았고, 샤힌은 그녀의 뱀 팔에 목이 감긴 채 잠드는 것에 차츰 적응했다. 그러나 그는 집 안에 있을 때에도 여전히 두껍고 굽이 높은 신을 만큼 긴장을 풀지 않았다. 발가락을 감싸는 얇은 슬리퍼는 서랍 속 깊이 넣어버렸다.

릴리의 말에 따르면 어미는 죽기 3년 전에 집 안에 뱀들이 사는 것을 알았다. 어느 날 밤, 그녀는 우유가 그득한 나무그릇을 지하실에 놓고는 그 사실을 까맣게 잊어버렸다. 아침에 보니 우유는 사라졌고, 대신 나무그릇에는 반짝이는 진주가 한 알 놓여 있었다. 다음 날 밤, 그녀는 그릇에 사과 주스를 가득 담아 그 자리에 놓아두었다. 아침에 보니 그릇에는 다이아몬드 한 알이 놓여 있었다.

세 번째 날 밤, 바하이 여자의 호기심이 두려움의 알을 깨고 나왔다. 그녀는 그릇에 올리브 오일을 가득 담고, 담요를 뒤집어 쓴 채 구석에 숨어 있었다. 이른 아침, 몽롱이 잠에 취해 있는데, 반짝이는 뱀 여섯 마리가 그릇으로 다가오더니 오일을 먹는 것이었다. 뱀들이 자리를 떠나기 전, 한 마리가 벽에서 금화를 가져와 그릇 속에 떨어뜨렸다. 그러고는 여섯 마리가 물결치며 구멍 속으로 돌아갔다.

릴리의 어미는 남편에게 그 비밀을 말하지 않았다. 그녀는 수컷들이란 멍청하고 충동적이어서 비밀을 알게 되면 숨겨진 보물을 찾아내려고 집을 몽땅 때려 부술 것이라고 생각했다. 그러면 뱀들은 죽는 날까지 그들을 괴롭혀 복수할 것이다. 어느 날, 남편은 그녀에게 왜 밤마다 우유, 맥주, 오일, 포도주 따위를 들고 지하실에 내려가느냐며 누굴 주려는 것이냐고 따졌다. 그녀는 막연하세 대답했다.

"고양이들, 고양이들."

"에라 이 멍청한 마누라야."

그는 씩 웃고 어쩔 수 없다는 듯한 표정을 지었다.

"그 좋은 우유를 고작 고양이한테나 먹이다니."

남편이 죽을 즈음, 마누라에겐 낡은 염소 털 담요 더미에 잘 감춰 놓은, 금은보화가 그득한 커다란 질그릇이 지하실에 세 개나 있었다.

무덤 속에서 남편과 재회하기 전에 그녀는 뱀에 대한

비밀을 외동딸인 릴리에게 털어놓았다. 그러곤 이 사실을 어느 누구에게도, 심지어 아무리 사랑한다 해도 서방에게도 절대 누설해서는 안 된다고 맹세를 받아냈다. 일생 동안 삶의 비밀과 부엌의 비밀에 대해 곰곰이 생각하는 여자들만이 지하실의 비밀도 지켜나갈 수 있으며, 뱀의 독에서 축복과 영약을 짜낼 수 있다는 것이다. 그 맹세를 한 지 1년 뒤, 릴리는 비밀을 샤힌에게 넘겼다. 그는 달콤하게 웃으며 그녀에게 입 맞추고, 아비와 아비가 꿈꾸었던 비단벌레, 즉 누에 공장에 대해 생각했다.

결혼한 지 얼마 안 된 어느 날 밤, 샤힌은 바하이 아내에게 배가 고프니 건포도를 넣어 맛있는 빵을 구워달라고 했다. 그녀가 한밤중 부엌에서 반죽을 하는 동안 눈처럼 하얀 얼굴과 아름다운 머리칼이 길고 가늘가늘한 그림자가 되어 화덕 불빛에 일렁였다. 샤힌은 가슴 저미는 노래들을 아들에게 불러주던 어미에게 아비가 했듯이 그녀를 불길 속에 던져버릴까 생각했다. 여인의 새하얀 살이 지글거리기 시작하자 그는 더욱 상상 속으로 빠져들며 눈을 이글거렸다. 손도끼를 가지고 지하실로 내려가서 여섯 마리를 몽땅 때려잡아야지. 뱀 기름은 귀하니까 벽에다 뿌려 놓고 머리를 으깨버리는 거야. 벽도 싸그리 때려 부수고, 토대까지 다 파버릴 거야. 그럼 반짝이는 그 보물들을 한 아름 안을 수 있을 테지. 릴리가 화덕에서 꺼내온 달콤한 빵을 게걸스럽게 찢어 먹으면서 샤힌은 빛나는 꿈속에 골똘히 빠져들었다. 릴리는 사랑스런 남편이 갓 구운 빵을 이토록 좋아하는 것을 왜 미처 몰랐을까 생각하며 미소를 머금었다. 그녀는 사랑의 노래를 불렀다.

상상 속에 빠져 있던 샤힌은 손도끼를 찾으러 일어났다가 빵 부스러기 외에는 모래를 부어 꺼트린 재밖에 없는 상황을 알아채고 깜짝 놀랐다. 릴리는 그의 얼굴의 식은땀을 밀가루 묻은 손으로 닦아주었다. 그의 곤두선 검은 눈썹이 회색으로 바뀌었다. 그는 그녀가 한쪽 어깨에서 다른 쪽으로 머리칼을 넘기는 것을 명태눈으로 보았다. 그녀는 샤힌의 입속에서 마지막 건포도를 혀로 쏘옥 가져가고는 자기도 고픈 게 있으니 침대로 가서 채워주지 않겠느냐고 속삭였다.

샤힌은 눈을 감고 그녀의 하얀 젖가슴 속에 머리를 파묻었다. 이 젖살들이 그녀의 집에 숨겨진 보물 더미라고 상상했다. 환상 속에서 그는 보물이 간절하게 자신을 부르는 새된 소리를 들었다.

"이리 와요, 샤힌 *아지잠*, 나한테 와요, 날 안아줘요, 안아……."

그는 금과 다이아몬드와 보석 더미 위에서 허우적거리며 그것들을 허겁지겁 그러모아 품속에 꼭 껴안았다. 그리고 장밋빛 진주들이 반짝이는 진주조개들의 입속으로 손가락들을 밀어 넣었다. 깨어나 보니 그는 릴리의 팔에 새겨진 뱀들에 목이 감겨 있었다. 가느다란 혀들은 그의 입을 향하고, 눈꺼풀 없이 그려진 눈들이 그를 응시하며 욕망으로 가득한 신음 소리를 내고 있었다.

"아아아······."

샤힌은 벌떡 일어났다. "손도끼!" 그는 두려움에 떨며 소리쳤다. 그리고 허벅지를 꽉 조이고 곧추선 자기의 축축한 남근을 잡고 있는 릴리에게서 몸을 빼냈다.

"내 손도끼 어디 갔어?"

그는 주먹을 들어 릴리의 머리를 때리려고 했지만, 그녀는 꿈틀꿈틀 그 주먹을 교묘히 피해 침대에서 양탄자로 내려갔다. 만족스런 미소가 그녀의 얼굴에 비쳤다. 창백한 새벽빛이 피스타치오 과수원이 내려다보이는 창문을 비쳤다.

"하지만, 샤힌, *아지잠*, 그럼 우리 아기는요? 당신, 우리 아기를 잊었어요? 내 배를 봐요, 샤힌. 내가 닭 따위나 삼킨 줄 알아요?"

"물론 기억해, 플로라. 내가 어떻게 아기를 잊을 수 있겠어? 내가 그 망할 바하이와 결혼한 건 당신하고 우리 아기를 위해서야, 날 믿어줘······. 난 늘 당신을 생각했어,

아지잠. 꿀 같고 시트론 같은 당신 피부와 계피 같은 당신 입을 생각했다고……. 릴리하고, 그 허연 유령하고 같이 있을 때도 항상. 하지만 난 당신이 언제나 웃고 있는 줄 알았어. 울고 있을 줄은 정말 몰랐어……."

"당신은 내가 지붕 위에서 당신한테 불러준 노래를 못 들었나요, 내가 달걀에 오줌을 눌 때 당신은 울지 않았나요, 샤힌? 내가 에스판드 연기를 내 영혼 속으로 맡고 하품을 거듭할 때 당신은 깨어나지 않았나요?"

"들었어, *아지잠*, 난 모든 것을 들었어."

샤힌은 플로라의 이마에 입을 맞추고, 둥근 발코니와 커다란 창문이 달린 2층집으로 도로 데려갔다. 웃통은 맨몸이었다. 미소를 지은 플로라는 언니처럼 절룩이며 그 뒤를 따랐다. 어른 같은 커다란 젖가슴은 출렁대고, 아이 같은 커다란 눈은 흐릿했고, 뺨은 피가 쏠린 듯이 푸르스름했다. 그는 그녀에게 말했다. 자기의 둘째 아내가 되기로 한 척하고 함께 지하실로 내려가 격자무늬 담요를 보물로 잔뜩 채우자고. 그리고 나서 옴리쟌으로 도망가 아기를 낳으면 플로라에게 자두 씨를 던졌던 못된 이교도 아이놈들에게 혀를 메롱 내밀어줄 수 있을 거라고. 플로라는 그의 손을 더욱 꽉 잡고, 그들을 마차에 태워 줄파로 데려다줄 그 착한 마부를 떠올렸다. 그녀는 친절에 대한 보답으로 말 담요에 진주와 다이아몬드와 금화를 가

득 채워 돌려주리라 생각했다. 피스타치오 나무들과 톱
니 이빨 물고기 밑으로 돌아왔을 때 플로라는 바하이의
새하얀 아기가 생각났다.

"그 아기는 어떻게 해요, 우리가 집으로 돌아가면 그
여잔 여기 남게 되는 거 아니에요?"

그녀는 물었다. 문득 그 사실이 안타까워졌다. 두려워
입술이 차마 떨어지지 않았다.

"그 애는 제 어미하고 있을 거야. 그런 생각은 하지
마……."

샤힌이 그녀를 달래었다.

"샤힌, 내 말 들어봐요."

그녀는 제법 크게 말했다.

"우리가 왜 그 많은 돈이 필요하지요? 금하고 다이아몬
드가 가득한 우유병들만 가져가도 되잖아요……."

"플로라!"

그가 눈을 둥그렇게 뜨고 그녀에게 소리쳤다.

"내가 말한 것만 기억해."

그는 목소리를 낮추며 눈을 가느스름하게 떴다.

"내가 말한 대로 해, 안 그러면……."

그는 그녀의 눈앞에서 손가락을 흔들어댔다. 바하이의
하인이 문에 나타났다.

샤힌은 플로라를 나무 밑으로 데려가 담요를 깔고 누

우라고 했다. 나직하게 얘기하며 그는 다시금, 땅속에 숨겨진 보물 이야기를 늘어놓았다. 샘물이 그의 이야기 속으로 졸졸거렸다. 플로라는 옴리쟌의 길거리에서 지난밤 찾아 헤맸던 잠을 마침내 찾아냈다. 꿈속에서 그녀는 마무의 아기와 함께 피클 병 속에 갇혀 있었다. 유리병 너머의 세상은 광대해졌고, 사람들은 거인처럼 보였다.

2층집은 원래 단층집이었다. 벽은 두껍고 거친 찰흙만 발려 있을 뿐 조개껍데기들도 박혀 있지 않았다. 물고기 역시 바다 속에서 평온하게 헤엄치고 있었다. 그곳은 한창 잘나가던 유대인 상인, 마나쉐 나히드얀의 집이었다. 그는 영어를 읽을 줄 아는 똑똑한 아들 라파엘에게 집을 물려주었다. 아들들을 방마다 채워줄 아내가 아직 없는 탓에 라파엘은 동생인 멍청이 마쉬아흐와 함께 살았다.

나히드얀 형제들은 빵이나 케이크, 콩, 고기 그리고 가금류를 먹을 수 없었다. 금지된 그 음식들을 맛보았다 하면 곧바로 온몸이 가렵고, 피부에 빨간 두드러기가 번졌다. 아침이 되면 두드러기는 가라앉았지만, 밤새 간지럽히는 고문에 정신없이 온몸을 긁어댄 후였다. 어미는 접시에 치즈, 생선, 과일을 수북이 담았고, 손에는 과자들을 들려주었다. 어린 시절 그들의 주머니에서는 항상 프랑스제 초콜릿이 녹고 있었고, 그들의 땀은 설탕 범벅이었다. 그러나마나 둘 다 여위고 허약했다. 그들은 아비의 당당하고 다부진 체격을 물려받지 못했다. 콧수염은 보푸라기나 다름없었고, 얼굴에는 기름진 여드름 하나 돋아나지 않았다. 그러나 설탕, 아몬드, 해바라기 기름을 영국인들과 거래하는 솜씨, 터키인들로부터 엄청난 할바를 사들이는 수완만큼은 아비에게서 배웠다.

그렇지만 이들의 엄청난 부는 우연의 일치였다. 똑똑한 형이 아니라 멍청한 아우 덕에 막대한 이윤을 남길 수 있었다.

"각설탕 5,000파운드, 굵은 설탕 5,000파운드, 아몬드 1,000파운드, 해바라기 기름 5,000병. 거미처럼 큰 글씨로 써야 한다."

라파엘은 선반에서 되풀이해서 말했다.

"또 다시 말해줘야 하니, 이 멍청한 당나귀 같은 놈아? 한 번 더 말해줘?"

그는 큰 목소리로 세 번 되풀이했다. 커다란 날개처럼 머리 양쪽에 툭 튀어나온 마쉬아흐의 귀에 쑤셔박듯이 단어를 또박또박 말해주었다. 마쉬아흐는 바볼의 우체국에 가서 나름 자랑스러워하는 멋진 글씨로 직접 쓴 주문서를 베꼈다. 어찌나 공을 들였는지 쓰는 내내 혀를 날름거리고, 눈썹은 맞붙어 기다랗고 땀이 맺힌 생울타리가 되었다. 그는 먹으로 글자들을 그리며, 휘어진 꼬리들을 잇고, 구두점을 장식했다. 너무 열심히 그리느라 형이 주문했던 굵은 설탕 양에 자기도 모르는 사이 멋진 동그라미를 하나 더 그렸다.

우체국 직원은 그 큰 외국 글자를 보고 고개를 끄덕이며 빙그레 웃고는 전보를 편지 저울 위에 놓았다. 그는 두 배나 되는 가격을 부르고, 이스파한까지 20일이나 걸리는 쌍봉낙타가 아니라 열흘이면 주파할 수 있는 단봉낙타로 이 편지를 부치겠다고 마쉬아흐에게 말했다. 그 말이 커다란 귀와 좁쌀만 한 이해력을 지닌 마쉬마흐에게는 그럴듯하게 들렸다.

겨울이 가고, 봄도 지났다. 형인 라파엘의 귀에 발주한 설탕, 아몬드, 기름을 등에 싣고 성문에서 다가오는 낙타의 딸랑거리는 방울 소리가 들렸다. 점점 커지는 딸랑딸랑 소리는 여느 때보다 경쾌했다. 라파엘은 칭밖으로 머리를 내밀었다. 황금빛 낙타 카라반은 끝이 보이지 않았다. 그는 허리띠를 풀어 멍청한 동생 마쉬아흐가 거의 죽을 지경이 될 때까지 후려갈겼다. 둘은 모든 방을 비우고, 가구와 양탄자를 피스타치오 나무 아래쪽 물가에 쌓았다. 설탕 상자들이 도처에서 탑처럼 솟아났다. 돌로 포장된 길을 남김없이 먹어치우고 창문마저 가렸다. 할바, 기름 병, 아몬드 자루들이 지하실에 쟁여졌다. 여름 내내 형제는 문 옆에 빠끔히 나온 양탄자 위에 깐 좁디좁은 매트리스 위에서 조문객들처럼 자야 했다. 라파엘은 밤마다 동생을 패고, 갈기고, 꼬집어 댔다. 둘은 울며불며 죽어지냈다. 달디 단 차를 마셔댄 형제는 제 아비처럼 점점 뚱뚱해졌고, 커다란 북을 두들겨서 커다란 검은 개미 떼를 물리쳤다.

이해에 대기근이 들었다. 우물과 양어장은 마르고, 밭과 농장은 시들고, 지하실과 헛간은 텅텅 비었다. 그러나 나히드얀 형제의 어두웠던 방마다 촛불이 휘황하게 켜졌다. 그들은 바볼-사르 주민들뿐 아니라 설탕 광산 소문을 듣고 찾아온 사람들에게 사방이 포위되었다. 상자들은 흰 알갱이들을 비워내고 은으로 채워졌다. 사람들의 돈이 다 떨어지자 상자들은 다시 금패물과 다이아몬드 반지와 진주 목걸이, 아편 항아리, 해시시 단지, 화려한 구리 그릇, 비단 필로 가득 채워졌다.

마쉬아흐와 라파엘은 집을 한 층 더 올려 작은 발코니가 앞에 딸린 아치형 창문을 달았다. 두 층의 바닥에는 휘황찬란한 대리석을 깔고, 외벽에는 조개껍질을 붙이고, 현관 위에는 아가리를 벌린 물고기를 달았다. 샤 무함마드가 왕위에 오르고, 왕국 도처에서 폭동이 일어나자 형제는 지하실로 내려가 포석 밑에 파 놓았던 구덩이 안에 보물들을 묻었다. 똑똑이와 멍청이 형제는 야즈드 시로 가는 길에 살해당하고 말았다. 하지만 강도들이 짐꾸러미에서 발견한 것은 피스타치오 껍데기와 아몬드와 부서진 각설탕뿐이었다. 바하이에서 온 아들 없는 어느 가족이 그 버려진 집의 두 층에 살게 되었고, 뱀 무리는 지하실에 터를 잡았다.

"하지만 난 지금 피곤하지 않아요. 밖에서 잤어요."

플로라가 말했다. 함께 집 안으로 들어온 나방들이 머리 위에서 춤을 추었다.

릴리는 팔이 긴 하인을 불러 바닥에 매트리스를 깔라고 명령을 내렸다가 플로라의 말을 듣고 플로라에게 하인을 따라 잠자리로 가라고 지시했다. 플로라는 상처 난 무릎을 동여매주던 샤힌과 했던 약속을 잊고 발에 힘을 주며 버텼다.

"플로라, 가서 자."

샤힌이 냉정한 표정을 지으며 경고했지만, 플로라는 둥근 배 저 밑에 있는 낡은 펠트 신발 끝에 삐죽 튀어나온 발가락만 응시했다.

"내 말 듣고 있는 거야, 플로라?"

그는 가까이 와서 약속을 상기시키려는 생각으로 플로라의 턱을 잡아 얼굴을 들어올렸다. 플로라는 무거운 머리를 설레설레 흔들었다. 헝클어진 머리칼이 가슴과 함께 이리저리 출렁였다.

"당신이랑 잘래요."

"플로라, 이봐."

샤힌은 발끈하며 플로라의 어깨를 눌렀다. 그녀가 움찔할 정도로 힘이 들어가 있었다.

"지금 가서 자라고."

"당신이랑요."

플로라는 응석받이 아이처럼 무릎을 이잉이잉 흔들며 아픈 어깨를 들썩거렸다.

샤힌과 그의 아내 둘은 작은 기름등잔을 들고 계단을 올라 릴리의 방으로 갔다. 작고 어두운 벽감이 많은 방이었다. 흐릿한 그곳에서 플로라는 바닥에 양탄자가 아닌 밋밋한 소가죽과 무두질한 짐승 가죽이 깔려 있는 것을 알아챘다. 그 냄새는 벽에 스민 바다의 짠 내를 덮었다. 맨발에 느껴지는 감촉이 좋았다. 그녀는 방 안을 돌아다녀보고 싶었지만, 릴리가 불을 끄는 바람에 눈앞이 갑자기 어둠에 휩싸이고 말았다.

"샤힌?"

플로라는 어둠 속에서 불렀다. 귀에는 나방들이 팔락거리는 소리가 들렸다.

"샤힌? 어디 있어요? 안 보여요."

"여기 있어."

그가 쉰 목소리로 대답했다. 플로라는 눈이 먼 여인처럼 양손을 쭉 내밀고 목소리가 나는 쪽으로 더듬더듬 걸어갔다. 그의 몸에 손이 닿자 팔로 목을 껴안았다. 그녀는 그의 가슴에 머리를 대고, 대머리가 되어가는 머리카락을 어루만졌다. 그런데 웬일인지 머리카락은 부드럽고 숱도 많은 것 같았다. 놀란 그녀는 손을 그의 가슴팍으로 가져갔다. 호기심에 가득 찬 채 어루만지다가 플로라는 갑자기를 자기 손을 밀어내는 것이 릴리의 딱딱하고 작은 배인 것을 알아차렸다.

"하하하, 바보 같으니라고……"

릴리가 키득거렸다. 플로라는 뒷걸음질 치며 비틀거리다가 냄새 나는 낙타 가죽에 엎어졌다.

"일어나, 플로라."

샤힌이 팔을 내밀고 그녀를 일으켜 아내의 침대에 올려주었다.

"이제 자야지."

플로라는 그의 손을 만졌다. 마디마디에 난 사내의 털을 발견하고, 제 통통한 손가락으로 꼭 죄었다.

"나야."

샤힌이 말했다.

"진정해, 플로라. 진정하라고."

플로라는 샤힌을 뒤따라 조심스럽게 두 발 내딛었다. 어느 벽감 앞에서 그는 조심스럽게 그녀의 등을 받쳐 눕혀주었다. 플로라는 그의 숨결을 느꼈다. 매트리스가 짧아 그녀는 발을 끌어 올렸다. 샤힌은 그녀에게 이불을 덮어주고, 등을 보이고 누웠다. 플로라는 보이지 않아도 그의 등뼈가 튀어나온 것을 알고 있었다. 그녀는 마음의 눈으로 소중한 그의 얼굴과 늘 씰룩이는 약한 쪽 눈을 보았다.

플로라는 샤힌이 자기 옷자락을 만져주기를 바랐지만, 침대에서는 릴리의 비단옷이 사각거리는 소리만 들릴 뿐이었다. 플로라는 바하이 여인이 이불을 그러잡고, 지쳤다는 듯이 곱게 한숨을 쉬고 샤힌에게 포옥 안기는 소리를 들었다. 녹색 뱀이 그의 목덜미에 닿고, 푸른색 뱀이 그의 얼굴에 닿았다. 플로라는 남편의 등에 꼭 붙어 한 손으로 그의 머리칼을, 다른 손으로는 엉덩이를 만지작거리며 달콤하게 하품했다. 방 안에 침묵이 흐르고 바람이 살랑거렸다. 점점 모여드는 꿈들 틈에서 플로라는 릴리의 기다란 손톱이 샤힌의 몸 위에서 움직이고 자기의 몸 위에서도 나풀거리는 것을 느꼈다. 곤두선 샤힌의 털이 플로라의 손바닥을 따끔하게 찔렀다. 샤힌은 목에서 흘러나오는 신음 소리를 억제하면서 날름거리는 불꽃 사이에 놓인 무용수처럼 두 아내 사이를 움직였다. 플로라는 피부에서 수천 개의 구멍이 열리는 느낌이었다. 그녀는 깊은 구덩이처럼 입을 벌렸다. 샤힌과 릴리의 거친 심장소리가 들렸다. 자신의 심장은 홀로 무겁게 뛰고 있었다. 옷이 벗겨지며 살랑대는 소리와 단추를 푸는 소리가 들렸다. 어둠 속에서 릴리의 하얀 몸이 잠시 빛나더니 남편 밑으로 사라졌다.

"쉬잇……."

샤힌은 아내의 귀에 속삭이며 그녀의 열망을 나무랐다. 그는 불안한 눈길로 플로라를 힐끔거렸다. 릴리는 천장 쪽으로 눈을 굴렸다. 플로라는 눈을 감았다. 식은땀이 몸의 모든 구덩이에서 폭발하며 간밤의 수박 토사물 냄새가 되살아났다. 그녀가 그 냄새를 털어낼 때 샤힌은 릴리의 몸을 찌르고 그 속으로 파고들었다. 둘은 꿈틀거렸다. 용 문신이 그들의 머리 위에서 몸부림쳤다.

"이건 말도 안 돼요. 이러면 안 되잖아요. 샤힌. 난 집에 갈래요."

플로라는 매트리스에서 나와 바닥에 깔린 짐승 가죽 위에서 몸을 추슬렀다. 벽감과 뱀과 그늘로 가득한 그 방에서 나갈 생각이었다. 그녀는 신발을 주워 겨드랑이에 끼고, 한 손은 입구를 찾아 벽을 더듬고, 다른 한 손은 그들의 율동적인 신음 소리를 듣지 않기 위해 귀를 막았다. 느릿느릿 걷기 시작했다. 그녀는 벽에 붙은 고리 틈으로 삐죽 나온 쇠막대를 발견하고 그것을 밀어냈다. 재빨리 문을 열고 발을 계단에 차례차례 내밀었다. 순간 바다 바람이 그녀를 감싸 안았다.

플로라의 더듬거리는 손은 복도로 나가는 문이 아니라 발코니 창을 열었던 것이다. 창턱에서 발을 헛디딘 그녀는 바람에 밀려 낮은 난간 위로 넘어가고 말았다. 신발이 그녀와 함께 날았다. 샤힌의 당나귀가 나무 사이로 제 옆에 떨어지는 모습을 보고 미소를 지었다. 바람에 떨어진 피스타치오 열매들이 그녀의 머리카락 위로 떨어지고 나방들은 머리 위를 맴돌았다.

19

모스크에서 나온 나지아를 길가의 야자수들이 감싸며 잎으로 머리를 어루만졌다. 겨울 한낮의 태양이 가느다란 손가락을 내밀어 머리카락을 희롱했다. 아직도 그 이상한 차도르를 두른 양 어깨 사이에서 머리가 화끈거렸다. 처음에 그녀는 손으로 피를 멈춰 보려고 했지만, 피는 손가락 틈을 지나 목까지 흘러내리더니 차도르를 적셨다. 그녀는 손을 툭 떨어뜨리고, 갈라진 귓바퀴에서 피가 흘러내리게 내버려 두었다. 얼굴은 고통으로 일그러졌고, 심장은 쿵쾅거렸다. 모스크 마당의 남자들은 그녀의 뒷모습을, 시장 사람들은 그녀의 얼굴을 응시했다.

노새를 탄 농부들, 바자르의 가판대 사이로 손수레를

끄는 행상인들, 집 안의 아낙네들, 거리의 고양이들, 개들, 아이들은 다들 하던 일을 멈추고 그녀를 쳐다보았다. 거지들의 주린 입도 헉 하고 벌어졌다. 매사냥꾼들은 노래를 멈췄다. 사람들은 몸을 돌려 유대인 고아인 나지치라토리얀의 화장한 얼굴과 진흙투성이 드레스, 천천히 붉게 물들고 있는 낙타털 차도르를 바라보았다.

"저번엔 꾀죄죄한 비둘기 같더니 어느새 공작새가 다 됐네."

나지아는 지나가면서 누군가가 외치는 소리를 들었다. 그녀는 한 발 한 발 내딛으며 쥬바레로 향했다. 거름 웅덩이들이 곳곳에 놓여 있었다. 그녀는 항상 그러했듯이 더러운 그 길에서 자기에게 윙크해줄 동전들을 찾았다.

모스크를 떠날 때 그녀는 머리를 주아리며 먹이를 쪼는 비둘기처럼 고개를 위아래로 끄덕였다. 하지만 금 귀고리들은 더 이상 그녀의 귀에서 찰랑이지 않았고, 물고기들은 꼬리에 달린 작은 동전을 흔들지 않았다. 그들은 물라가 펼친 손바닥의 작은 물웅덩이에서 헤엄을 쳤다. 해묵은 주름살들 속으로 첨벙첨벙 뛰어들고 있었다. 귀를 찢기 전부터 그녀는 가슴속에서 솟구치는 고통의 파도를 느꼈다. 절망은 그녀의 눈앞에서 찰카닥찰카닥 실을 자으며 물라 자아파르의 얼굴을 숨겼다. 그러나 제 살에서 금귀고리를 찢어냈을 때 실이 끊기며 모든 것이 분명해졌다. 고통이 높이 솟구치면서 피는 깜짝 놀랄 정도로 뿜어 나왔다. 순간 나지아는 더 많은 것을 갖고 싶었다. 사슴이 수놓인 양탄자 위로 피가 떨어지는 것을 보고 휘둥그레진 물라의 눈을 쳐다보며 나지아는 자기 부탁을 들어달라고 이야기했다.

모스크를 빠져나온 나지아는 어디로 가야 할지 몰랐다. 바자르의 인파 속을 헤치고 무사에게 먼저 알릴까? 그의 가게는 근처에 있었다. 입구는 여느 때와 마찬가지로 단것과 소금, 후추 등을 파는 장돌뱅이들과 게으름뱅이들로 번잡스러웠다. 무사의 앞치마는 그녀의 드레스처럼 피로 물들어 있었다. 손에 든 푸주한의 칼은 여드름 투성이 얼굴에 날선 빛을 던지고 있었다. 그이는 샤흐나즈 타미지는 안중에도 없이 나만, 오로지 나만 생각하고 있는 거야. 그리고 약속했던 대로 내가 오기만 기다리고 있는 거야. 내게 닭을 잘 싸서 끈으로 고이 묶어, 저녁 때 먹고 싶은 것을 말하며 건네 주겠지……. 아니, 집으로 먼저 달려가 게으름뱅이 숙모를 흔들어 깨우고, 하품하는 그녀를 보며 이렇게 말할까?

"*아메 보조르그*(존경하는 숙모님), *아메 보조르그*, 저는 무사 오빠하고 결혼할 수 있어요. 오늘 물라께서 무사 오빠하고 결혼할 수 있다고 하셨어요."

나지아는 치맛자락을 감싸 쥐고 집으로 뛰어갔다. 숙

모가 친엄마라도 되는 양 기쁜 소식을 알려주고 싶었다. 그녀는 시장을 벗어나 달의 문을 통과했지만, 쥬바레로 향하는 지름길인 공회당 앞을 지나지 않고 마을 벽을 빙 둘러 갔다. 동네 사람들의 야비한 눈길과 궁금증을 드러내며 쏟아낼 질문들을 피하고 싶었다. 그러나 죽은 핀하스의 사위이자 유대인 방앗간 주인인 술레이만의 방앗간을 지날 때 일꾼들의 눈길은 피할 수 없었다. 그들은 곡물자루를 나르다 말고 두 눈으로 그녀를 뒤쫓았다.

아몬드나무 거리에 다다랐을 때 나지아는 검은 차도르를 머리에 쓰고 문 앞에 서서 이리저리 불안스러운 눈길을 던지는 미리암 하눔을 발견했다. 호마는 어미 발치 아래쪽 계단에 난 웅덩이에 퍼질러 앉아 등에 난 혹을 문기둥에 기대고, 굽은 다리는 집 쪽으로, 곧은 다리는 길 쪽으로 벌리고 있었다. 호마는 말을 할 때면 늘 그렇듯 팔을 사납게 내둘렀다. 유대인의 문만큼 먼 거리에서도 그 고함 소리를 들었지만, 무슨 말인지는 알아들을 수 없었다. 나지아는 숙모에게 뛰어가 무릎에 안겨 울고 싶었지만, 가까이 가 보니 미리암 하눔의 얼굴이 딱딱하게 굳어 있었다. 그녀는 이를 악물고 저주를 퍼붓고 있었다.

"플로라는 어딨니? 플로라 봤어?"

숙모는 그녀를 보자마자 소리를 질렀다. 호마도 쳐다보며 주춤주춤 몸을 일으켰다. 나지아는 사촌의 빈 침대

위에 놓인 시원한 이불을 떠올렸다.

"*바바일라*(세상에)! 대체 이 꼴은 또 뭐야? 간밤에 귀부인이라도 된 거야?"

호마가 플로라의 웨딩드레스 자락을 잡고 펄럭이는 바람에 나지아는 비틀거리다 넘어지고 말았다. 호마의 손가락이 공중을 찔렀다.

"아니, 너한테 이 드레스를 입혀서 시장에 보내놓고, 멍텅구리 같은 내 동생은 대체 어딜 간 거야?"

"세상에, 나지아. 이 피는 다 어디서 묻히고 온 거니?"

미리암 하놈이 비명을 지르더니 입술을 깨물었다.

"대체 어디 갔다 온 거야? 응? 무슨 일이 생긴 거야?"

"한밤중에 플로라는 또 어딜 간 거야? 넌 걔가 어디 간 지 알고 있지?"

호마가 나지아의 팔을 찢어져라 잡아당겼다. 나지아는 고개를 저으며 일어섰다.

"얘 좀 봐. 거짓말하기만 해봐, 나지아. 미치광이 할머니가 그러는데, 플로라가 자다 말고 나가더래. 그 멍청이는 어딜 간 거야? 수박이 또 먹고 싶었던 건가?"

"걘 노스라트네 없어. 술타나 말로도 자기 집에 안 왔다 하고. 눈깔을 확 뽑아버릴 망할 놈의 파타네는 집구석에 없어. 거지 하임은 플로라를 못 봤대. 하지만 그 인간들은 제 낯바닥처럼 더러운 이야기를 늘 꾸며내는 잡것

들이니 말할 필요도 없고. 호마와 내가 이 거리를 이 잡
듯이 뒤졌지만 플로라는 없었어. 나지아, 제대로 말해 봐
라. 플로라는 어디 간 거니?”

“제가 안다면 이 자리에서 꼬꾸라질 거예요. 아침에 전
침대에서 플로라 언니를 보지도 못했어요……”

열이 뻗친 나지아가 차도르를 머리에서 벗었다. 피가
흐르는 찢어진 귓바퀴가 드러났다. 미리암 하눔은 가슴
을 짓찧으며 나지아의 손등을 찰싹 때렸다.

“기가 막혀서, 나지아. 대체 무슨 짓을 한 거니? 네 엄
마 무덤에 대고 바른 대로 말해, 내가 준 귀고리들을 어
디다 팽개쳐버린 거야!”

“이제 그 귀고리가 없어요, *아메 보조르그.*”

나지아는 이렛입술을 깨물었다.

“용서해주세요. 저 위에 계신 하느님은 제가 그럴 수밖
에 없었다는 걸 알고 계세요. 전 그걸 바자르의 모스크에
있는 물라께 드릴 수밖에 없었어요.”

“와이, 와이, 와이!”

미리암 하눔이 아름다운 제 얼굴을 할퀴며 말허리를
동강 잘랐다.

“그럼 그놈한테, 벼락 맞을 그놈한테 줬다는 거야? 아
이고, 이 못돼 처먹은 것아. 우리 명예를 개새끼들한테
던져줬다고? 널 이렇게 피투성이로 만든 것도 그놈이라

고? 그 이교도 놈의 눈깔을 뽑아서 아침 해에 태워버릴까 보다."

"네."

"오, 나지아. 만약 거짓말이면 이 자리에서 뒈질 줄 알아……."

의심을 품은 미리암 하놈의 눈매가 가늘어졌고, 호마의 눈은 분노로 이글거렸다.

"정말이에요. 만약 거짓말이면 제 목숨을 바칠게요."

나지아가 흥분해서 새된 소리를 질렀다.

"그분이 말씀하셨어요. 귀고리를 바쳤으니 오늘 밤에 제가 무사 오빠하고 결혼해도 된다고요. 그리고 오빠하고 제가 낮에 *하맘*으로 찾아오면 서류를 주시겠대요. 그럼 그걸 물라 네타넬께 갖다드리고 무사 오빠를 신랑으로, 저를 신부로 만들어달라고 하면 돼요. 그리고 그분이 그러시는데, 모든 걸 간소하고 조용히 치르래요. 그래야 아무도 관리한테 끌려가지 않는대요. 안 그러면 끌려간다고 하셨어요. *아메 보조르그*, 정말이에요."

나지아의 눈은 돌멩이처럼 커다란 눈물방울로 그렁그렁해졌다.

"*아지잠*!"

미리암 하놈이 외쳤다.

"정말 축하한다, *아지잠*!"

그녀는 나지아의 머리를 향기로운 제 가슴에 바짝 대고, 흐르면서 말라버리는 피에 대고, 나지아의 화장한 얼굴에 대고, 그 이상한 차도르에 대고 마구 입을 맞추었다. 호마조차도 나지아의 팔을 더 이상 꼬집지 않고 사랑스럽게 껴안아주었다.

"나지아, *아지잠*, 태양을 두고 맹세해라, 이 하늘을 두고 맹세해. 그분이 오늘 하라고 하셨니? 오늘?"

나지아는 고개를 끄덕였다. 그녀의 머리통은 커다란 젖가슴 네 개 사이에 갇혀 있었다. 미리암 하놈과 호마는 목에서 치밀어 오르는 기쁨의 환성을 꾹 눌렀다. 나지아는 숨이 막히긴 했어도 포근하고 따스한 둥지에서 머리를 빼고 싶지는 않았다. 호마와 미리암 하놈 대신 진짜 엄마가 자기를 꽉 껴안아 주었으면, 제멋대로 깔깔 웃는 플로라의 웃음소리와 쿵쿵거리는 그 소리도 자기를 짓누르는 젖가슴 네 개와 함께 있었으면 좋겠다고 생각했다. 머릿수건이 떨어지며 눈물도 흘러내리기 시작했다. 눈물은 따스해진 여자들의 차도르 위에 땀 꽃처럼 피어났다.

"울지 마, 나지아. 네 결혼식 날, 우는 거 아니다."

호마가 야단치며 얼굴을 닦아주자 화장 자국이 번졌다.

"오늘은 축하하는 날이지 통곡하는 날이 아니야. 아무도 안 죽었잖니. 하느님은 그런 걸 금하셔. 알았지?"

"이리 와라."

미리암 하놈은 나지아의 자그마한 얼굴을 감싸 눈물을 그치게 하고, 조막만 한 코를 닦아주었다.

"벌써 한낮이 되려 하지 않니, 어서 준비를 해야겠다. 냄비마다 물을 부어서 햇볕에 내놓자. 우리 어린 신부를 목욕시킬 물을 데워야지."

나지아와 호마는 물탱크에서 물을 길어왔다. 물탱크 위의 얼음은 아침나절 동안 녹아 있었다. 물은 맑았다. 나지아는 문득 시장에 있는 무사가 떠올랐다. 제 결혼식 날이 온지도 모른 채 머리 위에서 파리가 윙윙거리는 가게 안에서 닭들을 토막치고 있을 무사가. 호마가 무사와 아비에게 가게 문을 닫고 집으로 오라는 소식을 전하러 갔다.

"그 애한테 말해."

미리암 하놈이 딸의 뒤통수에 대고 소리쳤다. "꼬맹이 짐꾼 파르비즈의 노새에다 시장에서 사 올 것들은 다 실어오라고. 라바시와 바르바리 빵은 많이 사와야 한다. 마른 레몬도 필요해, 그렇지, 나지아?"

"네, 생선이랑 달걀도요."

"그래, 축복을 위한 생선과 달걀들. 그리고 쟌잔 푸루쉬한테 고수풀과 개사철쑥 좀 따로 쟁여 놓으라고 해. 큰 잔치를 열어야 한다고. 그리고 우선 그 싼 입부터 잠가 놓으라고, 그 여편네한테 말해. 그 멍청이한테 말이야. 아니, 차라리 한 마디도 안 하는 게 낫겠다. 그년들이 제멋대로 내 딸을 창녀로 만들어놨잖아. 그나저나 플로라는 어디 있는 거지? 망할 년, 대체 어딜 간 거야? 수박이 삼켜버렸나 원. 이 집에 그토록 골칫거리만 물어들이니……. 쟌쟌한테 아무 말도 하지 마, 알겠지?”

미리암 하놈은 찬물이 담긴 큰 소스 팬 속에 어린 창백하게 빛나는 투명한 해를 움켜쥐었다. 그녀는 그것을 뚫어져라 내려다보다가 하늘로 올려주며 저게 뜨겁긴 한 걸까 의심했다. 그녀는 돌 두 개를 놓고, 그 위에 작은 쇠살대를 얹고, 냄비 밑에 불을 지폈다. 물이 천천히 끓기 시작하더니 수증기가 피어오르기 시작했다.

나지이는 미리암 하놈이 자기를 들인 뒤 이처럼 기뻐하며 활기가 넘치는 모습을 본 적이 없었다. 플로라가 집에 오면 나지아의 말을 믿으려 하지 않을 것이다. 귀신의 기운이 들린 것처럼 미리암 하놈은 활력이 넘쳤다. 그녀는 분주하게 집 안을 돌아다니며 땋은 왕관을 어깨에 늘이고, 입술과 눈으로 흐뭇하게 웃었다. 생기 있는 고운 손은 바쁜 가위처럼 공중에서 분주히 재깍거렸다. 그녀는 온 집 안의 창문을 다 열고, 묵은 침대보들을 쌓아놓고 가장자리를 묶어 보따리로 만들었다. 작은 부엌 식탁과 의자들뿐 아니라 이 구석 저 구석에 있는 깃털 자루들을 딸들 방으로 날랐다. 마니쥰 역시 바구니에 담긴 채 그 방으로 질질 옮겨졌다. 그 늙어빠진 눈이 튀어나올 판이었다.

"*바바일라*(에그머니나)! 무슨 일이야? 누가 죽었느냐?"

할망구가 비명을 질러댔다.

"오늘 결혼식이 있어요."

미리암 하놈이 지저귀었다.

"오늘 신랑, 신부를 맞는다고요!"

그녀는 시어머니가 치뜬 눈썹 사이의 주름진 이마에 입을 맞췄다.

"결혼식…… 무슨 결혼식? 날 결혼시키려고? 신랑감은 누구야? 여기서 날 내보내줘. 아름다운 드레스를 입어야지. 머리에 꽃도 달고, 오, 하느님. 어떤 신랑감을 데리고 온 거냐?"

"키가 큰 남자예요. 개처럼, 늑대처럼, 말처럼 튼튼한 남자요, 마니쥰……."

미리암 하놈은 웃으며 딸들 방을 나왔다. 거실 양탄자 위에 그녀는 커다란 소프레(흰 식탁보)를 깔았다. 양탄자에는 플로라의 결혼식 때 묻은 기름 얼룩과 포도주 얼룩이 흐릿하게 점점이 남아 있었다. 소프레 주위에 그녀는 수놓인 거위 털 쿠션들을 늘어놓았다. 그리고 헛간에 가서 밀가루 한 자루, 쌀 한 자루, 설탕과 소금, 콩, 렌즈콩,

포도주 한 항아리, 꿀 몇 병을 꺼내왔다.

"플로라, 요년……. 집에 오기만 해봐라. 다리몽둥이를 부러뜨려 버릴 테니. 내가 안 그러나 두고 보라지. 오밤중에 집을 나가다니……."

돔베 녹는 냄새가 온 집 안에 퍼졌다.

"이리 와봐라, 나지아, 이리 와, *아지잠.*"

미리암 하놈이 헛간에서 소리쳤다. 나지아는 그녀가 말하는 소리를 들었다.

"이게 다 네 거란다. 네 엄마가 이것들을 다 너한테 물려준 거야. 무사하고 결혼하는 날 주라고."

나지아는 문간에 서 있었다. 미리암 하놈은 구석에 있는 커다란 나무 상자의 뚜껑을 삐거덕거리며 들어 올렸다. 틈이며 자불쇠는 먼지 더께가 층층이었다. 나지아는 지금까지 그것이 플로라의 혼수품 상자들인 줄 알았다. 그녀는 그 안에 가득 찬 엄마의 물건들을 보았다. 케이스가 딸린 거울, 자수가 놓인 외투와 짧은 외투, 드레스 세 벌과 잠옷 한 벌, 엄마의 머리카락이 틈새에 낀 머리빗 하나, 보카라 양탄자 세 벌, 구리 그릇이 딸린 젖병식 컵 하나, 은촛대들, 백랍 그릇들, 헛간에 짙은 향을 풍기는 붉은 액체가 담긴 향수 스프레이였다. 그러더니 미리암 하놈은 붉은 벨벳 가방을 열고 거뭇거뭇해진 은줄에 달린 터키옥 보석 세트와 석류들을 돋을새김한 금반지를 꺼냈다.

"네 엄마가 죽기 전에 나한테 달걀을 열 알 빌려 간 적이 있는데 갚질 못했어. 그걸 안 빌려 갔으면 통통한 닭이 열 마리나 생겼을 거야. 그리고 지금쯤이면 그놈들이 달걀과 병아리들을 많이 낳고 큰돈을 벌어줬겠지. 그러니 나지아, *아지잠*, 내가 이 목걸이를 갖겠다. 네 엄마의 빚은 이걸로 정리하도록 하자……. 자, 이리 와봐라, 뭘 그리 보고만 있어? 이걸 다 가져. 그리고 서두르자. 벌써 반나절이나 지나갔다."

미리암 하눔은 마당에서 펄펄 끓는 냄비를 집 안으로 날라 어수선한 창고처럼 되어버린 딸들 방으로 가져왔다. 마니준은 잔뜩 들뜬 채 구석에 책상다리로 앉아 있었다. 거무튀튀한 손가락으로 땋은 머리를 풀어헤치고 있었다. 들뜬 신부처럼 키득거리며 그녀는 손바닥에 침을 묻혀 머리에 발랐다.

"*하맘*을 지어야지, 랄랄라……."

그녀는 소원을 노래했다.

"*하맘*을 지어야지, 랄랄라, 기둥은 40개, 창문도 40개, 랄랄라……."

미리암 하눔도 나지아의 차도르를 벗기면서 노래했다. 그녀가 플로라의 웨딩드레스 나비 매듭을 풀자 나지아의 어린애 같은 젖꼭지 밑으로 드레스가 스르르 떨어졌다.

미리암 하눔은 드레스 자락을 쥐고 공중을 향해 휙 던졌다. 낡은 면 속옷만 입은 나지아는 제 몸을 감싸 안았다. 한기에 온몸의 여린 털들이 곤두섰다. 미리암 하눔의 차가운 손가락들이 속옷을 벗겼다. 나지아는 쓰러지지 않으려고 숙모의 어깨에 기댔다. 그녀는 미리암 하눔의 살에 제 뼈가 박히고, 수천 개나 되는 작은 바늘 같은 소름이 그 살을 찌르는 것을 느꼈다.

"아이고 작기도 해라, *아지잠*, 작기도 해."

미리암 하눔은 손을 움켜쥐고, 마치 처음 본다는 듯 나지아를 샅샅이 훑었다.

"땅콩과 아몬드를 먹여 살을 찌워야겠다……. 자 이리 와라, 들어가. 벌썬 반나절이니 지났다……."

나지아는 무직한 쇠 목욕통 속으로 들어가 바구니 속의 마니준처럼 웅크렸다. 미리암 하눔은 그 통에 뜨거운 물을 들이부었다.

"앗 뜨거! *아메 보조르그*, 뜨거워요!"

"기둥은 40개, 창문도 40개, 라라라……."

뜨거운 물이 닿은 나지아의 목이 장밋빛으로 변했다.

"*하맘*을 장미수로 채워 내 신부를 목욕시키려네. 랄랄라라라라라, 내 신부의 머리는 물처럼 찰랑이고, 얼굴은 달처럼 빛나네……."

미리암 하눔의 머리는 어깨 위로 넘실거리고, 노래를

하는 얼굴은 점점 둥글둥글 반짝거렸다. 그녀가 까끌까끌한 향신초 스폰지로 박박 닦는 바람에 나지아의 피부가 새빨개졌다. 그녀가 손톱으로 나지아의 머리를 박박 긁자 비누거품이 보글보글 일어났다. 나지아의 귓속에서 거품이 터지고, 타는 듯한 귓바퀴에서 물방울이 눈물처럼 흘러내렸다. 나지아는 이를 악물었다.

미리암 하놈은 두터운 이불을 씌우듯이 나지아의 온몸에 꿀을 잔뜩 발라주었다. 그제야 나지아는 고통이 살며시 사라지는 것을 느꼈다. 뼈는 더 이상 바들바들 떨리지 않았던 것이다. 몸에 바른 꿀은 불 위에 얹은 소금처럼 체온에 녹아 열린 모공에서 고개 내민 작은 털들을 부드럽게 감싸 안았다. 눈썹까지 꿀을 바른 나지아는 그 따스한 향기에 황홀해졌다. 둥근 얼굴은 시라즈산 황금빛 오렌지처럼 빛났다. 미리암 하놈은 나지아의 몸을 단 한 구석도 그냥 넘기지 않고 반짝반짝하게 닦았다. 끈끈한 손가락들이 마치 약혼식 파티에 온 배꼽춤 무용수처럼 나지아의 겨드랑이와 목덜미에서 휙휙 날았다. 살갗의 구멍들은 수천 마리 작은 나방들처럼 입을 열고 탐욕스럽게 꿀을 빨아들였다.

"그대에게도 황금을 조금 드릴까요, 새 신부이신 마니 쥰께도?"

미리암 하놈은 눈을 반짝이며 시어머니의 콧수염에 꿀

을 조금 발라주었다. 침을 발라 축축하고 납작해진 머리
로 마니준은 혀를 쭉 내밀고 윗입술을 핥았다. 나지아가
톡 튀어나온 무릎을 핥으니 꿀은 목구멍 속으로 진하고
달콤하게 흘러들어갔다. 휘황한 잔치 불빛들이 창문 틈
으로 살랑살랑 들어왔다.

나지아는 구슬주렴 뒤에서 나는 소리와 냄새로 마리암
하눔이 양파를 잘게 다져 펄펄 끓는 양고기 기름 속으로
던진 것을 알았다. 이제 윤을 내고 노릇노릇하게 요리를
할 것이다. 나지아는 렌즈콩과 곡물 자루 속에 숨어 있던
엄마의 보석들을 떠올렸다. 그리고 빗이나 거울, 향수도
없이 살아오며 플로라의 보석을 보며 질투하던 그 세월
들에 분노를 느꼈다.

당나귀 방울소리가 길거리에서 딸랑거리다가 멈췄다.
포석 위로 상자들이 한바탕 내려지고, 자루들은 땅바닥
에 던져졌다. 낮은 앞문이 쇠쩌귀에 달려 삐거덕거렸다.
마을을 떠다니는 소문들을 집으로 가져온 남편의 목소
리가 플로라를 찾는 호마의 목소리와 미리암 하눔의 분
노 어린 악담과 뒤섞였다. 꼬맹이 짐꾼인 파르비즈는 이
아수라장을 바가지를 듬뿍 씌울 기회로 삼았고, 호마의
남편은 그와 실랑이를 벌였다. 악담을 하다 말고 미리암
하눔은 아들을 반갑게 맞아 목에 입맞춤을 퍼부어댔다.

그러나 나지아의 찢어진 귀에는 무사의 들뜬 목소리가
그 무엇보다도 크게 들렸다.

"나지아는 어디 있어요?"

나지아는 두터운 꿀 옷을 벗어버리고 무사에게 달려가
고 싶었다. 벌떡 일어나는데, 갑자기 바람이 들이닥쳐 창
문들이 벽에 쾅 부딪혔다. 마니쥰의 바구니 옆에 쌓아 두
었던 깃털 자루들이 나지아의 휘둥그레진 눈앞에서 뒤
집혀 버렸다. 거위 털들은 닭털들을 뒤쫓으며 공중을 가
득 채우고 눈송이처럼 빙글빙글 돌았다. 그 뒤를 먼지와
나뭇잎들이 맴돌았다. 나지아는 피해보려 했지만 바람
에 날린 그 모든 것들이 알몸에 바른 꿀에 달라붙고 말
았다. 그녀는 자기가 듬성듬성 털이 뽑힌 가금류처럼 보
이는 것 같아서 달콤한 눈물을 흩뿌리고 말았다. 입술은
딱 달라붙어 떨어지지 않았고, 땀은 꿀과 뒤섞였고, 보풀
보풀한 거위털은 귓속에 달라붙었다. 온몸에 갑자기 털
이 자란 듯이 가려웠다. 거리에서 날아 들어온 이 새끼
귀신을 보고 마니쥰은 자지러지게 비명을 질렀다. 미리암
하놈이 바람처럼 쌩 들어닥쳤다.

"*바바일라*(기막혀라)!"

그녀가 버럭 고함을 쳤다.

"대체 무슨 짓을 한 거니? 일어나, 일어나! 너 또 우는
거냐? 오늘은 울면 안 된다고 하지 않았어? 울면 불행해

진다니까. 네가 우는 바람에 귀신들이 널 닭으로 바꿔놓았구나. 내가 말했잖아, 응? 일어나, 대체 무슨 일이야. 왜 이렇게 날 짜증나게 하니? 플로라가 없는 것만으로 충분치 않은 거야? 그 계집애가 어디 있는지, 혼자서 무슨 짓을 하고 있는지 원.”

“엄마.”

무사의 긴장한 목소리가 들렸다.

“나지아한테 무슨 일이 생겼어요?”

“아니다. 괜찮아질 거야.”

미리암 하눔이 재빨리 대답하고, 문과 창문을 걸어 잠갔다.

“일어나, 다시 씻어. 무사가 밖에서 널 기다리고 있어. 대체 신랑이 신부를 얼마나 기다려야 하니?”

물은 미적지근했다. 나지아는 그 위에 떠 있었다. 입술에 바른 꿀은 밀랍처럼 아무 맛이 없었다. 숙모가 나지아의 몸에 붙은 뾰족한 깃털들을 뽑아주고, 손톱으로 살을 긁었다. 그러자 끈끈하고 거무스레하게 변하고 있는 꿀이 드러났다. 나지아는 제 어깨를 때리고, 끈질긴 깃털 몇 개를 이빨로 잡아 뜯었다.

“나지아?”

문틈에서 무사가 부르는 소리가 들렸다.

“나지아?”

그의 개가 거리에서 이리처럼 짖어대자 마니쥰은 겁에 질려 흐느꼈다.

나지아는 서둘러야 했다. 참을성이 없는 무사는 더 이상 오래 기다리지 못할 것이다.

미리암 하놈은 나지아의 머리를 빗기면서 플로라를 향한 온갖 분노, 남편이 시장에서 물어온 소문, 그리고 제 슬픔과 걱정을 남김없이 쏟아냈다. 그녀는 빗으로 머리를 샅샅이 빗고, 손가락으로 골을 팠다.

"움직이지 마, *아지잠*. 가만히 있어야 빗질을 하지."

그녀는 악문 잇새로 말했다. 나지아는 숨을 참고 신음 소리를 꾹 눌렀다. 안 그래도 아파서 이마를 찡그리고 있는데, 엉킨 머리칼을 빗이 확 당기는 서슬에 머리뿌리까지 팽팽해졌다. 구슬주렴으로 번져 나온 음식 냄새가 문틈으로 방 안에 스며들었다.

"에휴, 인간들. 더러운 머리에서 웬 구역질나는 얘기들을 그렇게 지어내는지……. 그 잡것들부터 먼지를 뒤집어 씌워야 돼."

죽은 엄마의 머리카락이 끼어 있는 빗살이 나지아의 머리를 포크처럼 찔렀다.

"내 맹세하건대, 오늘 한낮에 태양이 뜰 때면 샤힌은 이교도처럼 뒈질 거다. 내 딸을, 그 수박통만 한 배를 단 내 딸을 우리 집에 남기고 말이야. 그 편이 나아. 아무렴,

과부인 게 낫지, 뜨거운 구멍을 달고 밤에 온 동네를 쏘다니는 창녀보다는."

마하스티의 머리카락과 나지아의 머리카락이 함께 먼지 덩어리로 뭉쳐졌다.

"다 그놈 때문이야. 그놈이 우리 집에 모든 화를 불러들였어. 그놈은 복덩어리를 데리고 가더니 미친년으로 만들어 놨어. 다 그 월식 때문이야. 자."

미리암 하놈은 나지아의 머리카락에서 작고 부드러운 거위 털을 뽑아내며 말했다.

"네 머리에 깃털이 하나 남아 있었구나."

그녀는 그것을 나지아의 눈앞에서 흔들고는 손톱으로 톡 쳐서 떨어뜨렸다.

"잠깐만, 버리면 안 되겠다."

그녀는 마음을 바꿔 나풀나풀 바닥으로 떨어지고 있는 그 깃털을 잡았다. 깃털이 손아귀 속으로 사라졌다. 그녀는 깃털을 더 많이 모으려 몸을 굽혔지만 넉넉하지 않아 자루에서 몇 줌 더 꺼냈다. 머리를 커튼 삼아 엿보던 나지아는 미리암 하놈이 플로라의 요람에서 양말을 꺼내 그 안에 깃털을 쑤셔 넣는 것을 보았다. 나지아는 숙모가 하얀 침대보를 잘라 널찍한 끈으로 만드는 것을 바라보았다.

"일어나라, 일어나, *아지잠*. 무사가 신부를 기다리고 있잖니."

　미리암 하놈은 그녀를 양탄자에서 일으켰다. 숙모는 그 깃털 뭉치를 나지아의 납작한 가슴에 대고, 양쪽 젖꼭지에 하나씩 눌렀다. 나지아의 머리칼이 깃털 가슴 위로 늘어졌다.

　"자, 이제 묶어보자."

　미리암 하놈은 나지아의 가슴과 어깨뼈를 빙 둘러 침대보 끈으로 조였다.

　"*마샬라, 바하, 바하*(예쁘기도 하지). *자, 이제 커 보이지, 아지잠, 커 보이지?*"

　숙모가 나지아를 껴안았다. 커다란 젖가슴이 깃털 뭉치를 통해 팔딱이는 나지아의 심장을 눌렀다.

　마침내 다 씻은 나지아가 맨발로 딸들 방에서 나타났을 때 미리암 하놈의 무쇠 냄비 안의 기름 속에서는 생선이 지글지글거리고 있었다. 호마는 쌀과 건포도와 홍당무 다진 것을 넣은 어린 암탉들을 꿰매고 있었고, 호마의 서방은 사브지를 씻고 있었고, 미리암 하놈의 남편은 문간에 서서 지나가는 사람들에게 혹시 플로라를 못 봤느냐고 묻고 있었다. 많은 행상인들이 그 거리에 나타났다. 온갖 좋은 것을 실은 꼬맹이 파르비즈의 당나귀 방울 소리를 따라온 것이다.

　"시금치요, 강낭콩이요! 시금치 사려, 강낭콩 사려!"

물건이 그득한 수레를 밀면서 남자가 소리쳤다. 저울 한 쌍이 흔들렸다. 그 뒤를 양치기가 따라왔다. 거느리고 다니는 양 떼가 메에메에 울며 그의 도착을 알렸다. 그가 소리쳤다.

"자네 딸 플로라 말인가? 아니, 본 적 없는데. 아마 이웃들이 뱉은 침을 너무 많이 마셔서 취했나 보지, 불쌍한 것 같으니."

집 주위에 모인 다른 행상인들이 큰 소리로 웃어댔다.

"문 닫아욧!"

미리암 하놈이 남편에게 소리 질렀다.

"저 인간들은 우리 집에 못 들어오게 해. 호마, 이 망할 년아, 네가 대체 쟌쟌 푸루쉬한테 뭐라고 말했기에 저것들이 구름처럼 몰려든 거야?"

"아무것도 안 말했어요. 진짜예요!"

"미리암 하놈, 피처럼 빨간 근대뿌리하고 꿀처럼 단 토마토가 왔어요!"

거리에서 고함이 들렸다.

"아니, 저 많은 과자 장수들과 피스타치오 장수들이 어떻게 여기까지 나타난 거야, 이 멍청아? 네가 그 여편네한테 우리 집에서 결혼식을 치른다고 말한 거지?"

"아니에요, 엄마, 아니에요! 그 할머니가 나한테 물어본 거예요. 눈을 부라리면서, 왜 그렇게 사브지가 많이 필요하냐고 물어본 거라고요. 그 할머니네 사브지란 사브지는 몽땅 목구멍에나 콱 걸려버려라……. 난 아무 말 안 하려 했어요. 엄마, 난 그저 샤힌하고 그 사람 당나귀가 동네에 돌아왔다고 했을 뿐이에요. 그러니까 할머니가 그럼 플로라가 어디 있느냐고 묻더라고요. 그래서 그랬죠. 플로라는 헤나를 하러 갔고, 제 남편을 위해서 *하맘*에 목욕을 하러 갔다고요. 그랬더니 그 할머니가 또 물어봤어요. 그럼 왜 너희 아버지가 온 동네를 돌아다니며 플로라를 찾느냐고요. 게다가 사람들이, 플로라가 어젯밤에 지나가는 걸 봤다던데 그러잖아요……."

"입 닥쳐, 호마. 입 닥쳐, 그 입에 달걀들을 쑤셔 넣기 전에. 그렇게 주절거리다가 숨이나 콱 막혀라!"

무사가 누이의 말허리를 잘랐다. 호마의 서방은 당황해서 물 항아리만 바라봤다.

부엌으로 들어온 나지아는 무사가 아직도 푸주한의 옷을 입은 채 거무튀튀한 손가락으로 삶은 달걀껍질을 까고 있는 모습을 보았다. 그는 구부린 무릎에 대고 달걀을 탁 쳐서 껍질을 깠다.

"아이고, 드디어 새 신부가 나타나셨네. 저물 때까지 씻고 있으니, 원."

미리암 하눔이 투덜거렸다. 모두 나지아와 그녀에게 다가가는 무사를 쳐다보았다. 키가 큰 무사는 웃으며 달걀

껍질을 흘리고 있었다.

"바람이 불어서……."

그녀는 발그레한 얼굴로 사과했다. 그의 심장은 그녀에게로 향했다. 그는 찢어진 귀와 부드러운 깃털 가슴과 그녀의 눈에서 반짝이는 눈물을 보았다.

"이거 봐. 너한테 주려고 구두를 사 왔어."

무사는 그녀의 눈물이 달걀껍질 위로 떨어지지 않게 하려고 얼른 속삭였다.

"신부 구두 말이야."

무사는 끈으로 묶인 새하얀 상자를 나지아의 머리 위에 얹어주었다. 그녀는 그의 팔 사이에서 내려오는 그 상자를 올려다보고, 마음의 눈으로 새하얀 에나멜 하이힐을 보았다. 바자르에 있는 심숀 샤하루디네 가게에서 한눈에 반해, 결혼식 때 신겠다고 꿈꾸던 구두였다. 무사는 그녀의 발 앞에 무릎을 꿇고, 상자를 내려놓았다.

"내 손으로 구두 길이를 쟀어."

그는 손바닥을 양탄자 위에 폈다. 마치 그녀가 어린 새인 양 발목을 조심스레 잡고, 손바닥 위에 그 맨발을 부드럽게 얹었다.

"봐, 나지아. 딱 맞잖아! 네 발 길이는 내 손하고 아주 똑같다니까."

그가 속삭였다. 호마는 안도하며 한숨을 내쉬었다.

“난 무사한테 구두는 사지 말라고 했어요. 시간이 없으니까요.”

그녀는 닭 꿰매던 바늘을 공중에다 찌르며 미리암 하눔에게 말했다.

“게다가 저 애가 신어봐야 하는 거잖아요.”

“플로라 구두를 신겨도 그만일 텐데 뭘. 걔 드레스를 입은 것처럼 말이야. 에휴, 이렇게 사라져버렸으니……. 하느님이 벌을 내리실 거야.”

미리암 하눔이 덧붙였다. 그녀의 생선 냄비에서 뭉클뭉클 나오는 연기에 눈을 가리면서도, 귀는 밖에서 들려오는 소리에 바짝 신경을 쓰고 있었다.

“저도 그렇게 말했어요. 그랬는데, 제 말은 안 듣고, 저 애한테 줄 구두를 사기 전까지 절 놓아주지 않더라고요. 좌우간 아제트 샤하루디 남편네 가게를 죄다 뒤집어서 찾더라고요. 진짜예요. 그러더니 재 발에 딱 맞는 걸 찾아낸 거예요.”

“좀 넉넉한 거면 좋았으련만, 몇 년 더 신으려면.”

미리암 하눔이 시큰둥하게 말했다.

“원 세상에, 저놈은 나지아가 영원히 꼬마일 줄만 아나? 제 품에서도 자랄 텐데.”

“제 말을 안 듣더라니까요. 그래도 무사가 웃고 있는 것 좀 보세요.”

호마가 속삭였다.

무사는 끈을 풀고, 은 버클이 달린 새하얀 하이힐을 보란 듯이 꺼냈다. 그러나 에나멜이 아니라 평범한 가죽 구두였다. 나지아는 그 신발이 밋밋하고 예뻐 보이지 않았다. 그녀는 그 방에 있는 여자들 사이에서 제 엄마를 찾았다. 자기의 실망한 얼굴을 감출 무릎이 필요했다. 무사는 그녀의 발을 잡고 구두를 신겼다. 구두는 발에 꽉 꼈다. 무사는 나지아의 눈물이 기쁨의 눈물이 아니라는 것을 알아채지 못했다.

"아야, 아야. 너무 작아, 무사 오빠. 벗겨 줘. 발이 아파."

나지아가 말하며 응석받이 아이처럼 왈칵 눈물을 터뜨렸다.

"울지 마, 나지아. 울지 마."

무사가 놀라며 괴로워했다.

"울지 마, 괜찮아. 벗겨 줄게. 샤하루디네 가서 더 큰 걸로 바꿔오면 돼, 그러니까 울지 마……."

"*바바일라*(원 세상에), 또 울고 있네. 이번엔 또 뭣 땜에 그래?"

미리암 하놈이 연기에 캑캑거리면서 소리 질렀다.

"오늘이 제 결혼식 날인데, 갓 태어난 아기처럼 눈물로 목욕을 하고 있구나! 무슨 일이야? 넌 부끄럽지도 않니?

구두도 생겼고, 가슴도 생겼고, 훌륭한 혼수품도 있는데 또 뭘 원하는 거야, *호다이아*(기막혀라). 또 뭘?"

모두들 나지아를 의심스런 눈길로 바라보았다. 그날 아침 모스크에서 제 귀를 찢고, 온 마을을 헤집고 다니고, 발은 무사의 손보다 더 커버린 그 소녀를.

20

옴리쟌의 하늘에 첫 별이 뜬 순간부터 나지아는 졸렸다. 그녀는 주먹으로 눈을 비볐다. 머리는 어깨로 풀썩 기울었다. 오늘 일어난 일들이 감은 눈꺼풀 밑에서 깜박였다.

나지아는 깔개 위에 누워 미리암 하놈이 쌓아 뭉쳐놓은 침대보 속으로 머리를 푹 파묻고, 뛰는 심장을 깃털 가슴으로 눌렀다. 머리에 흰 머릿수건을 동여매어서 찢어진 귓바퀴가 손님들 눈에 띄지 않을 것이다. 아몬드나무 거리에는 빗방울이 후드득 떨어졌지만, 집 안에서는 방들이 "플로라, 플로라, 플로라……" 하며 속삭였다.

나지아는 어둠이 깔리면 보드라운 깔개 위에 이부자리를 펴는 이웃 아이들을 생각했다. 형제자매들이 서로 껴안고, 포근하게 잠이 들 시간이었다. 어렸을 때 그녀와 플로라와 무사와 호마도 잘 시간이면 이부자리를 함께 밀어놓고, 떠들썩하게 까불어 댔다. 널브러진 흰 자리 위에서 웃고 뛰고 소리치고, 베개를 던지고, 이불 속에서 서로를 간질이곤 했다. 미리암 하놈이 욕설을 퍼부으며 제발 좀 자라고 소리 지르면 아이들은 제 엉덩이로 남의 배를 누르고, 제 머리를 남의 목덜미에 대고, 행복한 잠이 모두를 덮어줄 때까지 나직하게 키득거렸다.

그러나 사내가 되어버린 무사는 여자아이들 품에 안긴 아기처럼 함께 자는 것이 금지되어 따로 거실에서 자야만 했다. 호마는 결혼했고, 플로라도 했다. 플로라는 지금 어디에 있는 걸까?

"오늘은 어린 신부, 내일이면 *쿠치크 마다르……*."

마니준이 결혼식 노래를 흥얼거렸다. 그녀는 이로 손톱여물을 썰어 깔개 위에 그 노란 초승달들을 가지런하게 모았다. 다듬은 손톱은 입술로 빨아서 곱게 만들고 하나씩 뺀 뒤 손바닥을 쫙 펴고, 손질한 그 손톱을 자랑스럽게 바라보았다. 점심 쌀밥의 기름기 있는 소스를 얼굴에 비볐다. 그녀의 얼굴은 접시처럼 샛노랗게 반짝였다.

나지아의 머리는 반듯하게 가르마를 타서 팽팽하게 묶여 있었다. 그녀는 마하스티가 혼수품 상자에서 꺼낸, 수를 놓은 치맛단에 좀이 슨 흰색 벨벳 드레스를 입었다. 치맛자락이 바닥에 끌렸지만, 그 밑에서는 무사가 샤하루디의 가게로 뛰어가 바꿔 온 은 버클이 달린 에나멜 구두가 반짝였다. 구두는 너무 컸지만, 나지아는 한 걸음 한 걸음 내딛을 때마다 펼쳐지는 치마를 계속 들어 올려 예쁜 구두를 감상했다.

"나지아, 나지아, *아지잠*, 어디 있는 거니?"

미리암 하놈이 딸들 방문을 열며 외쳤다.

"뭐냐? 잠이 들어버린 거야……? 벌써 침대로 갔네요, 새신부가. 벌써 자려 하네요."

그녀는 어깨너머 응접실에 대고 소리쳤다.

나지아는 온몸을 바들바들 떨면서 부드러운 자리에서 몸을 빼냈다. 깊은 잠에서 막 깨어났을 때처럼 집 안에서 손님들이 웅얼거리는 소리가 갑자기 귀를 파고들었다.

"웃어라."

마니쥰이 그녀에게 말했다. 머리는 축축하고 얼굴은 노랗게 반짝였다.

"가서 네 할미를 비웃어라. 그리고 못된 서방이 네 뱃속에 뿌린 알 위에서 네가 질식할 때까지 기다려, 이 멍청한 플로라야."

나지아는 가짜 가슴을 내밀며 그 방에서 나왔다. 커다란 에나멜 구두는 자꾸만 벗겨졌고, 걸을 때마다 바닥에서 또각거리는 소리가 났다. 심장도 두근댔다.

여자들은 결혼식이 열리는 이 집에서 새어나가는 소리

를 이웃들이 듣거나 말거나 억눌렀던 환성을 지르며 나
지아를 반겼다. 그네들의 입맞춤이 그녀의 두 뺨을 꼬챙
이처럼 찔렀다. 나지아는 화려한 신부 화장을 하지 않은
자기 얼굴이 누렇고 누추하게만 보였다. 배 위까지 한껏
올린 바지를 입고 말린 콧수염 끝이 아래로 향한 남자들
이 무사 주위에 서 있었다. 무사는 또 다른 결혼식에 서
둘러 가야 할 것 같은 모습으로 혼례식 천막 밑에서 그녀
를 기다리고 있었다. 마하타브 하눔의 플루트가 즐거운
축가들을 연주했고, 홀아비인 랍비 물라 네타넬은 이 한
쌍을 축복하며 둘 사이에 그 커다란 배를 밀어 넣었다.

"오늘 밤에는 어린 신부를 가졌으나, 내일이면 *쿠치크
마다르*를 갖게 되리……"

즐거운 노래들이 마치 서글프고 애달픈 노래인 양 나
직하게 불렸다. 손님들의 표정은 심각했다. 나지아의 귀
에 들리는 "플로라, 플로라, 플로라……" 하는 속삭임이
그들에게도 들린다는 듯한 표정이었다.

닫힌 딸들 방에서 마니준의 목소리만 선명하게 들려왔
다. 나지아는 할머니가 어둠 속에서 기름과 눈물로 얼굴
이 번들번들한 채 고리버들 바구니 안에서 결혼식 신부
처럼 신나게 뛰는 모습을 상상했다.

"*호다이아*(하느님 맙소사), 저 미친 할망구 때문에 다 망
쳐버리겠네!"

미리암 하눔이 이 모든 것이 당신 잘못이라는 듯, 마니쥰의 시누이인 사비야 만수르에게 화를 내며 문 뒤로 사라졌다. 딸들 방에서 돌아왔을 때 그녀는 가슴 위에 팔을 성채처럼 단단히 끼고 있었다. 마니쥰의 목소리는 더 이상 들리지 않았다. 비는 더욱 세차게 내렸다.

나지아는 천막 밑에서 갑자기 키가 쑤욱 커져 머리가 천막에 닿을 듯이 느꼈다. 혹시 자기가 떠다니고 있는 건지, 아니면 모르는 새에 진짜 훌쩍 자라버린 건지 알고 싶어서 그녀는 구두를 가린 벨벳 치맛자락을 들어올렸다. 그러나 그녀의 발은 카산 양탄자에 뿌리를 내린 채 그토록 고대하던 에나멜 구두 속에서 헤엄치고 있었다.

"*모바라케트 바시*(축하한다)."

미리암 하눔이 그녀에게 속삭이며 허공에 입 맞추고, 불안한 눈을 창 쪽으로 돌렸다.

"지금 밖에 나가서 좋은 신부처럼 코메쥐둔(바깥 화덕, 또는 거기서 만든 냄비요리—옮긴이)에서 닭고기를 가지고 오렴, 얼른! 손님들이 시장하시다. 나는 호마하고 부엌에서 생선과 밥 등을 가져오마. 얼른, *아지잠*, 얼른 갔다 와."

미리암 하눔은 문을 열고 나지아를 뒷마당으로 밀어냈다.

잔치가 벌어지기 전 호마는 시트론 나무 밑에 있는 코메쥐둔에 속을 채운 닭고기들이 든 냄비를 묻어 놓았다.

그녀는 커다란 화덕 모양으로 우묵하게 판 곳에 붉고 뜨거운 탄을 놓고, 냄비를 그 위에 얹고 자루와 모래로 덮어두었다. 그렇게 해서 식사 때까지 요리를 따끈하게 유지했다. 나지아는 치맛자락을 들어 올리고 새 구두를 진흙탕에 푹푹 밟아가며 시트론 나무로 걸어갔다. 머리의 얇은 망사는 비에 푹 젖어 있었다. 무사의 개가 뒤를 따랐다. 그녀는 묻어놓은 그 보물 옆에 쭈그리고 앉아 젖은 흙 속을 찔러 보았다. 그러나 냄비는 그곳에 없었다. 다 타버린 자루들과 재뿐이었다. 밝게 불 밝힌 집 안에서는 얼마 안 되는 손님들이 소프레를 둘러싸고 방석 위에 편안히 앉아 그녀를 기다렸다. 소프레에는 밥과 생선, 그리고 향신초와 삶은 달걀들이 가득 놓인 그릇들이 그득했다. 잔마다 포도주로 붉었지만, 구리 접시들은 텅 빈 채 닭고기를 가지고 돌아올 나지아를 기다리고 있었다.

"아메 보조르그, 음식을 못 찾겠어요."

나지아가 문턱에서 말하자 사자 문고리의 입에 달린 방울이 딸랑거렸다.

"나지아, 넌 이제 어린애가 아니야. 이젠 결혼했잖니. 가서 음식을 가져와!"

미리암 하눔의 검은 눈이 더욱 새까매졌다. 그녀는 벌떡 일어나 나지아의 얼굴 앞에서 문을 쾅 닫았다.

나지아가 문을 삐거덕 열고, 진흙투성이 흰 구두 한 짝을 들이밀었다.

"없어요. *아메 보조르그, 진짜예요*……."

그녀는 조그맣게 말하고 증거로 검댕 묻은 손을 보여주었다.

"그럼 건포도하고 홍당무를 넣은 닭고기가 어디로 날아가 버렸단 말이니, 나지아? 좋아. 들어와라, 일단 들어와……. 내가 네 엄마한테 했던 맹세만 아니었던들……. 들어와, 그리고 사람들이 못 보게 귀를 가려."

머릿수건과 베일은 비 때문에 투명해졌고, 드레스는 좀이 슨 깔개처럼 뒤에 질질 끌렸다. 그녀가 방에 들어서자 서로 짤랑대던 포도주 잔들이 멈췄고, 손님들이 왁자하게 축하하던 소리가 일순간에 멎었다. 그들은 나지아의 젖은 드레스와 미끄러지는 깃털 가슴을 안쓰럽게 바라보면서 그녀가 무사의 아내라는 것은 잊고, 고아 나지치라는 것을 기억했다.

"호마, 코메쥐둔에 가서 땅에 묻은 닭고기 냄비를 우리 새 신부가 왜 못 찾았나 살펴봐!"

미리암 하놈이 나지아의 처진 어깨너머로 고함을 쳤다. 호마는 절룩이며 나갔다.

"정말 거기엔 아무것도 없어요, *아메 보조르그*."

나지아의 다리가 치마 속에서 후들거렸다. 오줌을 누고 싶었다.

"땅이 모든 걸 먹어치웠어요."

호마가 닭 뼈만 수북한 냄비를 들고 집 안으로 들어왔다. 모든 손님들은 벌떡 일어나 문으로 둥그렇게 모여들었다.

"호마, 눈깔을 확 뽑아버릴라! 그 닭고기를 다 먹어치우다니!"

미리암 하놈이 비명을 질렀다. 눈알이 튀어나올 지경이었다.

"아니에요, 엄마, 아니에요."

호마가 공포에 질려 손을 내저으니 빗방울과 닭 뼈들이 온 사방에 튀었다.

"파타네 델카시트 아줌마가 다 먹은 거예요, 진짜에요!"

냄비가 와릉릉 바닥에 떨어지며 요란하게 굴러갔다.

"그 아줌마가 아몬드나무 너머로 이 냄비를 던졌어요. 그러면서 하는 말이 엄마가 자기하고 동생한테 퍼부은 저주가 우리한테 고스란히 내려야 한다고 했어요. 악귀가 천 마리쯤 그 아줌마 입에서 떠들어대는 것 같았어요."

"퉤!"

미리암 하놈이 기겁을 해서 침을 뱉었다.

"퉤!"

"그리고 그 아줌마가 그랬어요. '네 어미는 나지치와

무사를 불행하게 결혼시키려고 살진 닭들을 죽인 거야.'
그러더니 마니줌 할머니처럼 쿵쿵거리면서 웃지 뭐예요.
그러곤 만약 자기랑 자기애들이랑 공작들이 우리 음식을
먹어치웠다고 엄마가 남들한테 떠들어대면 내일 물라 하
산한테 가서 이 결혼식을 취소시켜 버리겠대요. 저 불쌍
한 여자애는 아직 생리도 안 하고, 가슴조차 안 나왔기
때문이라고요. 그렇게 되면 아버지가 백일 동안 감옥에
갇히게 된대요. 물라한테 뇌물을 바쳤기 때문에요. 엄마,
정말이에요. 그리고 그 아줌마가 그러는데 플로라가……
오, 플로라에 대해 한 얘기는…….”

“입 닥쳐, 호마. 당장 입 닥쳐!”

무사가 고함을 치며 손을 내저었다. 그의 어미는 악담
과 욕설을 그치지 않았다. 당황한 손님들은 하나, 둘 가
버렸다. 속을 채운 닭고기 대신 랍비 물라 네타넬이 늘어
놓은 덕담도 그들의 뱃속을 채워주지 못했던 것이다. 랍
비도 가버렸다.

나지아는 숙부와 숙모의 방에 누웠다. 문을 닫은 채
바들바들 떨면서 오줌을 꾹 참았다. 미리암 하놈은 나지
아의 얼굴을 토닥이면서도 눈길은 계속 창 쪽으로 방황
하고 있었다. 그녀는 나지아의 머리에서 하얀 수건을 벗
기고, 헝클어진 머리를 손가락으로 빗겨주고, 얼굴에 튄
진흙을 닦아주었다. 그리고 몸을 굽히고, 한숨을 쉬면서

하얀 에나멜 구두를 벗겼다. 따스한 손으로 나지아의 발을 닦아 주었다.

"저만 두고 가지 마세요."

엄마가 너무도 그리웠던 나지아는 미리암 하놈의 팔을 꽉 잡았다.

"아니다, *아지잠*, 겁날 것 없다……."

미리암 하놈이 몸을 빼냈다.

"제발, 제발! 저만 남겨두지 마세요. 저도 같이 갈래요. *아메 보조르그*, 제발."

나지아의 눈에서 눈물이 퐁퐁 솟구쳤다. 그녀는 미리암 하놈의 팔을 더더욱 꼭 잡았다.

"그만해라, 나지아! 이러는 게 아니야. 넌 더 이상 어린 애가 아니다. 곧 *쿠치크 마다르*가 될 거야. 침대에 앉아서 신랑이 들어오기를 기다려라."

"같이 있어요……."

나지아는 그녀의 허벅지를 꾹 눌렀다.

"됐다. 그만 울어, 그만해……! 아이고 주님, 플로라에게 자비를 베푸소서. 그 한심한 것에게. 그 애가 너한테 말했지, 그 쳐 죽일 샤힌이 그날 밤, 그 애한테 무슨 짓을 했는지 말했지, 그렇지?"

나지아는 고개를 끄덕였다. 호마가 부엌에 쌓고 있던 구리 접시들이 요란한 소리를 내며 떨어졌다. 미리암 하놈은 촛불을 훅 불어 껐다.

"우리 고우신 주님께서 너희에게 내 딸들한테보다 복을 많이 내리시길. 그리고 저 벼락 맞을 파타네의 심장에 펄펄 끓는 검은 타르를 쏟아주시기를."

미리암 하놈이 소리 지르며 문을 닫았다.

"그리고 피가, 피가 술타나의 구멍에서 일 년 내내 물처럼 흐르기를! *호이 호다이아*(제발 비나이다)!"

무사는 들어오자마자 나지아의 입술에 입을 맞췄다. 그의 눈은 감겨 있고, 입술은 찻숟갈이 차에서 설탕을 젓듯이 그녀의 입술 위에서 달그락거렸다. 드레스 앞가슴에 손을 대고 그는 천천히 단추를 풀었다. 축축한 깃털 가슴이 침대보 끈과 함께 떨어져 바닥에 굴렀다. 그는 손가락으로 그녀를 간질였다. 나지아는 키득거렸다. 속옷 속에 흐르던 소변 줄기가 허벅지로 따스하게 번져갔다. 무사는 동그라미 자국이 축축한 드레스에 냄새를 풍기며 천천히 번지는 것을 알아채지 못했다. 눈을 떴다가 어둠 속에서 나지아가 웃는 모습을 보았을 뿐. 그 순간 어미가 흥겹게 외치는 소리가 들렸다.

"자자, 다 했니, 무사? 이제 다 했어?"

미리암 하놈은 힘 좋게 문을 두드렸다.

"둘 다 이제 다 한 거야?" ✺

처연하고 환상적인 페르시아 소녀들의 결혼이야기

애잔하고, 아름답고, 때로는 괴기하며, 이국적이면서도 토속적인 분위기의 동화. 처음 이 책을 읽고 든 느낌이었습니다.

이 소설에서는 백여 년 전쯤 페르시아의 작은 유대인 마을의 풍경이 두 소녀의 결혼 이야기와 함께 눈에 잡힐 듯 선명하게 묘사되지요. 플로라는 포동포동하다 못해 풍만하고, 예쁘고, 식탐 많고, 잘 웃는 소녀지요. 뒷생각 없이 그저 깔깔거리며 장난질 치다가 좋은 혼처를 놓치고, 엉뚱하게도 떠돌이 비단장수 샤힌과 혼례를 올립니다. 또 다시 길을 떠난 남편이 돌아오지 않자 플로라는 수박만 한 배를 부둥켜안고 남편을 그리워하는 노래를 부르다가 길을 떠납니다. 한편 그 누구도 제 나이로 봐주지 않는 꼬맹이 나지아는 사촌네 집에서 허리가 부러져라 살림을 도맡아 하면서 플로라처럼 얼른 임신해서 어린 엄마가 되기를 꿈꿉니다. 왕이 제아무리 법으로 금지해도 어린 소녀들의 결혼과 임신이 터놓고 이어지는 동네니까요. 이 둘을 주요색으로 삼고, 친족들과 이웃들을 보조색으로 해서 짠 작은 마을의 다채로운 이야기는 더없이 섬세하고 하늘거리는 비단처럼 몸에 휘감깁니다.

그런데 달콤해 보이는 사과에 독이 들어 있듯이 아름다운 비단옷을 덥석 입었다가는 몸이 조여들 것만 같은 불안함이 스미는 까닭은 이야기 속 어디에서나 만날 수 있는 '이웃들의 사악한 눈길' 때문입니다. 우리나라에서는 '눈독을 들인다'라고 할 때 '사악한' 느낌은 거의 없고 '탐'을 내는 의미가 강한데, 이 소설의 사악한 눈길은 질투심이 모여 발효되어 빚어지지요. 그 눈길에는 주술적 힘이 담겨 있어 결국 끔찍스런 결과를 낳고 맙니다. (알고 보니 '사악한 눈길'은 히브리 문학에서 오래된 모티프였습니다. http://www.jewishvirtuallibrary.org/jsource/judaica/ejud_0002_0006_0_06167.html 참조하세요)

요즘도 액막이 부적을 하는 세상인데, 예전에는 더 했겠지요. 이 소설의 배경이 유대인 동네이긴 하지만, '유대인=유일신 숭배=잡신 사절'이라는 공식은 통하지 않습니다. 이 책에는 온갖 주술이 나옵니다. 플로라의 엄마인 미리암 하놈은 이웃의 질투에 닭의 눈알을 액막이로 쓰지요.

여자들의 시샘에 미리암 하놈은 이웃과 서먹서먹해졌고, 오만한 마음과 두려운 마음이 뒤섞인 채 집 안에 파묻혀 욕설만 늘었다. 그녀는 남편이 파는 닭들의 눈알을 도려내 절였다가 은박에 물려 행운의 부적으로 삼아 제 목과 아이들 목에 걸었다. 그렇게 해서라도 이웃들의 사악한 눈길을 피하려고 했다. 그것을 반지에도 물리고, 가슴 위에도 늘이니 두려움이 한결 덜했다.(35쪽)

우리나라에서 복숭아 가지로 귀신을 물리치듯이 소설 속에서는 향이 강한 상록수인 루 가지로 악한 영들을 훠어이훠어이 내쫓습니다. 또 역병에는 붉은 것으로 응대해야 제격. 역병이 돌자 이들은 포도주, 붉은 비트 뿌리, 붉은 깃털, 닭 피, 대추야자, 헤나, 주홍색 끈 등 붉은 것이면 뭐든 먹고, 마시고, 꽂고, 둘러 제 몸을 보호하려 하지요. 팥죽을 먹는 문화였으면 아마 온 사방에 팥죽을 뿌리고 게걸스럽게 먹었을 것입니다.

한 가지 더 재미있는 것은 종교의 교리란 저 높으신 데 있는 분들께나 중요한 것이지, 풀뿌리들에겐 별 의미가 없다는 것. 흉년이 들자 이런 상황도 벌어지지요.

떠돌이들도 많아졌다. 그들은 먹을 것과 옷가지와 돈푼을 얻으려고 기독교와 이슬람, 유대교로 번갈아가며 개종했다가 그럴 만한 종교가 남지 않자 거리를 떠돌았다.(150쪽)

작가의 입담은 걸쭉하면서도, 구사하는 문장은 시적이고 섬세합니다. 히브리 문학작품이지만 영어로 번역된 책을 읽었는데, 어찌나 문장이 유려한지 감탄하면서, 영역도 이런데 원문은 얼마나 좋을까 싶어 히브리어를 배우고 싶을 정도였지요. 알고 보니 작가는 스무 살 때 시로 등단한 경력이 있고, 이 소설은 데뷔작으로 스물세 살 때 발표했더군요. 15개국의 언어로 번역되었다는데, 제 한글 번역이 이 아름답고 처연한 문장을 잘 살리지 못할까봐 거듭 읽고 고쳤지만 여전히 안타까울 뿐입니다.

번역하다 보면 참으로 많은 분들께 신세를 끼치게 됩니다. 히브리 문학이니만치 고유명사나 표현들이 히브리어라고 생각하고, 이스라엘에서 공부했던 친구 강신주에게 뜻과 표기를 부탁했지요. 그 친구 또한 절친한 이스라엘인 미할 나오르에게 물어보았는데, 그가 자기가 히브리어로 읽은 소설이라며, 참 좋은 작품이라고 무척 반가워했답니다. 그런데 여기 나온 어휘들은 히브리어가 아니라 거의 다 페르시아어라고 가르쳐 주더군요. 친구들과 독서클럽에서 다시 한 번 읽겠다는 미할 나오르 씨와 강신주의 은혜를 크게 입었고, '페르시아 사랑' 사이트의 주태균 님의 도움도 받았습니다. 고개 숙여 감사드립니다. 또한 제가 언어의 베틀 앞에서 실을 툭 끊어먹을 때면 늘 이어주는 딸 주현에게 무한한 고마움과 사랑을 전합니다.

서남희